Agatha Mistery

小侦探阿

玻利维亚的恐龙谜踪

[意] 史蒂夫·史蒂文森 著　杨苏华 译

上海译文出版社

图字：09-2024-0600 号

图书在版编目（CIP）数据

玻利维亚的恐龙谜踪 /（意）史蒂夫・史蒂文森 (Sir Steve Stevenson) 著；杨苏华译. —上海：上海译文出版社，2025. 8. —（小侦探阿加莎）. —ISBN 978-7-5327-9886-5

Ⅰ. I546.84

中国国家版本馆 CIP 数据核字第 20251Q6Z23 号

玻利维亚的恐龙谜踪 ORME DAL PASSATO

［意］史蒂夫・史蒂文森 著 ［意］斯特凡诺・图尔科尼 绘 杨苏华 译

选题策划 张 顺
责任编辑 王宇晴 朱昕蔚
内文插图 ［意］朱塞佩・法乔托
封面设计 张擎天

上海译文出版社有限公司出版、发行
网址：www.yiwen.com.cn
201101 上海市闵行区号景路 159 弄 B 座
常熟市文化印刷有限公司印刷

开本 890×1240 1/32 印张 4.5 字数 36,000
2025 年 8 月第 1 版 2025 年 8 月第 1 次印刷
印数：0,001—6,200 册

ISBN 978-7-5327-9886-5
定价：35.00 元

任务

参与者

阿加莎

十二岁，梦想成为一名侦探小说家，拥有惊人的记忆力。

拉里

捣蛋鬼学生，就读于著名的“侦探眼”学校。

肯特先生

前拳击手，无可挑剔的英式管家。

沃森

顽皮的西伯利亚猫，
嗅觉如猎犬般敏锐。

阿莉森姨奶奶

享誉世界的古生物学家，虽已八十岁
高龄，但精神矍铄，充满活力。

目的地

玻利维亚——卡尔欧罗可公园

目标

前往位于玻利维亚首都苏克雷的
卡尔欧罗可公园，查明是谁偷走了
近期出土的恐龙足迹化石，
事关重大——这些脚印很可能来自
某个尚未被发现的新物种！

目 录

任务开始

秋天刚刚拉开帷幕，伦敦被一层湿答答的雾气笼罩着。街道上弥漫着难闻的气味，混杂着汽车尾气、堵塞的下水道和垃圾桶发出的臭味。

不过，有一个人倒是完全没有注意到这气候有多么令人恶心，他就是拉里·米斯特里。这位立志要成为侦探的少年窝在贝克大厦十六楼的阁楼里，已经整整一周没有出过门了。他从网上订购了一些稀奇古怪的机械工具、几罐可洗的油漆，还有大量廉价的鞋子——各种尺码、各种款式的鞋子堆得到处都是，甚至连地板上都布满了大大小小的鞋印，墙壁也没能幸免于难……他那向来乱糟糟的房间这会儿已经不堪入目。

如果这时有人来做客，一定会以为这位十四岁的伦敦少年不太正常。

然而，这一切其实都是他实验的一部分。

拉里想在学期末的理论考试中拿下最高分，为此——至少这一次，他是真的下了一番功夫。

这会儿已是深更半夜，拉里还在忙活着。“高跟鞋，女性，身高一米八左右，身轻如燕。”他嘟囔着。说罢，他把一个套了鞋子的机械假肢放在旁边，拍下了鞋子在墙上留下的油漆印，然后跑去电脑上查看结果。屏幕上立刻出现了一位站在 T 台上的漂亮模特。

“猜对了！”拉里兴奋地叫了起来，“成功率百分之百！”他自豪地捶了捶自己瘦弱的胸膛。再过几个小时，他就要在法医足迹学考试中大显身手了。这是一门对犯罪现场的足迹进行研究和分析的学科，对于侦探来说至关重要！

拉里就读于著名的“侦探眼”学校。一般来说，学校会直接派遣他到案件现场参与调查，但是有些领域需要更专业的科学支撑，需要先进行理论学习。拉里发现自己在足迹学方面颇有天赋，所以他决心向老师们展示一下自己的实力。

考试前夕，他也舍不得休息，继续一遍又一遍地练习。事实上，这周他平均每天只睡了五个小时。为了时刻保持清醒，他甚至从堂妹阿加莎那里要来了一些据说既能提神醒脑又能强身健体的精品普洱茶。

然而，即使是这种绝世好茶，也扛不住日积月累的疲惫。就这样，凌晨三点半，在给一双运动鞋的鞋底刷漆时，拉里的眼皮变得沉重起来，脑袋也开始左摇右晃。片刻过后，他就靠在假肢上，沉沉地睡了过去。

直到一声雷鸣将他惊醒。

窗外下起了倾盆大雨，先前笼罩着整座城市的臭味终于得以消散。然而，这对拉里来说却是一个极其危险的信号。

“这……这怎么可能?”他看了一眼手表，差点儿哭出来，“已经九点了?!”

他睡过头了，来不及参加考试了。错过考试意味着

成绩不合格，并立即被学校开除。

“不可能！我明明定了闹钟的！”拉里咆哮着。此时，窗外再次传来轰鸣的雷声，仿佛是在回应他。

说着，他拿出“眼线宝”——学校给每位侦探配备的一个钛合金装备，想看看到底哪里出了问题。他发现自己开启了无数个高科技功能，导致闹钟软件被覆盖在了最底下，根本没有启动。

“完蛋了！没戏了！我彻底搞砸了！”他挥舞着机械假肢，紧张地在房间里来回踱步。考试签到时间是八点，在线作答时间是一个小时。拉里的心提到了嗓子眼，他手忙脚乱地打开“侦探眼”的网页，输入了密码。

此时他还抱着一线希望：如果考试的系统还能进得去，那他或许还有机会飞速地答完所有试题……

事实证明是他想多了。网站拒绝访问。考试已经结束了，而他没能参加。

这时，他注意到一条七点五十九分收到的通知。发通知的不是别人，正是他侦查实践课的老师 UM60。

“天哪，连 UM60 都来喊过我起床!”拉里不禁打了个寒战，“现在该怎么办啊?”

他拿起“眼线宝”乱按一通，焦虑地打开消息，鼓起勇气读了第一句话。他几乎屏住了呼吸。通知的开头写着：

LM14 探员，

紧急任务。

(没错，我知道今天早上你要参加法医足迹学的考试。但是客户明确指定要由你来完成一项特殊的调查，而客户永远都是上帝。所以我已经向学校管理层报备过了，你可以等回来以后再去补考。)

拉里仿佛听到了天堂的钟声，激动得连蹦带跳。

“真是走运!”他兴奋地叫着，“简直是虎口脱险!”

因为接到新任务而感到如此开心，在拉里这儿可是历史上第一次。然而，当他把剩下的消息读完，刚才的惊喜已经荡然无存，焦虑又卷土重来：

位于玻利维亚首都苏克雷的卡尔欧罗可公园里，一块恐龙足迹化石被盗。详细信息见附件。你的航班将于十点从希思罗机场起飞。

现在是九点零五分，他刚刚已经浪费了五分钟的宝贵时间用来抱怨、尖叫和手舞足蹈！飞机是肯定赶不上了，除非……

拉里没换衣服，也没穿外套，甚至连鞋也没穿。他套着睡衣，趿拉着拖鞋就冲出了公寓。

“我必须赶上这班飞机！”他信誓旦旦地喊着，不料一出门就被地毯绊了个趔趄，来到走廊尽头，又发现指示牌上写着“电梯故障”。

拉里来不及抱怨，跌跌撞撞地飞速冲下楼梯，快到几乎是滑过了每个楼梯转角的平台。一位买菜回来的女士迎面走来，她甚至都没看清拉里的脸，只感觉到一阵旋风和一声尖叫从身边飘过：“我必须马上叫到一辆出租车！”

好巧不巧，贝克大厦外的空地上，一辆黑色豪华轿车已经停在了那里。车主是堂妹阿加莎的管家肯特先生。阿加莎靠在车门上，怀里抱着她心爱的西伯利亚猫沃森。看到拉里冲出来，她脸上露出一丝得意的微笑。这绝不可能是个巧合。

“呃，哦，你们是在等我吗？”拉里问道。

阿加莎淡定地点了点头。“行李我们已经帮你准备好了。”她不动声色地回答道，“还有一套适合玻利维亚气候的衣物。顺便说一句，你的睡衣不错!”

拉里一头雾水：阿加莎怎么会猜到他要去玻利维亚执行任务呢?

但是他很清楚，只要阿加莎在场，根本没必要浪费精力问太多问题。

他乖乖地跟着阿加莎上了车，朝着机场飞驰而去。

第一章

迷人的化石!

只有一件事情拉里是对的：阿加莎的出现确实不是巧合。

事实上，他那机灵的堂妹甚至先他一步得知了关于本次任务的消息。这是怎么回事呢?

这一天，阿加莎起了个大早，感觉头脑异常清醒。她迫不及待地想要继续研究一个她非常关心的项目，于是兴高采烈地下了楼，来到米斯特里家宽敞而又幽雅的客厅里。餐桌上已经摆好了黄油饼干和茉莉花茶，阿加莎坐到桌旁，准备尽情享用美味的早餐。她注意到肯特先生正在旁边不安地走来走去，背在身后的手里悄悄地握着一个鸡毛掸子。

“你也迫不及待想要开始干活了吗?”她故意用略带调侃的语气跟管家开玩笑说。

“请您见谅，阿加莎小姐，”管家回答道，“我并没有催促您的意思……”

阿加莎擦了擦嘴，猛地从椅子上站了起来：“不，不，你说得对，我们这就开始吧!”

米斯特里家是一座维多利亚式豪宅，房子的地下室里存放着大量的化石。这几天，阿加莎和管家一直在忙着整理这些藏品。事实上，这座祖传的古老别墅里藏着一大批史前文物，因为在米斯特里家族中，曾经出现过无数大放异彩的怪才，其中不乏古生物学家。家族的第一位古生物学家是纳尔逊·米斯特里，老祖宗莱昂纳德的八个孩子之一。从那时起，一代又一代，家族中诞生了越来越多的古生物爱好者，米斯特里家的地下室也就随之变成了一座藏品丰富的文物宝库。

在这里，一排排书架上几乎摆满了近一个世纪以来编录好的各种化石，靠墙的柜子里则存放着众多尚未分类的文物：爱好自然科学的人来到这里，绝对会像老鼠掉进米缸。阿加莎正是如此，作为未来的侦探小说家，她已经在脑海中设想了许多围绕这一主题而展开的故事情节。

然而，在探索这些“地下宝藏”的过程中，阿加莎越来越觉得有些不对劲。

考虑再三，她决定必须得矫正这种在她看来极为不公平的现象。“我们要向自然历史博物馆捐赠一大批文物，”她郑重其事地向肯特先生宣布，“把稀世珍品私藏在这里是不对的，应该拿出来让所有人一起欣赏才是!”

当天早上，阿加莎和管家两个人又拿起鸡毛掸子，正儿八经地闷头忙活起来。

阿加莎来到胡桃木架子旁，开始清理菊石上的灰尘。

“咦，这里好像有个异类……这应该是块蕨类植物化石吧？”她惊讶地说，“标签太模糊了，几乎看不出写了什么，不过我建议把它转移到‘植物’区域。”

肯特先生正忙着打扫一堆尘土飞扬的恐龙蛋，他点了点头，没有吭声。事实上，他这会儿连气都

不敢喘。后来，他终于憋不住了，打了一个巨大的喷嚏，把整个架子上的灰尘全都吹干净了——刚才还灰头土脸的恐龙蛋，现在已然熠熠生辉。

“太厉害了！一招搞定！”

阿加莎笑着说，说完便继续忙起了手里的工作。她拿出一张奶油色的卡片，拔下钢笔盖，然后用优雅的斜体字在卡片上写下了蕨类的拉丁语名称：*Callipteridium Mansfieldi*，这是一种已灭绝的种子蕨类植物。

最后，她把卡片贴在了化石的木制底座上，同时保证原来的标签不被遮盖，毕竟旧标签很可能可以追溯到她的祖先纳尔逊·米斯特里的时代。分类编目是阿加莎最喜欢的活动，没有之一。

“那这些呢?”肯特先生在她身后问道。

管家直挺挺地站在一个展示柜前，盯着一圈摆成向日葵形状的小恐龙蛋化石不知所措。玻璃上没有任何提示，阿加莎可以尽情展示她像百科全书般渊博的知识了。

小盗龙和小驰龙

小盗龙是一种生活在白垩纪早期的小型恐龙，体长约1米，属于驰龙科。它们长有羽毛，四肢修长，可能具备一定的滑翔能力，以小型动物为食。

小驰龙是白垩纪晚期的迷你肉食恐龙，体长仅39厘米，体重约162克，是阿瓦拉慈龙科的一员。它们前肢短粗，只有一个大指爪，适合挖掘蚁巢觅食，后腿修长，可以快速奔跑。

“是**小盗龙**！”她兴奋地叫了起来，“不对，更准确地说是**小驰龙**。我们凑近一些仔细看看吧！”

管家立刻把放大镜递给了小主人，阿加莎刚准备俯身查看，地下室里的电话响了。那是一部非常古老的壁挂式电话机，不仔细看还以为它也是**侏罗纪**时代的文物。

肯特先生抓起听筒，同时鸡毛掸子一挥，又激起了一团漫天的灰尘：“这里是米斯

侏罗纪

侏罗纪是中生代的第二个纪，是恐龙的黄金时期，距今约2.01亿至1.45亿年。这一时期，恐龙成为陆地的主宰，出现了许多大型恐龙，如梁龙、腕龙、剑龙等。

在侏罗纪时代，菊石广泛分布在海洋中，它们是一种海洋无脊椎动物，属于软体动物门头足纲，以螺旋壳著称，约4.1亿年前出现，一直延续到约6600万年前灭绝。

蕨类植物也在侏罗纪广泛分布，是当时陆地植被的重要组成部分。蕨类是古老植物，无花无果，靠孢子繁殖，从古至今遍布全球，为地球增添绿色。

特里家，请问您是……啊……啊……啊噢！不好意思，请问您是哪位？”

阿加莎很快意识到，电话那头是姨奶奶阿莉森。这可真是个幸运的巧合，因为阿加莎已经好几个月没跟家里的这位古生物学家联系了，而她居然恰恰在阿加莎忙着整理化石时打来了电话！

“您现在在哪里呀，姨奶奶？”

一个洪亮的声音从电话里传来：“我之前在智利待了很久，那边有几个发掘项目，现在我已经踏上新的旅程了！”

阿莉森是茱比莉奶奶的姐姐。虽然已经八十高龄，但是她依旧时刻活力满满。对于她跑到智利这件事，阿加莎更是丝毫不感到惊讶：因为多年以前，这位活力四射的老太太就选定了南美洲作为寻找她心爱的化石的主要阵地。

“我现在正赶往玻利维亚的**卡尔欧罗可公园**。”为了盖过吉普车的轰鸣声，阿莉森提高了嗓门，“你应该知道，那是世界上最了不起的遗址之一。”

“太棒了！”阿加莎感叹道，“是的，我知道的，我读过许多关于那里的研究报告，真希望有一天我也能亲自去看看！”

阿莉森那水晶般的笑声如此响亮，阿加莎只能伸长手臂，把听筒拿得离耳朵远一点儿。

“也许比你想象的要早得多，亲爱的！现在我就来

卡尔欧罗可公园

卡尔欧罗可公园位于玻利维亚苏克雷市附近，是世界上最大的恐龙足迹化石遗址之一。这里保存了白垩纪时期的恐龙足迹，包括霸王龙、剑龙和蜥脚类恐龙等。

这里有一面长达 1.5 千米、高约 80 米的石灰岩峭壁，保存了超过 5000 个恐龙足迹。这些足迹因地质活动被抬升至垂直状态，呈现了恐龙的活动场景。公园设有博物馆和恐龙模型，游客可通过导游讲解深入了解这些古老生物。

告诉你是怎么回事。昨晚卡尔欧罗可公园貌似发生了一起惊人的失窃案，近期刚出土的一块恐龙足迹化石被人偷走了！”

“偷走？”阿加莎立刻把听筒放回了耳边。

“几天前，发掘遗迹的负责人阿德里亚娜·巴尔加斯给我打了一个电话，”阿莉森接着讲道，“我们是多年的老友了，她想让我帮忙看看这些化石，给出一点儿参考意见……”

阿莉森这么说其实过于谦虚了。尽管她向来保持低调，但是众所周知，她是全世界最受人尊敬的古生物学家之一，她的“意见”实际上就是权威。可贵的是，这位了不起的学者淡泊名利，始终保持着当年初入化石研究领域时那纯粹的好奇心。

“阿德里亚娜·巴尔加斯当时非常兴奋，”她继续说道，“在她看来，这些足迹可能来自一个尚未发现的物种。然而，今早她给我打电话时却无比绝望……因为有人偷走了他们新发现的化石！于是，我立刻就想到了你们，我最心爱的两个孙辈。”

“我们能帮上忙吗？”阿加莎兴奋得几乎要跳起来了。

“当然能！”阿莉森回答说，“我跟阿德里亚娜介绍过了，拉里是‘侦探眼’学校的学生，我建议她跟学校取得联系，让他们立刻将拉里派往玻利维亚。我猜，跟往常一样，这次他大概率还会把你也拽上……真不错，不是吗？我们很快就能见面了！”

“何止是不错，简直太棒了！”阿加莎回答道。一想到可以见到阿莉森姨奶奶，她的心里就充满了喜悦。更何况，她还能趁机去参观卡尔欧罗可公园的发掘现场！

看到阿加莎挂断了电话，肯特先生立刻提醒道：“飞往拉巴斯的第一班航班将于十点从希思罗机场起飞。”他看了一眼手表，脸上露出一丝惊讶，“现在已经是八点四十分了，”这位前拳击手摸了摸自己结实的下巴，接着又补充道，“您的堂哥居然还没冲过来向您求助，阿加莎小姐。难道这次他决定独自去执行任务？”

阿加莎挑了挑眉毛……事情的确有些蹊跷。通常来说，拉里接到任务都会手足无措，然后急匆匆地跑来向她求助。这位未来的作家轻轻摸了摸她的小翘鼻，每当她开动脑筋时，都会不由自主地做这个动作。片刻过后，她忽然想起了拉里今天的考试。

“如果我没记错的话，他今天早上有一门法医足迹学的考试，”她说，“为了帮他在复习时保持清醒，前几天我还给过他一些普洱茶。”

现在她大概知道是怎么回事了。

“他的情况我能猜个八九不离十，”她咯咯地笑了起来，“他一定是每天学习十几个小时，几乎不怎么睡觉。就在考试前一晚，他筋疲力尽，实在熬不住了，于是在天亮前不久睡着了。今天早上他肯定睡过了头，当他看到分派任务的消息时，一定措手不及。此时此刻，他很有可能正在绝望地嚎叫，因为飞机快起飞了，他要迟到了！”

肯特先生向小主人投去了赞许的目光：“真是无懈可击的推理，阿加莎小姐……不过我们的时间也不多了。”

阿加莎点了点头：“我们得抢先行动了。麻烦你收拾一下我们的行李，能不能帮拉里也准备一份？我预感他肯定没时间收拾东西。”

“马上搞定！”肯特先生一边回答，一边快步朝楼梯走去。在米斯特里家找出一些拉里的衣物不是什么难事，因为每次来这座蓝屋顶别墅时，他总会落下一点儿东西，有时是一件卫衣，有时是一件夹克，有时甚至会落下两只不成对的袜子。

五分钟后，一辆豪华轿车驶出了米斯特里家的车库，汇入了伦敦繁忙的车流之中。

抵达泰晤士河对岸的贝克大厦时，他们发现拉里这一早上的经历果真和阿加莎预测的一模一样。

三人在最后一秒赶上了飞机，成功按照计划的时间起飞了。

沃森也跟着来到了客舱，这会儿正舒服地窝在它的旅行猫笼里。这只雪白的西伯利亚猫早已习惯了飞来飞去的生活，虽然旅途颠簸，但它淡定得很，连眼睛都没眨一下。

“这一早上真是忙得够呛！”系好安全带的那一刻，阿加莎不禁感叹道。

“接下来会有时间休息的，”管家一边整理衬衫的领子，一边安慰她说，“玻利维亚可不是抬脚就能到的。到拉巴斯的埃尔阿尔托机场，我们要飞足足十一个小时。”

“我们可是要飞越大半个大西洋呢，拉里！”阿加莎看向拉里说。

拉里打了个大大的哈欠。经历了神经紧绷的一上午，加上过去一周紧锣密鼓的复习，巨大的疲惫感在坐定的一刻排山倒海般向他袭来。

然而他十二岁的堂妹这会儿却精神抖擞，迫不及待地在她的“记忆匣子”里搜索起了有关目的地的一切信息。

“拉巴斯是玻利维亚的行政首都，也就是政府所在地，但是到了以后我们需要转机，乘坐他们的国内航班前往苏克雷，那里才是这个国家的法定首都。因此，我们总共的飞行时间大约是十二个小时，但是算上时差，会变成六个小时。”

拉里艰难地睁开眼睛，迷迷糊糊地看向阿加莎：“哦……嗯……所以我们几点落地？”

“下午四点。”阿加莎回答道。

“那……我们去了大概要做点儿什么啊？”拉里一边问，一边扭动身体，试图找到一个更舒服的坐姿。

阿加莎的眼神飘向了窗外。一团团云朵像松软的奶油，快速地从飞机下方掠过。与此同时，她脑海中的万千思绪也在飞速运转，努力回顾着到目前为止收集到的

所有信息。

“阿莉森姨奶奶说卡尔欧罗可公园出土了新的恐龙足迹化石。这座公园是全世界独一无二的地质遗址，是古生物学家的天堂。发掘工作的负责人叫阿德里亚娜·巴尔加斯，她认为这些足迹属于一种全新的恐龙物种。如果是真的，这将是一项震惊全球的伟大的发现，你明白吗?”

拉里将信将疑地点了点头，他的眼皮愈发沉重，眼睛几乎要闭起来了。只不过阿加莎讲得越来越带劲，语调越来越高昂，他这才勉强能保持清醒。

“然后，剧情大反转！巴尔加斯打电话给阿莉森姨奶奶，说那些足迹化石被人偷走了！”

“哦，盗窃案……有点儿意思……”拉里嘟囔着。

讲到这里，阿加莎突然变得严肃起来：“拉里，‘侦探眼’难道没有发给你一份关于这起事件的详细报告吗？”

这一次，阿加莎没有得到回应。

因为拉里已经完全进入了梦乡。

第二章

欢迎来到白垩纪

抵达苏克雷后，三人组搭上了一辆出租车，赶往位于市中心的五月广场。一路上，他们穿过了郊区大片荒凉的田地，终于来到了和阿莉森约好的见面地点。

“一八二五年八月六日，玻利维亚的《国家独立宣言》就是在这里签署的。”阿加莎说，她兴奋地四处张望着，“这里漂亮极了，不是吗?”

广场四周栽种着高耸入云的棕榈树，花坛里的鲜花争奇斗艳，确实非常漂亮。当天天气很好，市政厅在阳

光的照耀下熠熠生辉。大楼入口上方的牌匾上写着“La union es la fuerza”。

“团结就是力量!”阿加莎立即翻译了出来。

“睡个好觉也能给人力量……”拉里伸了个懒腰，调皮地打趣道。

不论是住宅、小楼，还是殖民地风格的宫殿，苏克雷的建筑统一都是耀眼的白色。广场上人头攒动，尤其是孩子们，像脱缰的野马一样在小摊间欢快地跑来跑去。

阿加莎买了一份恩巴纳达，这是当地的一种特色小吃，半月形的酥皮，包着蔬菜做成的馅儿，十分美味。

“真好吃，你们觉得呢?”阿加莎问两个同伴，不过他们这会儿都在忙着享用美食，没空跟她说话。唯一一个回应她的是沃森，它心满意足地发出了长长的一声“喵”，很显然，它已经吃完了自己的那一份，现在正眼巴巴地望着小主人，希望能再分到一口。

“苏克雷这座城市是在一五三八年由坎普雷东杜地

区的侯爵佩德罗·安苏雷斯建立的，”阿加莎继续讲解，“大家都叫他佩兰苏尔，他是当年皮萨罗兄弟的得力副手之一，实力相当强大。”

征服者

“征服者”指的是15世纪至17世纪，到达并征服美洲新大陆及亚洲太平洋等地区的西班牙与葡萄牙探险家。

皮萨罗兄弟是西班牙殖民征服者，以弗朗西斯科·皮萨罗为首，还包括他的3个同父异母兄弟。弗朗西斯科·皮萨罗是征服印加帝国的主要领导者，他带领不足200人的队伍，于1532年俘虏了印加皇帝，并索取巨额赎金。1541年，他被对手迭戈·德·阿尔马格罗的支持者杀害。

“您说的是那些**征服者**吗?”肯特先生问道。

阿加莎神情严肃地点了点头：“没错，就是他们。皮萨罗兄弟渴望得到土地和财富。他们率领着一支庞大的军队，与另一支由迭戈·德·阿尔马格罗指挥的部队激烈交战。那是一个动荡的时代，不过，得益于周围有着相当丰富的银矿，这片土地相比其他地方还算平静。”

拉里好奇地看向阿加莎：“银矿？我还以为征服者

们寻找的主要是金子呢……”

“他们当然想要金子，但是我们这里所说的可是数量非常庞大的白银!”阿加莎解释道，“你能想象吗，离苏克雷不远的波托西市，在十六世纪下半叶时曾是整个美洲大陆最富有的城市，就是因为它紧挨着遍地都是贵金属的里科山。”

“天哪！你是怎么把这么多东西存储在脑子里的？”拉里震惊地问道。他虽然早就知道阿加莎拥有惊人的记忆力，但每次还是会被吓得目瞪口呆。

不过这次他也不甘示弱，毕竟之前在飞机上补了觉，刚刚又饱餐了一顿。

“非常感谢你提供的历史背景介绍，阿加莎，”他摆出一副胸有成竹的样子说，“但是别忘了我们此行的目的是调查更古老的……化石！对，恐龙的足迹！你知道吗，我小时候的梦想就是成为一名古生物学家。”

“哦？真的吗?”阿加莎听了忍不住笑了起来。

“那当然！我对那些大型爬行动物的热情从小时候

起就一直保持到现在。你以为我对卡尔欧罗可公园一无所知吗？那可是全世界最神奇的恐龙足迹化石遗址之一。我早就查过了，它就在丘基萨卡省，离这里只有十五分钟的车程。我一直梦想着有一天能去亲眼看看那面足迹墙！几千个来自恐龙的足迹印在一面巨大的石灰岩峭壁上，该有多壮观啊！”

这次轮到阿加莎对拉里的学识感到惊讶了。“没想到你这么内行！”她赞叹道。

“这根本没什么，我还知道……”拉里的声音突然被旁边一辆吉普车发出的轰鸣声给淹没了，车子猛然停在了他们旁边，刺耳的刹车声把大家都吓了一跳。肯特先生的脸色立刻阴沉下来，他迅速向前一步，把两位小主人护在身后。不过，紧张的气氛只持续了片刻：因为车里走下来一位神采奕奕的女士，脸上挂着灿烂的笑容。她就是阿莉森。

“来，快让我看看你们！”她高兴地朝孙子孙女跑了过去，然后对着他们一通猛亲猛抱。她旁边的两位助手卡洛斯和恩里克则忙着搬行李。

“这鬼天气可真热！”阿莉森掀了掀帽檐，“我快渴死了。卡洛斯，可以把背包递给我一下吗？”

她打开包，拿出一个带吸管的椰子杯，里面装的是她最爱喝的马黛茶。这种饮品是由南美洲原住民发明的，他们发现将巴拉圭冬青干燥的碎叶子浸泡在热水里，可以制作出一种提神醒脑的茶汤，也就是马黛茶。

“现在感觉好多了，”她咕咚咕咚地喝了好几口，然后心满意足地长舒了一口气，“你们要不要尝尝？”

拉里连忙摇头：“先不用了，我们目前感觉还好！”

阿加莎笑着看了他一眼：“你现在肯定感觉很好啊，刚吃了那么多恩巴纳达，肚子都要撑破了吧。”

“我就喜欢你们这种旅行方式！”阿莉森说，“没有品尝过当地的特色美食，就不能算是真正了解一个地方。一座城市，是当地的人、风景和美食完美融合的结果！”

“而案件的调查，就是各种线索的完美融合……”拉里调皮地眨了眨眼睛，“姨奶奶，您能再给我们讲讲跟卡尔欧罗可遗址有关的事情吗?”

阿莉森笑着拍了拍他的肩膀：“好样的，小伙子！你是个行动派！先上车吧，我们边走边说！”

吉普车开动了，恩里克负责驾驶，阿莉森则开启了她的科普小课堂。

“我长话短说，”她神情坚定地说，“这个遗址是二十世纪八十年代在一家水泥厂偶然被发现的。作为主体的巨大石壁，曾经是一片湖的湖底，各种恐龙曾在淤泥上来回走动，留下了无数的脚印。后来，湖水干涸，泥土变硬，这些庞然大物的足迹随之凝固，如今成了证明它们曾经在地球上存在过的证据。”

“现在这些脚印已经被联合国教科文组织列为世界遗产了，对吗，姨奶奶?”阿加莎问道。

“没错，”阿莉森笑了笑，“而且对我们这些研究人员来说，这个地方简直就像一块令人无法抗拒的磁石。大量足迹化石学家都聚集于此，每个人都想发掘出新的化石。”

“足迹化石学家?”听到这个新颖的名词，拉里不禁瞪大了眼睛。

“足迹化石学是古生物学的一个分支，这门学科的研究对象就是恐龙脚印所形成的化石!”阿莉森解释道。

拉里眼睛一亮:“听着有点儿像法医足迹学！我刚刚……差点儿就参加了这门考试。”

“没错!”阿莉森又拍了他一下，“通过恐龙的足迹，我们可以发现很多东西……比如甲龙，它们体型庞大，就像盔甲披身的巨型犰狳，体重可达八吨。以前人们认为这种恐龙臃肿笨拙、行动迟缓，但仔细研究过它们的足迹后，我们发现甲龙其实非常灵活，它们腿很长，走得也挺快。”

阿加莎若有所思地摸了摸自己的鼻子：“照这么说，现在应该也有很多学者聚集在卡尔欧罗可公园吧？”

“足足有三支团队呢，”阿莉森证实了阿加莎的猜测，为了防止帽子被风吹走，她压了压帽檐，“我跟他们的领队都很熟，包括来自美国的哈里·冈恩、来自比利时的戴维·范霍夫和来自玻利维亚的赫克托·阿帕萨，他们都是非常顶尖的学者，但也都是十足的利己主义者。”

“这话怎么理解？”阿加莎好奇地看着她问道。

“意思就是，他们除了喜欢搞研究，也非常在意自己的名气。”阿莉森狡黠地笑了笑，“他们都想出类拔萃，成为万众瞩目的焦点。尽管如此，我必须承认他们确实都是一流的学者！”

“那块恐龙足迹化石是他们发现的吗？”拉里问道，说着，他伸手捂住了耳朵，因为风呼呼地从车窗外刮进来，把人吹得很是难受。唯一一个乐在其中的似乎就是沃森了。这只雪白的西伯利亚猫趴在头枕上，脸迎着风，尾巴直直地翘着，看上去享受极了。

“是赫克托·阿帕萨手下的一个工人发现的，”阿莉森回答道，“那块化石上有小型恐龙留下的两个脚印。根据阿德里亚娜的说法，当时三支队伍的学者立刻围了上去，但谁也看不出这些足迹到底来自哪种恐龙。”

“这样的情况不常见吧?”拉里好奇地问。

“那当然了！发现新物种是可遇不可求的事!”阿莉森说，“事实上，事情发生以后，他们之间立刻硝烟四起，因为所有人都想把这一成就归功于自己!”

拉里咬着嘴唇，不禁做起了白日梦:“我很能理解他们……如果能给恐龙命名，那我也会不惜一切代价。你们想想看，‘拉里·米斯特里龙’！太酷了吧!”

阿莉森被逗得大笑起来:“哈哈！我就喜欢你这样的年轻人，有野心，有梦想!”

肯特先生眉毛一扬，不解地说:“可是……既然脚印是阿帕萨手下的工人发现的，那功绩理应属于他们这一组。”

“是这样的！”阿莉森激动地回答道，“但是冈恩马上提出了抗议，声称发现化石的地方处于他们团队的挖掘区域。然后范霍夫也跳了出来，大声嚷着一切都得从长计议，因为准确地说发现化石的地方其实是在冈恩小组和他们小组挖掘区域的分界线上……总之，三个人花了一整个下午的时间来掰扯这件事。”

“后来呢？”阿加莎听得格外认真。

“古生物学家们把这件文物托付给了阿德里亚娜·巴尔加斯，”阿莉森解释道，“然后阿德里亚娜就把它存放在了发掘现场旁边的一个小仓库里。仓库的门倒是十分坚固，可惜没有报警系统和视频监控。”

“足迹化石就是从那里被偷走的吗？”拉里问道。

“正是。”阿莉森回答说，“有人敲碎了仓库窗户上的玻璃，然后打开窗子，钻进去拿走了化石。更让人难过的是，化石被盗之前三位足迹化石学家一直在争论不休，还没正儿八经地展开研究。现在，大家手里关于这块珍贵的化石的资料只剩下工人们拍摄的几张照片了。”

“侦探眼”之前已经把这些照片的副本通过“眼线宝”发给了拉里，于是，他和阿加莎肩并肩对着屏幕仔细观察了起来。照片里是一块颜色泛白的石灰岩，表面布满了划痕和坑坑洼洼的印记，阿加莎把这些细节都默默地记在了心里。根据出现在同一张照片里的工人的手，他们判断这块石头的长和宽大概都是三十厘米。

“您觉得这块化石有多重？”阿加莎向阿莉森请教道。

阿莉森看了一眼照片，轻描淡写地说：“这是一块多孔石灰岩。我估计……嗯，应该在十五公斤左右。”

在石块的中央，可以清晰看到两个脚印的形状，跟大公鸡的脚印十分相似。它们真的来自一种全新的恐龙物种吗？

“我们到了。”恩里克打断了大家的思绪。

沿着五号公路走到底，就是卡尔欧罗可公园了，这里保存了**白垩纪**时期的恐龙足迹。这会儿已经可以远远地看到个头最高的恐龙模型的脖子直冲云霄。

白垩纪

白垩纪是中生代的最后一个纪，大约从1.45亿年前到6600万年前，是恐龙的鼎盛时期。白垩纪末期，恐龙因小行星撞击地球而灭绝，结束了它们长达1.6亿年的统治。

霸王龙是白垩纪晚期的巨型食肉恐龙，体长可达12米，重达7吨，拥有强大的颚和锋利的牙齿，是顶级掠食者。

迅猛龙则是小型而敏捷的恐龙，体长1.8米左右，群体行动，以速度和团队合作捕猎。

虽然知道它们只是用树脂做成的精美复制品，但看到的那一刻拉里还是忍不住惊叫起来："我的老天爷！看起来跟真的一样！"

沃森看着那些逐渐逼近的"大蜥蜴"，没有丝毫要退缩的意思。不管是真是假，它们都不足以吓倒一只西伯利亚猫。趁着吉普车减速，沃森从头枕上潇洒地一跃而下，若无其事地活动起了腿脚。

看到新客人走近，负责人阿德里亚娜·巴尔加斯和两位安保人员立刻迎了上去。眼前这位中年女性有着南美人典型的长相，深色的头发编成两条长长的辫子披在肩头。一见面，她就给了阿莉森一个热情的拥抱。

“再次见到你真好，阿莉森！”她忍不住叹了口气，“唉，虽然现在的处境着实让人高兴不起来。这两位就是你之前跟我说起的孙子和孙女吧？”

“是的，他们就是拉里和阿加莎，”阿莉森介绍道，“这位看起来不好惹的大块头是他们的管家，肯特先生！这只猫嘛……咦，猫去哪儿了？”

原来，沃森决定向“大蜥蜴”发起攻击，这会儿已经跳到了一只巨型霸王龙的背上，嗅闻一番后，它发现这玩意儿并不是活的，而且也不能吃。不过，当作座位倒是挺舒服，非常适合趴在上面打盹儿。

“它已经打上呼噜了，”阿加莎笑着说，“沃森可聪明着呢，一般来说，不到吃点心的时间它是不会出现的。很高兴认识您，巴尔加斯夫人。我们很开心有机会来到这里。”

“天哪，我一定是在做梦！”拉里一边尖叫着，一边朝迅猛龙的雕像跑去，兴奋得像个小孩似的。

“所以……他就是你说的侦探？这个毛头小子？”阿德里亚娜惊讶地问。

阿莉森朝她眨了眨眼睛，笑着回答道：“没错，他有自己独特的办案方式！不过相信我，他肯定可以的。”

过了一会儿，他们转移到了公园里的一间平房里，围着一张桌子坐了下来。阿德里亚娜开始向大家讲述这起案件的始末。

“事发那天早上，天刚蒙蒙亮的时候，一场暴风雨突然来袭，风急雨骤，不过很快就过去了。”她讲道，“八点钟之前，没有人发现有任何异常。公园里的监控摄像头也没有记录下任何可疑的动静。发现化石失窃后，我立刻向有关部门报了案，告诉他们这里丢了一块重要的化石。苏克雷警方赶来进行了初步调查，并命令在场的所有人都不要离开。”

“这么说，三位领队和他们的工人都还在这里？”拉里理了理垂在额前的那撮乌黑的头发，摆出一副自认为很专业的样子。

阿德里亚娜果断地点了点头：“所有人都在，而且警方也知道‘侦探眼’学校将负责调查此案。”

拉里搓了搓手，满意地总结道：“无论如何，嫌疑人肯定就是在场所有人中的一个！”

“我们可以由此推断，化石还没有离开公园，”阿加莎补充道，“不论小偷是谁，一定会先把化石藏起来，等尘埃落定后再取回赃物，然后……”

这时，远处突然传来一声尖叫：“不——！”

紧接着是一阵惊天动地的喧闹声。片刻过后，所有人都朝着声音传来的方向跑了过去。

第三章

三个死对头

阿加莎和众人循着声音来到了公园边上的一座平房前。这个区域实际上是古生物学家们的专属营地：他们在水泥地上搭起了好几顶帐篷，旁边还放着几个集装箱，里面堆满了各式各样的材料。

“这是戴维·范霍夫住的地方。”阿德里亚娜介绍道。看到房门敞着，她径直走了进去。尘土飞扬的房间里，一个面无血色的瘦削男子站在中央，他穿着工作服，身体不受控制地颤抖着。他的脚边散落着一堆贝壳和化石，还有一个被推倒的空木箱。

“又是你干的好事！”范霍夫咆哮着，像疯了一样，根本没有察觉到阿德里亚娜和其他客人的到来，“你真是朽木不可雕！简直是行走的闯祸机器！从来没见过比你更差劲的实习生！”

范霍夫大发雷霆的对象是一位蜷缩在角落里的年轻女孩，她看起来有点儿笨拙，眼神里满是惊恐。“对不起，刚才贝壳中间冒出来一只巨大的蜘蛛，

我被吓坏了！”女孩惊魂未定，努力解释道，“我向来害怕蜘蛛……所以不由自主地跳了起来，不承想正好撞倒了箱子，然后……”

范霍夫的怒气并未平息：“这一切就是因为一只小小的蜘蛛？你可真是个灾星！”

说完，他环视四周，刚好撞上了拉里的目光。拉里摆出一副很专业的样子，微笑着向对方点头示意。

“很抱歉打扰到您。我是拉里·米斯特里，来自‘侦探眼’。我本来打算先去犯罪现场，现在看来，还是先从收集您的证词开始吧。”

范霍夫脸色立刻变得阴沉起来：“你这是在审讯我吗?”

“哦，并不是，暂时只是聊聊天而已，”拉里不慌不忙地答道，“我们可以到外面谈谈吗?”

实习生匆忙地自我介绍说她叫艾莱特拉·拉卢兹，随后便开始收拾刚才被自己打翻的箱子。范霍夫则拄着拐杖，慢吞吞地跟着拉里他们走出了房间。他气得浑身发抖，还没等拉里开口，就迫不及待地辩解起来。

“化石失窃的那晚我就在自己的房间里睡觉！当然，我没有证人，但是我的同行们也都没有不在场证明！”

“所以，我们如果说得明白点儿……”拉里刚一开口，立刻又被火冒三丈的范霍夫打断了。

“说得明白点儿就是，这件在我所负责的区域发掘出来的珍贵文物，肯定是被我的某位同事偷走了！”

“那如果说得再直白些呢?”拉里顺势追问道。

“小偷就是赫克托·阿帕萨！”范霍夫斩钉截铁地下了结论，“那家伙看不惯我，也看不惯其他从国外来玻利维亚发掘化石的古生物学家！”

拉里疑惑地看着他：“可是除了您和其他两位，牵涉其中的还大有人在，包括工人、助理和各种工作人员。您为何如此确定嫌疑人就是他呢?”

“发现那块化石的时候，我们三个人谁也没吭声。”范霍夫冷笑道，“因为我们都非常清楚，这将是一件轰动世界的重大发现！”

“所以你们决定假装若无其事，”一直在旁边默默倾听的阿加莎小声说道，“这很正常，当发现一件宝贝的时候，谁也不想大张旗鼓，引起别人的注意。”

“不是一件宝贝！是我的宝贝！”范霍夫怒气冲冲地反驳道，在这之前他好像根本没有注意到这位金发女孩和业界大咖阿莉森的存在。

“后来发生了什么?”拉里追问道。

“我们几个聚在我的房间里，开始激烈地争辩起来！”

“哪是争辩，简直是狂吼乱叫！”阿德里亚娜纠正道，同时朝他甩过去一个责备的眼神。

“我吼是因为我有理，其他人说的都不对！”范霍夫大声嚷嚷着。不需要多么突出的推理能力就能看出这位科学家性情极为暴躁。

“无论对错，问题的关键在于，只有你们这几个足迹化石学家清楚这些刚出土的化石是无价之宝。”拉里轻拢了一下他那撮反叛的刘海，带着一丝得意总结道，

“这也就把嫌疑人的范围缩小到了……你们三个人。”

“不，是两个人，因为我跟这件事无关!”范霍夫再次澄清道。这时，房间里又传来了一阵东西碎裂的声音，他立刻气鼓鼓地冲了进去。

“你又在搞什么鬼，艾莱特拉?”他的咆哮声传了出来。

“事情有眉目了，”拉里兴高采烈地说，“接下来轮到谁出场了呢?我们去找哈里·冈恩?”

米斯特里兄妹、肯特先生和阿莉森在阿德里亚娜的带领下来到了发掘现场。冈恩和他的团队正在卡尔欧罗可那面巨型峭壁下工作。

拉里和阿加莎曾看到过许多关于这个地方的照片，但是亲眼见到的时候他们还是深感震撼：巨大的峭壁微微倾斜，上面布满了纵横交错的恐龙脚印，有的极大，有的很小，每一个都清清楚楚地刻印在岩石表面。有好几处的足迹甚至排成了长长的队列，一个紧跟着另一

个，完美
展现出这些古老的生物当年在地球上行走的轨迹，让人忍不住浮想联翩。

“我仿佛还能听到它们的脚步声！”阿加莎看着眼前的场景出神，不禁小声感叹。

“没错，它们的脚步声确实依然在回荡。”一个深沉的声音突然传来。紧接着，一名头戴牛仔帽的男子从一个地洞里冒了出来。

哈里·冈恩现身了。这位体格健壮的美国科学家拿出

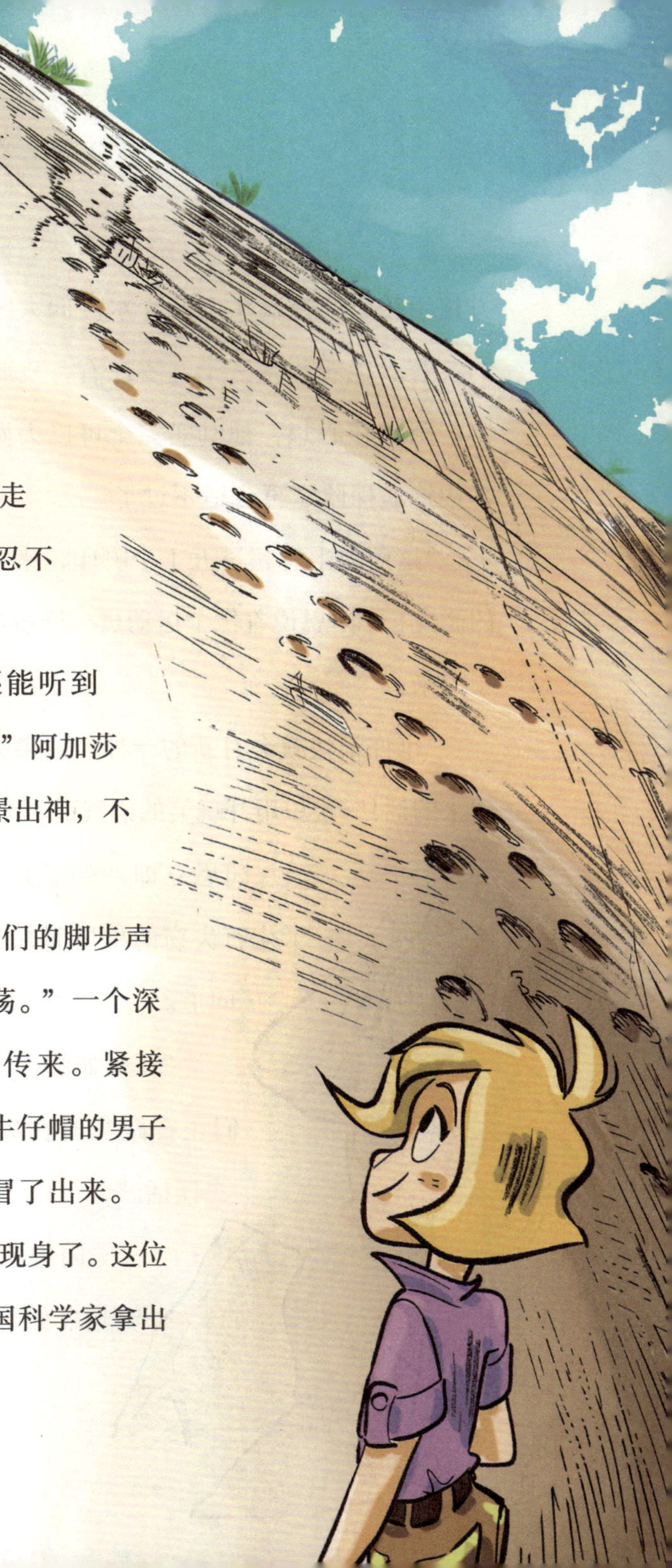

方格手帕擦了擦额头上的汗水，向大家投来一个灿烂的笑容。他看起来三十五岁左右，皮肤黝黑，肌肉结实。阿加莎心想，他其实完全可以去做演员，在冒险片中饰演探险家再合适不过了。

“这面墙上有超过五千个脚印，来自至少九种不同的恐龙！”冈恩说着像个运动员一样敏捷地从土坑里跳了出来。

“也许很快就会有新的一种，如果失窃的化石能找回来的话!”拉里用开玩笑的语气说。

冈恩立即产生了兴趣。“你们是为了化石失窃的事情而来？”他看着拉里问道。

“正是如此,”拉里回答,“我们正在跟当时在场的所有人一一谈话。”

冈恩听到这里突然大笑起来:“所以你们已经跟

我的同行们聊过了吗？相信我，他们俩比这里的有些化石还古老！他们脑子里只有三样东西：十字镐、铲子和尘土。”

“这个嘛，毕竟他们是足迹化石学家。”拉里反驳道。

“他们简直是可以放进博物馆里的老古董！”冈恩不以为然，“现代古生物学应该使用更先进的工具！比如信息技术、网络数据共享，甚至是……”

“化石被盗那晚，您人在哪里？”拉里猝然打断了他。

“好样的，直击要害！”阿加莎赞许地看向拉里，小声嘀咕道。

冈恩向拉里投去一个难以捉摸的眼神，随即自信满满地回答道：“我像往常一样在我自己的帐篷里睡觉。不过，我想我已经知道偷走化石的人是谁了——肯定是那个‘好脾气’的范霍夫。因为化石刚一出土的时候我们曾经聚到一起讨论，他当时就已经发动攻击，扬言这块化石是在他的挖掘区域被发现的。但事实恰恰相反！恐龙足迹是在我的地盘上被发现的，这是毋庸置疑的！”

冈恩自己也激动起来。

“发现化石的是阿帕萨手下的一个工人，但那是在我的地盘上！”他加重语气又强调了一遍，“而且，我跟你们说，如果化石找回来，我还要用自己的名字给新恐龙命名！就叫‘冈恩龙’！”

“您说的这片区域具体是在什么地方呢？”阿加莎问道，她迫不及待地想去整个事件最初的起点一探究竟。

“离这里不远，”冈恩回答说，“你们跟我来吧！”

冈恩带着大家来到了一个不怎么深的土坑旁。

“当时化石就埋在这下面，”他解释道，“很显然，数十万年前，它从岩壁上掉落，然后又被覆盖在了沙土之下。”

“让我们来仔细看看。”阿莉森发话了，她伸手让冈恩扶自己一把，然后跟着他一起下到了坑里。她一直表现得置身事外，直到此刻才有所行动，但其实，整个过程她都在仔细观望。冈恩立刻安静了下来——和其他所有的古生物学家一样，他对阿莉森·米斯特里也怀有极高的敬意。

“依我看，这块化石埋在这里也就只有几百年，亲爱的同事，”阿莉森纠正他说，“这个坑不深，根据这里土壤的类型，我估计这些足迹化石出现在这里的时间大约是……嗯，四百年前或者稍微多一点点。”

冈恩一声不吭，脸上闪过一丝不安和尴尬——显然，他因为判断失误而感到很没面子。

“还有一点也很有意思，”阿莉森目光扫过土坑上方陡峭的岩壁，继续补充道，“上面的岩壁光滑如镜，没有任何裂缝和缺损。所以，可以肯定，你们发现的这块化石并不是从上面掉下来的。”

阿加莎微眯起眼睛，暗暗记下了这个重要的细节。

阿莉森一边轻摇着帽子给自己扇风，一边若有所思地分析道：“如果不是因为过于荒谬，我几乎要怀疑，四百五十年前是有人故意把这块化石埋在了你们现如今发现它的地方!”

冈恩尴尬地轻笑了一声，评论道:“没错，这实在是荒谬至极!”

收集完范霍夫和冈恩的证词后，拉里要调查的对象还剩最后一个，那就是赫克托·阿帕萨。

来到阿帕萨的营地时，他们发现这位古生物学家正在小屋里享用他的“点心”——至少他自己是这么定义的。实际情况是，餐桌上摆满了各种美味佳肴:中间是一大份盛放在瓦钵里的玻利维亚炖鸡，里面不仅有鸡肉，还有洋葱、豌豆和辣椒;旁边是一大把精致的玻利维亚烤肉串，还配有堆得跟小山似的一份奶酪炒饭。

桌前除了阿帕萨，还有他的两个员工。他们对几位客人的到来不闻不问，继续闷头

吃饭。

拉里的肚子开始咕咕作响，同时，沃森也神不知鬼不觉地出现在了阿加莎的脚边。很显然，它在“恐龙床”上睡够了，这会儿被屋里传出的诱人香味吸引了过来。

阿帕萨顶着一个圆滚滚的大肚子，留着两撇乱糟糟的大胡子，整个人看起来很和善。然而，一听到拉里提起失窃的化石，他的脸色立刻变得阴沉起来。

“你们别影响了我的胃口。我只知道盗窃发生那晚我在睡觉，其他的无可奉告！”他边说边吞下一大口饭。

“这已经是第三个说自己在睡觉的人了。”拉里小声跟阿加莎嘀咕道。

“你说的话我听得非常清楚，年轻人！”阿帕萨挪了挪椅子，不满地哼了一声，“我不知道其他人跟你们是怎么说的，反正那天晚上我睡得很香。”

“有人能证明这一点吗?”拉里问道。

“没有！相信我，你要调查的人不应该是我。我睡眠很浅，而且我的房间就在仓库旁边，化石就是从那里被偷走的。你想听听我的看法吗?”

“我想听所有人的看法!”拉里激动地回答道。

“那天凌晨，天还没亮，暴风雨突然袭来，雷声震天。小偷肯定是趁这个机会打碎了窗户，溜了进去。但凡发生在夜里的其他任何时间，我肯定会听见的!好了，如果你们没别的事，我就继续吃饭了。”

拉里故意磨蹭了一会儿，心里暗暗期待也许阿帕萨会邀请大家一起品尝这些美食。然而这根本就不可能:阿帕萨转过身，继续自顾自地大口吃了起来。大家只得失望地离开了。不过，阿加莎留意到一个细节:沃森跟着大家一起走出房间时，嘴里正津津有味地嚼着什么东西。

“猫科动物果然天赋异禀，不是吗?”她宠溺地看着自己的西伯利亚猫说。

第四章

偷走的脚印和留下的脚印

下午五点，拉里一行人来到了案发现场，也就是恐龙足迹化石被偷走的那间仓库。

太阳开始缓缓西沉，在地上投下了长长的影子。仓库的外观和公园里的其他建筑很像，看上去就是一座普通的平房，平时会被用作化石的临时存放点。里面十分昏暗，因为窗户狭小，无法让足够的光线照进房间。

墙边堆满了一箱箱尚未归档的化石，大多是破碎的贝壳和残缺不全的骨头，几块有待评估的大型**恐龙胫骨**被摆放在角落里。

阿德里亚娜指着一张桌子告诉大家，她当时亲手把那块带有两个脚印的石灰岩放在了上面。

“我那天就把化石放在这里。我还特意在门上上了锁，所以相当放心，”她无奈地摇了摇头，“显然这是个错误，因为我们居然没想到会有无赖从窗子里溜进来。而小偷确实就是从窗子里进来

的。不幸的是，这个房间里没有安装任何摄像头和报警系统。毕竟这里只是一座主题公园，我们并没有保管贵重物件的经验。”

阿加莎和拉里环顾四周。

“这里甚至连电也没有。”阿加莎指出。

“谁说不是呢！”拉里回应道，“偷化石的小贼在里面摸黑行动，肯定也费了一番功夫！”

这时候，在没人注意到的情况下，沃森开始

恐龙胫骨

恐龙的胫骨是它们后肢的重要骨骼。这根骨头很粗壮，能帮助恐龙撑起身体，还能让肌肉紧紧地附着在上面。科学家发现，胫骨的形状说明恐龙能用两条腿直立行走。胫骨的结构和生长模式可以反映恐龙的运动能力和生活习性。胫骨的血管密度和形态也能揭示恐龙的生长速度。

行动了。它先是像往常一样嗅来嗅去，对新环境进行探索；然后轻轻一跃，跳上了桌子，优雅地摇着尾巴在上面散起步来。

“我的老天爷，你在干什么啊？这只臭猫！快给我下来！”拉里大声喊道，他对米斯特里家的这只宠物向来都没有太多好感，“这是犯罪现场，你居然在上面乱走！你知不知道任何东西都不能碰！一切都必须保持原样！”

那只西伯利亚猫完全把拉里的训斥当耳旁风，小爪子继续有节奏地踩在桌面上，看上去像是准备窝在那里休息一会儿。随后，出人意料的是，它竟然放弃了桌子，跳回到地面上继续踱步。不过此举看起来并不是为了向拉里表示顺从，而是想舒展一下自己的筋骨。但就在这时……

“天哪!”拉里抱头尖叫起来,“你怎么把爪印搞得到处都是!”

拉里说得没错，沃森在地上留下了一串长长的深色爪印。

阿加莎轻轻摸了摸自己的小翘鼻，她沉思片刻，突然意识到她的猫刚刚提供了一个重要的新线索。

她走到桌前，用手指在桌面上划了一下，然后看了看指尖——是黑色的。和沃森在地上留下的爪印一样黑。

“感觉像是……煤!”她一边喃喃自语，一边闻了闻自己的手指。

“的确是煤!”她兴奋地宣布,“这张桌子的表面有一层薄薄的煤灰!”

“真是奇怪，”阿德里亚娜·巴尔加斯也凑了过来，“从来没有人带燃料到这里来，这一点我敢肯定。再说了，这里根本不存在供暖设备……没有火炉，也没有壁炉。我甚至觉得整个公园里都找不出什么煤炭，真的不明白这里怎么会有煤灰。”

拉里把自己的刘海挠得一团糟。“难道是小偷留下的？可这是为什么呢？”他困惑极了。

阿加莎耸了耸肩。对于这个问题，她暂时也没有答案。

走出仓库后，阿德里亚娜指着旁边一个被警察用红白胶带隔离出来的区域给大家看。

“小偷就是从这儿进来的，”她解释道，“脚印非常明显。”

拉里和阿加莎小心翼翼地穿过隔离带，想要近距离地观察一下被小偷打破的窗户。阿德里亚娜说得没错，地面上的脚印清晰可见。

阿加莎不禁眯起眼睛，仔细研究起来。

“脚印有两排……看起来像是穿着工作靴踩出来的。”她分析道，“一排通向窗户，另一排朝向相反的方向。”

“没错。我觉得线索已经足够多了，多到足以推理出整个事件经过了。”拉里信心满满地说，他把胸膛挺得高高的，活像一只趾高气扬的公鸡，“小偷应该是在黎明前行动的，正巧赶上了暴风雨袭来。一方面，这对小偷来说是件好事，因为正如阿帕萨所言，轰鸣的雷声可以掩盖住砸玻璃的噪声。”

所有人都在竖着耳朵认真地听他分析。

“但另一方面，暴风雨也给他带来了不小的麻烦。因为雨水会打湿地面，进而导致留在上面的脚印异常清晰，就像你们现在所看到的那样。因此，我们可以清楚地看到小偷的行走路线!”

“的确，正如我之前说的，那天的暴风雨虽然来得很猛烈，但持续的时间很短，”阿德里亚娜补充道，“雨刚一停，太阳就出来了，地面很快就被晒干了。于是，在短短几分钟内，这些脚印就被牢牢地印在了地面上，就像化石一样!”

拉里骄傲地哼唧了几声，然后蹲下身，开始仔细查看现场的脚印。

“好消息！鞋底的花纹非常清楚。这么一来，找出嫌疑人简直是小菜一碟：谁的靴子底部有这样的纹路，那么……谁就是小偷！”他得意洋洋地宣布。

阿莉森脸上露出一丝困惑：“如果事情真的这么简单，我们才不会火急火燎地让你从地球另一端飞过来呢，我亲爱的孙子。警方早就已经仔细搜查过了。工作靴、长靴，甚至拖鞋，能找的地方他们都找了！”

“没错，”阿德里亚娜确认道，“警方已经把现场所有人的鞋子都跟地上的脚印做过比对了，结果没有发现任何相符的。”

“很显然，小偷已经把作案时穿的鞋子处理掉了！”阿加莎推测道。

“小偷离开仓库的时候，天已经亮起来了，所以他肯定可以看到自己在现场留下了脚印。可是他没有足够的时间来清理，所以只能把鞋子脱下来——说不定他把鞋子和化石藏到一起了！”

“这也正是苏克雷警方得出的结论。”阿德里亚娜笑着说。

拉里这会儿还蹲在足迹旁不停地琢磨：“这些脚印是由一双四十二码的靴子留下的。三位嫌疑人中，谁的脚是这个尺码呢？”

“警察也想到了这一点，调查发现，三位学者的脚码差不多都在这个范围内。所以，他们中的任何一个人都有作案嫌疑。”阿德里亚娜解释道。

“呃，一定有办法能从这些脚印中发现点儿什么。”拉里不服气地嘟囔着。他盯着地上的脚印看了又看，拼命想从脑子里挖出一点儿能派得上用场的关于法医足迹学的知识。

“脚印能透露出非常多的信息，”说着，他拿出了随身携带的“眼线宝”，“根据脚印或鞋印，我们可以推断出其主人的体重和身高。犯罪分子可以拉起衣领或戴上面具来遮住脸，也可以戴上手套以防留下指纹……但他们无论如何都无法掩盖自己的走路方式。”

“看来我的普洱茶真的发挥作用了。这次考试你准备得简直无懈可击。”阿加莎调皮地朝他眨了眨眼。

阿莉森也为孙子感到自豪，她看向阿德里亚娜，两个人默契地会心一笑。用“眼线宝”扫描了几处足迹后，拉里兴高采烈地宣布：“留下这些脚印的人体重大约是……八十五公斤！”

这一刻，所有人都陷入了沉默，大家都在心里默默盘算着嫌疑人可能是谁。

只有沃森对这些动脑子的事情毫不在意，它四处上蹿下跳，不遗余力地寻找着自己感兴趣的美味。

“戴维·范霍夫是三个嫌疑人之一，可是他体格相当瘦弱，体重绝对不会超过七十公斤。”卡洛斯分析道。

“没错！”恩里克附和道。

“赫克托·阿帕萨自然也可以排除在外，”阿莉森补充道，“他是个大块头，少说也有一百公斤。”

大家面面相觑：如此说来可能的嫌疑人只剩一个了——那就是身材健硕的美国学者哈里·冈恩！

“看吧，我就说这是小菜一碟！”拉里得意极了，“走吧，我们再去和他本人谈谈。”

阿莉森再次重重地拍了拍孙子的肩膀，其他人也纷纷向他表示祝贺。大家有说有笑地离开了仓库所在的区域。

只有阿加莎一个人落在了后面，她眉头紧

锁，脸上露出怀疑的神情。

“快点儿啊，阿加莎！案子马上就要水落石出了！”拉里转身对着她喊道，“你怎么这副表情?”

“因为有件事情我还没想通，”阿加莎回答说，“不过没关系，我会弄清楚的。”

第五章

哈里·冈恩的说辞

在这片极端干旱的土地上劳动了一整天，工人们筋疲力尽地回到了营地，准备放松一下，享受难得的休息时刻。他们摘下了一直戴在头上的安全帽，聚在公园帐篷旁，喝起了冰镇啤酒。这会儿已经是晚上六点了，阿莉森和阿德里亚娜看起来也非常疲惫。打了几轮哈欠后，她们实在撑不住了，决定先回去休息半小时。

于是，拉里、阿加莎和肯特先生，当然还有他们忠实的小伙伴沃森，一同朝着嫌疑人哈里·冈恩的营地走去。路过范霍夫的住处时，他们听见他正在跟助手艾莱特拉以及赫克托·阿帕萨激烈地争论。

“晚上好！”拉里朝他们挥了挥手，热情地打了个招呼，“特大好消息！我找出嫌疑人了，晚点儿再告诉你们详细情况。”他自鸣得意地说道，难以掩饰心中的喜悦。

阿帕萨和范霍夫目瞪口呆地看着他。而这正是拉里想要的效果，所以他笑得更得意了。但是这份喜悦持续不了太久，很快，他就要跟冈恩当面对峙了，跟罪犯打交道从来都不是一件容易的事情，因为只要稍有差池，整个案件就有可能功亏一篑！

“你怎么看，阿加莎?”拉里小声问阿加莎，“等会儿进行最后的审讯时，我该摆出一副冷酷脸、老油条脸，还是装傻充愣脸?”

“亲爱的拉里，我建议你用你平时的脸就行！说实话……你的脸本来就是这三种表情的混合体！”阿加莎故意开玩笑说。

拉里哼了一声，假装受到了冒犯，但实际上阿加莎这番话有效地缓解了他的紧张。

是时候让小偷原形毕露了！

哈里·冈恩刚洗完澡，扫净一天的灰尘，悠闲地坐在一张帆布折叠椅上。然而，当他看到拉里等人走近时，脸上显露出一丝不快。

“哦，原来是调查员们大驾光临，”冈恩冷冷地说，“案子已经破了？”

“可以这么说。”拉里得意地回答道，“罪犯留下了无比清晰的线索。准确地说是大量的脚印，跟卡尔欧罗可的峭壁上的恐龙足迹差不多！当然，他自己也意识到了这一点，所以把作案时穿的鞋子藏了起来。”

“看来是个有脑子的贼。”冈恩突然变得紧张起来。

拉里挑衅地看着他：“没错，但他低估了现代技术的力量。我只需要扫描一下脚印，然后上传到一个软件进行分析，就可以轻松知晓罪犯的体重。而且，冈恩先生，您让我特别惊讶的是……”

“是什么？”古生物学家问道。

拉里走到他面前，从头到脚打量着他：“正如您自己所说，您对高科技了如指掌，更何况您还是一位著名的足迹化石学家，那么，您应该比任何人都清楚，脚印能透露出无数的信息！那您怎么还指望着能不被发现呢？”

“所以你是在指控我吗，小子?!”冈恩生气地瞪大了眼睛。

“正是!”拉里毫不退缩，肯特先生则立刻站到了拉里身旁——只要有任何突发情况，这位前拳击手就会毫不犹豫地一展身手，“您在黎明前去了仓库，撬开窗户，偷走了足迹化石。后来您发现自己留下了脚印，于是在逃跑后把鞋子藏了起来！”

冈恩先是支支吾吾地嘟囔了几句，随后突然转身，拔腿逃跑。肯特先生已经做好准备在几秒钟之内就把他制服，令人意外的是，冈恩忘记了自己还穿着浴袍和拖鞋，所以刚抬腿就被固定帐篷的木桩绊倒，摔了个四脚朝天。

肯特先生毫不客气地把他拉回到椅子上。无奈之下，冈恩只好坦白了。

“没错，你说出了一部分真相，”他紧张地看着拉里，“那些脚印确实是我的……但是化石不是我偷的！”随后，他可怜巴巴地看着大家，卑微地恳求道：“我不是小偷，你们要相信我，请听我解释！”

拉里挑了挑眉毛：“说吧，我们洗耳恭听。”

“那天晚上，我因为和同事吵架，气得无法入睡。”冈恩回忆道，“然后，我穿上靴子，鬼使神差地走向了仓库。我也不知道自己是怎么了……我承认，我的确是

打算去偷化石的。”

米斯特里兄妹和管家神情严肃，静静地站在旁边听着。

“当时已经快六点了，但是周围一个人也没有，”冈恩继续讲述道，“远处传来阵阵雷声，预示着暴风雨即将来临。果不其然，还没等我赶到仓库，雨就下了起来……走到离仓库不远时，我发现窗户上的玻璃居然是破的。说明有人比我抢先行动了！我发誓，真的是这样!”

“然后呢?”拉里追问道。

冈恩皱起眉头，神色变得困惑起来:“我心想肯定是我的其中一位同行起了和我一样的念头。我必须得抓他个现行，然后当众揭发他!”

“于是您进了仓库?”阿加莎直视着他的眼睛提问道。

冈恩点了点头:“是的，从窗户钻进去的。可是我前脚刚一着地，就听到里面有动静……我现在能记得的最后一个画面，就是仓库里的桌子被一道划过天空的闪电照亮，此时化石还放在桌上。紧接着，在一片漆黑中，有人狠狠地砸了我的脑袋一下。我顿时晕了过去，不知道过了多久才醒来，可能有半个多小时吧。我不知道袭击我的人是谁，但可以肯定的是对方是拿存放在房间里的恐龙胫骨砸晕我的。”

“您怎么知道是胫骨?”阿加莎不解地问。

“因为我醒来时，天已经亮了，胫骨就扔在我身边。”冈恩努力回忆道，“这时候我意识到足迹化石已经不见了。而且，除了化石，小偷还带走了一样东西：那就是我的靴子！”

阿加莎碧蓝的眼睛里闪过一丝光芒：“真有意思！麻烦您继续讲下去吧！”

“小偷穿着我的靴子从窗户逃了出去，然后在泥地上留下了脚印。我在走来的路上已经留下了一串脚印，而他在离开的时候又留下了一串。这样一来，偷窃的罪名就非我莫属了。”

“那后来呢？你醒来后又做了什么？”拉里接着问道。

“我彻底慌了神，”冈恩叹了口气说，“我很清楚，过不了多久大家就要起床了，到时我肯定会被发现，所以我就光着脚跑回了帐篷！”

“而且没有留下任何脚印，因为当时地面已经干了。”阿加莎补充道。

“没错。我当时没有时间处理自己的脚印……包括小偷留下的那些。”冈恩总结道，“我回到了帐篷里，祈祷自己不会惹上麻烦。这就是我所知道的一切了，而且全部都是实话。”

大家听完沉默良久。突然，拉里放声大笑起来。“真是个好故事，冈恩！”他大声喊道，“但是我一个字也不信！两个贼同时去偷同一样东西？这听起来完全就是临时编造出来的借口。还有用恐龙胫骨砸脑袋的桥段，以及靴子被偷走的情节……来吧，让我们看看您还能不能编出更好的故事。恕我直言，在我看来，您就是为了给自己开脱，所以拼凑出了这一系列荒唐的故事！”

冈恩此时已经完全失去了先前老练的风度，他低着头，看起来几乎要哭了：“我知道所有的证据都对我不利，但请你们一定要相信我，化石真的不是我偷的。”

“接下来的一步是通知苏克雷的警察，”拉里斩钉截铁地说，“我们会帮忙寻找被盗化石的下落，我相信很快就会找到的。至于您，冈恩先生……”

“我相信他说的是真的。”阿加莎突然打断了他。

“呃，阿加莎，你在说什么？”拉里脸色变得煞白，紧张地反驳道，“你刚才难道没听到吗？他满口胡言乱语，编造的故事根本站不住脚！”

“没错，这个故事确实很复杂，”阿加莎笑着说，“但是他所讲述的内容中有一点完美地解释了我之前没想通的一个细节。你还记得之前我跟你说有件事情我还没想通吗？现在我已经心里有数了。”

说完，阿加莎便匆匆离开了。

拉里沉默了。他知道阿加莎向来聪明过人，所以连忙追了上去，肯特先生和他们的猫也紧随其后。

第六章

难以捉摸的真相

离冈恩住处不远的地方，工人们都在窃窃私语。所谓坏事传千里，大家都感到很震惊：难道小偷真的会是这位美国足迹化石学家吗?

这时，美丽的晚霞突然拉开帷幕，天空中呈现出绚丽的黄褐色、粉色和靛蓝色条纹，工人们不由得停了下来，专心欣赏这片土地上的迷人日落。

“喂……你要去哪儿?”拉里一边努力追赶阿加莎，一边大声喊道。

“去案发现场!”阿加莎丝毫没有放慢步伐,“我们需要梳理一下现有的线索!”

随后,她猛地停下脚步,向拉里和管家下达了命令:“你们先去打电话通知阿莉森姨奶奶和阿德里亚娜,然后到仓库门口集合。”

当大家都聚集到足迹化石被偷走的地方时,阿加莎再次环视四周,她一边观察,一边回顾他们到现在为止收集到的所有线索和做出的所有判断,沃森则在阿加莎的脚边绕来绕去,用它柔软的白毛轻轻地蹭着小主人的脚踝。

“虽然这听起来非常不可思议,”阿加莎开始把自己的推理过程讲给大家听,“但在这个案件中,我们面对的其实是两个小偷:一个是试图偷窃化石的哈里·冈恩;另一个则是真正得手的,也就是真正的盗贼。”

大家都静静地听着。阿莉森也带着她的助手们赶了过来。她从卡洛斯手中接过她的马黛茶——接到电话后,她一路小跑过来,现在有些口渴。

“现在请注意，这个转折非常关键，”阿加莎严肃地说，“我可以肯定，这位真正的小偷最初其实并没有打算偷走足迹化石，他只是想**拓印**一份，拿回去慢慢研究——虽然我还不知道他这么做的原因是什么。换句话说，他只是想拿到这块化石的复制品！”

阿加莎这番分析超乎所有人预料，让大家十分震惊，阿莉森甚至差点儿被自己最喜欢的马黛茶呛到。

“我几乎可以想象出当时的场景，”阿加莎继续说道，“小偷借着雷声打破了玻璃，然后他打开窗户，溜进仓库，拿

拓印

拓印是一种古老的复制技术，用于记录和保存物体的表面纹理或图案。它通过将纸张或其他材料覆盖在需要复制的物体上，如碑刻、青铜器或岩石表面，然后用墨汁、颜料或蜡笔轻轻敲打或涂画，使物体的纹理或文字印在纸上。拓印技术在中国有着悠久的历史，最早可追溯到东汉时期，主要用于复制碑文和铭文。拓印能够保留原始物体的细节和质感，帮助我们研究古代文字、艺术和文化。

出纸和木炭，想把这些化石上的脚印拓印下来——就像拓印硬币一样，你们知道的，只需一张纸和一支铅笔就能完成。”

“是的，”阿德里亚娜表示赞同，“把纸放在硬币上，固定住，然后用铅笔在上面反复涂画，最后就能得到一个凸起的硬币图案！”

“没错！”阿加莎一边抚摸着沃森，一边兴奋地回应道，“我就是从沃森留下的煤灰爪印中受到了启发！”

西伯利亚猫得意地“喵”了一声，仿佛在提醒大家，差不多该准备吃晚餐了。

“我还得出了另外一个结论，”阿加莎接着说道，“这位小偷并不是专业的盗贼。否则，他会悄无声息地打开门锁，而非必须借着雷声来打碎窗上的玻璃。现在请大家紧跟我的思路，想象一下当时的场景……”

所有人都全神贯注地看着她。

“此时，也就是真正的小偷从窗户钻进仓库的时候，还没开始下雨。房子周围的地面干燥而坚硬，因此，嫌疑人破窗而入时并没有留下任何脚印。”

阿加莎一边思考，一边开始来回踱步：“现在小偷来到了仓库里，他把一张纸铺在化石上，开始用炭笔在上面描画拓印。周围一片漆黑，只有远处的闪电时不时照亮夜空。拓印需要一些时间，而他有些着急，想快点儿完成，所以十分慌张，否则也不会把炭笔粉末弄得到处都是。”

“分析得太有道理了！”阿德里亚娜·巴尔加斯赞叹道。

“与此同时，窗外下起了暴雨，这时候，盗贼听到外面有动静……他意识到有其他人要进来！”阿加莎越说越激动，在场的其他人也都紧张地屏住了呼吸。

这时，阿莉森正好喝完了杯子里的最后一口马黛茶，她对着吸管猛地一吸，发出了一阵响亮的“咕噜”声，打破了周围的一片寂静。

“姨奶奶！您别破坏这么紧张的气氛呀！”拉里小声说。

“不好意思，不好意思！”阿莉森红着脸连连道歉，随后对阿加莎说，“快请继续讲吧！”

“嫌疑人此时还没完成他的任务，也就是拓印出化石上的所有的脚印，”阿加莎继续她的讲述，“于是，在本能的驱使下，他蹑手蹑脚地躲到了仓库的角落里，尽量不发出任何声响。然后，他在黑暗中摸索，想要找到一样能用来击打入侵者的工具。他确实找到了。”

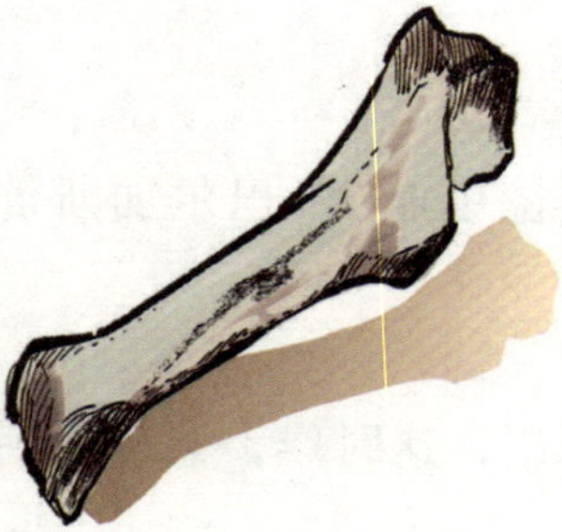

“那就是恐龙的胫骨！”拉里激动地抢答道，“冈恩十分肯定自己就是被这玩意儿打晕的！”

阿加莎朝拉里竖起了大拇指：“正是如此，拉里！

小偷举起骨头，狠狠地砸向冈恩，导致冈恩当场倒地，失去了意识。”

阿莉森赞许地点了点头。

阿加莎还在继续踱步，她的脚步越来越快，大脑也在飞速地运转着。

“冈恩的出现迫使小偷开始思考B计划。他迫切地需要想出一个对策！时间紧迫，他必须迅速做出决定……于是，他再次依本能行事。破碎的窗户，晕倒的冈恩……如今木已成舟，他很清楚天亮以后，公园里肯定会乱作一团。如果他就这样逃走，警察肯定会对他起疑，这无异于自首！”

“然后呢?”拉里焦急地问。

“然后，他决定等待，”阿加莎停下了脚步，“更准确地说，是留时间给自己思考。他想到最好的办法是把化石藏起来，然后嫁祸给冈恩。事实上，冈恩也确实试图偷走化石！嫌疑人非常肯定，如此一来，警察不会怀疑，谁也不会怀疑。这位美国足迹化石学家一定会背上黑锅，成为公认的罪犯，但是在那之前……”

所有人都屏息凝神，静待下文。

“在那之前他得先完成化石的拓印，”阿加莎继续推理道，“因为这才是他最关心的事情，所以他搬走化石，决定把它藏到某个地方。然而，从仓库里出来以后，他发现了一个问题：暴雨虽然已经停了，但是在雨水的浸泡下，地面变软了。”

拉里豁然开朗：“对哦！那时仓库四周满是泥浆，所以想要不留脚印地离开是不可能的！”

“于是，他又退回到房间里，脱下了还在昏迷中的冈恩的靴子！”阿加莎接着讲道，“他把自己的鞋脱下来，也许是绑到一起挂在了脖子上，然后换上冈恩的靴子走了出去。想想看，这是个多么天才的策略啊！冈恩在来的路上，已经留下了一串走向仓库的脚印。现在小偷又留下了一串离开仓库的脚印。这样一来，虽然冈恩什么都没拿走，却成了板上钉钉的小偷。”

“我的孙子和孙女是真正的天才。”听到这里，阿莉森悄声对卡洛斯和恩里克说，两位助手连连点头表示赞同。

“不过，不过……”拉里心生疑惑，打断了阿加莎，“这一切听起来都合情合理，可是，阿加莎，你怎么能如此肯定你的推理是正确的呢?”

“这个嘛，这可多亏你呀，拉里！”阿加莎兴奋地说，“你还记得你用‘眼线宝’扫描过地上的脚印吗?”

“当然!”年轻的侦探回答道。

“那你记不记得，你的‘眼线宝’测算出来的那位出入仓库的家伙体重是多少?”

“记得，是八十五公斤！为什么突然问这个?”

“因为那块带有恐龙足迹的化石重十五公斤，这是当时阿莉森姨奶奶看了一眼化石的照片后判断出来的。”

“差不多是这个重量，没错……”阿莉森确认道。

“真正的小偷离开仓库的时候是带着这块化石的，那么他在地上留下的脚印就应该比来的时候更深才对！”阿加莎总结道。

拉里瞬间瞪大了眼睛：“没错！如果这个人是冈恩，那么‘眼线宝’根据脚印测算出来的应该是八十五公斤再加上化石的重量，也就是一百公斤！”

“是的！”阿加莎神采奕奕，“但是，结果并非如此。因为从仓库里偷走化石的人比冈恩轻了十五公斤左右！”

听到这里，所有人都震惊不已。最后，拉里鼓起勇气说出了推理的结果：“三个嫌疑人中，只有某个人的体重比冈恩轻大约十五公斤，也就是七十公斤！”他激动地总结道，“这个人，就是比利时学者戴维·范霍夫！”

大家顿时低声议论起来。几秒钟过后，他们决定采取行动，立即赶往范霍夫的营地，殊不知等待他们的是一个令人扫兴的坏消息——嫌疑人失踪了。

“他一定是听到了什么风声，所以逃跑了。”拉里失望地说，“现在我们该怎么办？我们居然让小偷从眼皮底下溜走了。这下我该怎么向上级交代呢？”

在拉里自怨自艾的时候，阿加莎可没闲着：她发现了一个新的细节，一些第一次来的时候没有看到过的东西——房间角落的地板上，有一沓用塑料胶圈装订起来的复印纸。

“是笔记！”阿加莎快速翻阅了一遍后得出结论。除了惊人的记忆力，快速阅读是阿加莎的另一项特长。拉里每次都很震撼，他无法想象阿加莎为什么只需要扫上一眼就能汲取到大量的信息。不过，这一次拉里却没心情欣赏堂妹的特技表演：他把大家抛在身后，垂头丧气地冲出了房间。

“小偷溜走了！”他大声抱怨道。拉里从未感到如此沮丧，他们距离抓住罪犯明明只有一步之遥……但最后眼睁睁地让他逃之夭夭了！

公园的守门人向拉里、阿莉森和巴尔加斯女士确认，范霍夫确实已经在半个小时前离开了。

“您确定是他本人吗？”拉里气急败坏地追问道。

“千真万确，”门卫回答道，“肯定是范霍夫，他开着他的红色甲壳虫汽车出去的。我放他出去是因为你们已经抓到罪犯了，不是吗？所有人都在说是哈里·冈恩偷走了化石……”

如果不是因为害怕在阿莉森和阿德里亚娜面前丢脸，拉里可能已经号啕大哭了。

“范霍夫把我们耍了，把我耍了。”他叹了口气，“他肯定是趁我们审问冈恩时取回了化石……现在谁知道他已经逃到哪里去了！”

这时，阿加莎赶了过来。她手里拿着刚刚在范霍夫的房间里找到的笔记，眼睛里闪烁着光芒。

“先别激动，拉里！”她安慰拉里说，“我首先要告诉你的就是，赃物还没被带走，还藏在卡尔欧罗可公园的某个地方。”

“真的吗？”拉里立刻打起了精神。

“真的！这个小偷只对两样东西感兴趣：一个是足迹化石的拓印件，这个他在行窃的那天晚上就已经拿到手了；另一个是从公园撤退的机会。第二个愿望恐怕只有等到冈恩被逮捕后才能实现。因为抓到罪犯后，其他人就能自由行动了。”

“所以范霍夫这是要去哪儿呢？去干什么呢？”拉里急切地追问道。

“根据我从他房间里找到的笔记来看，我觉得他的目的地应该是距离这里大约两个小时车程的矿区小镇——波托西。”阿加莎回答道。

“为什么要去那儿？”阿莉森和阿德里亚娜异口同声地问。

“因为他正在寻找一笔宝藏！”阿加莎说。

第七章

佩兰苏尔的书信

“你觉得我们能追上范霍夫，弄清楚他的诡计吗？”拉里一边跳上吉普车，一边向阿莉森提问。

“只要一秒钟都不耽误，肯定可以的！”阿莉森说着已经在吉普车座位上坐好了。后排的肯特先生也正忙着把安全带系好。

卡洛斯坐在了驾驶座上，恩里克则打开导航，开始搜索前往波托西的最快路线。

阿德里亚娜决定留在公园，继续进行她尚未完成的一项研究……总之，大家都已准备就绪，除了阿加莎。

“你在找什么啊，阿加莎?!”拉里不耐烦地朝她喊道。

阿加莎已经俯身在灌木丛里鼓捣了至少五分钟，更准确地说，她整个人都快钻进去了。她手里拿着一个小金属盒，之前里面装的是她最爱的紫罗兰糖果，现在只剩一个空盒子了。

“所以呢?!”拉里急得额头上直冒汗，“你是在树丛里寻找线索吗?”

“搞定了!”阿加莎从灌木丛里探出了脑袋。她仔细地检查了一下手里的盒子，确保盖子盖严实后，才心满意足地爬上了车。

“你刚才在干什么?”拉里还在盯着她问。不过，这时候车子猛然启动，拉里的问题随即淹没在了引擎的轰鸣声和轮胎刺耳的摩擦声中。卡洛斯显然是在严格执行阿莉森的命令：一秒钟都不能耽误!

过了没多久，环绕在苏克雷四周的翠绿群山逐渐淡出了大家的视野，取而代之的是一片贫瘠而干燥的不毛之地。车子朝着**安第斯山脉**所在的方向疾驰。远处零星有几棵树木，孤零零地矗立在犹如月球般荒凉的土地上。

安第斯山脉

安第斯山脉是世界上最长的山脉，位于南美洲西岸，它全长约8900千米，平均海拔3660米。安第斯山脉属于科迪勒拉山系，形成于太平洋板块与美洲板块的碰撞挤压，因此地震和火山活动频繁。它分为北段、中段和南段，北段气候湿润，中段干燥，南段降水充沛。安第斯山脉不仅自然景观壮丽，还孕育了印加等古文明，马丘比丘遗址就位于这里。

路途还很遥远，阿加莎借着这个机会，跟大家讲起了她新发现的线索。像往常一样，她总能发现一些有意思的新鲜事。

“我们在范霍夫的住处发现的那些复印件里包含了一些书信，是生活在一五三〇年代的两个人写给对方的信件。”她一边讲，一边抚摸着正在舔毛的沃森。

“信件上都印有至少一枚印章，能看出来是苏克雷

的一些图书馆和博物馆的藏品，还有一些则来自附近的修道院。小偷不仅搜集到这些资料，还拿到了复印授权，一定花了不少功夫……同时我也怀疑，对于某些非常珍贵的文件，他很有可能是偷偷复印下来的。”阿加莎继续讲道。

“这些信件是用什么语言写的?”姨奶奶提问道。

“有些用的是拉丁语，有些是古西班牙语……文本都相当晦涩难懂。不过幸运的是，我在复印件的边缘找到了英文翻译。”

“那通信的双方分别是谁呢?”拉里好奇地问。

“有趣的地方就在这里！”阿加莎激动起来，“其中一位就是佩兰苏尔！你们还记得这个人吗？原名佩德罗·安苏雷斯，坎普雷东杜地区的侯爵，同时也是苏克雷的创立者和掌权者。另一位则是一个叫拉德拉达的人。从信件的内容来看，这个人似乎正在勒索佩兰苏尔。”

“事情变得复杂起来了。”阿莉森皱起了眉头。

“你们还记得历史上曾发生在这片土地上的故事吗?”阿加莎问大家,“当时的征服者中有两支敌对的军队同时盯上了这一地区。一五四一年年底,一群盗贼成功潜入了苏克雷总督府的宝库,也就是佩兰苏尔的宝库。补充一句,他在位的时间一直持续到一五四二年。”

恩里克满脸好奇地转过头来。这个案件本身已经够有意思的了,现在居然还牵扯出一个历史上的阴谋,有谁能不被吸引呢!

“信件里面提到,拉德拉达和他的手下抢到了一个宝箱,”阿加莎接着讲了下去,“里面装着某件价值连城的珍宝。拉德拉达写信告诉佩兰苏尔,说他把箱子藏在了里科山下的洞穴迷宫里。”

“那是哪里?”拉里问道。

“里科山就在波托西附近,是一座海拔将近五千米的高山。正如你们所知道的那样,它曾连续几个世纪稳居世界第一大银矿的地位,直到现在还有大约一万五千人在矿里劳作,各种机器昼夜不停地开采,试图寻找其他的金属。我们的目的地正是那里。”阿加莎回答完，又接着讲起了刚才的故事，“拉德拉达在写给佩兰苏尔的信里说，他可以提供找到宝箱所需要的所有信息，但是有一个条件……”

所有人都紧张地屏住了呼吸，就连正在驾驶汽车的卡洛斯也忍不住从后视镜里瞟了阿加莎一眼。

“……条件是佩兰苏尔要拿一大笔银锭跟他交换！”阿加莎总结道，“数额高得令人瞠目结舌！足以说明宝箱里的东西有多么珍贵。”

“快别吊我们的胃口了！”阿莉森感叹道，“里面装的到底是什么宝贝？是不是掠夺来的印加宝石？还是要进贡给西班牙王室的珠宝?”

“谁知道呢！”阿加莎直截了当地说，“但可以肯定的是，侯爵在最后一封信里决定答应拉德拉达的要求，给出他们索要的那笔巨额银锭。而拉德拉达的回信也颇具深意……”说完，阿加莎展示了信件的内容:

尊敬的侯爵，您一定知道以前经常有怪物出没的那座山，就在我们城市的东面；找回宝箱的线索就放在那里，我刻在了一块带有两只龙爪印迹的白色岩石上。岩石很醒目，到了那边就能看到。只需要按照上面的指示，您就能在里科山下的岩洞里找到我藏匿宝箱的地点。祝您好运。

“所以你的意思是，拉德拉达所说的龙爪印迹指的就是我们正在寻找的化石上的恐龙足迹?”拉里有些不敢相信。

“感觉是的，”阿加莎那双天蓝色的大眼睛里闪烁着动人的光芒，“可想而知，十六世纪那会儿，人们还完全不知道恐龙的存在。所以很有可能，或者说我们几乎可以肯定，石头上的脚印会被误认为是来自某种怪物或神话传说里的动物，也就是龙!”

听到这里，阿莉森也坐不住了:“这也就意味着卡尔欧罗可遗址在几个世纪以前就已经被人们发现了！即便不是全部，至少是其中的一部分！而且我们正在寻找的那块岩石上有可能刻着一幅藏宝图！”

阿加莎点了点头：“事实上，是您给了我启发，姨奶奶。您曾经提到这块岩石原本并不在古生物学家们发现它的地方，它并不是从周围的峭壁上掉下来的。您推测很有可能是四个世纪前有人把它放在那儿的。现在看来这个时间基本吻合。所以我可以断定，这个人就是拉德拉达，四百多年前，就是他把岩石埋在了后来赫克托·阿帕萨的工人发现它的地方。”

“这也就解释了为什么小偷只对化石的拓印件感兴趣。”拉里终于从震惊中缓过神来，开始试着把所有的线索拼凑到一起来分析。

“正是这样，拉里！”阿加莎欣慰地看着拉里，“他只需要借助拓片来获取拉德拉达刻在石头表面的指示信息。至于这块化石本身，他其实并不在乎——他的目标是那张通往宝箱藏匿处的地图。”

“是时候再次请‘眼线宝’出场了！”拉里兴奋地拿

出了他的高科技钛合金设备，不一会儿，化石的照片就出现在了屏幕上。

“让我来仔细看看，”阿加莎喃喃自语道，“所有的这些划痕和小孔或许并不是时间留下的痕迹。我第一次看的时候也注意到了……因为它们看起来很像是人为刻画出来的！”

“没错，”拉里也表示赞同，“有人在岩石上刻下了这些痕迹，事实上是为了留下线索，指明某条特定的路线！”

肯特先生疑惑地看着他们：“可是有件事我想不通。为什么佩兰苏尔最终没有取走这块岩石呢？他和拉德拉达来来回回写了这么多封信，为什么他并没有遵循拉德拉达的指示？如果我没理解错的话，他已经决定屈服于勒索给出银锭了不是吗……”

“好问题，肯特先生！”阿加莎朝管家眨了眨眼睛，“说实话，这个问题我也思考了很久，直到我看到拉德拉达最后一封信的日期：一五四二年二月一日。在这封信里，他详细说明了拿回被盗的宝箱的步骤。可惜这些文字佩兰苏尔再也没有机会读到了。因为此时这位坎普雷东杜的侯爵已经启程，踏上了一场没有归途的军事远征！”

“总而言之，佩兰苏尔自始至终都没有拿回拉德拉达所谓的‘龙爪印’。”肯特先生感叹道，“因此……”

“因此佩兰苏尔愿意为之支付巨额银锭的宝箱，很有可能至今仍保存在几百年前拉德拉达埋藏它的地方，”阿加莎总结道，“同时也是小偷现在正要去的地方！”

晚上十点钟左右，他们终于抵达了波托西。在月光的映照下，这座城市与洁白明媚的苏克雷截然不同。低矮的新殖民式建筑，有些是红砖建成的，有些是木制的，其中很多都已经破败不堪。曾经辉煌一时的波托西，现如今展现出的却是一种颓废的风情。

“你们知道吗，直到现在，当人们想要形容某样东西很有价值时，还会说这东西‘价值一个波托西’呢！”

阿莉森兴奋地告诉她的孙子和孙女。

“是因为这里有矿山吗?”拉里问道。

“完全正确。波托西不仅是世界上海拔最高的城市之一，而且，现在你们也应该很清楚了，在历史上，它还曾凭借开采出无法估量的银子的里科山而富极一时。”她的语气随即变得失落起来，“可惜的是，这些财富一直源源不断地流入殖民者的口袋，当地人反而被迫成为奴隶，在极其恶劣的条件下劳作，许多人甚至因此而丧命。”

车里一片寂静，空气中弥漫着悲伤，阿莉森的一番话让大家都陷入了沉思。

不过，卡洛斯可没有停车的打算。吉普车继续飞驰着，卡洛斯驶离了五号公路，毫不犹豫地载着大家冲上了通往里科山高处的一条坑洼不平的土路。

“精彩的部分现在才刚刚开始，”阿莉森打开了吉普车的远光灯，不由得感叹道，“我对这片地区非常熟悉。毫不夸张地说，这里就像一块瑞士奶酪。矿工们一直在不停地挖呀挖，除此之外，这附近经常有成群结队的洞穴探险爱好者出没，甚至还有一些专业的地质学家……因为这里的洞穴简直多到数不清！”

“洞穴主要指的是矿井吗?”拉里问道。

阿莉森摇了摇头:“不只是矿井，还有大量的盐洞、挖掘后形成的深坑、矿井通道……总之，想要找到正确的入口，必须得有幸运之神眷顾才行！”

“我们完蛋了，我早就知道会是这样。”拉里抱怨起来，白天所展现出来的自信此刻已经荡然无存。阿加莎轻轻拍了拍拉里的手背，试图安慰他。

“我们何不停下来研究一下岩石上的刻痕?”恩里克提议道，“上面应该会有指向入口的线索吧? 毕竟那块岩石其实就是一张寻宝地图！”

卡洛斯一踩刹车，吉普车立刻在路中间停了下来。发动机低沉的嗡嗡声衬托着周围的一片寂静，皎洁的月光勾勒出山脉那光秃秃的轮廓。山上没有一棵大树，甚至没有一丛灌木，只有一块块岩石，隐藏着无数古老的秘密。

“只靠照片恐怕不足以解开谜题，”阿加莎的声音回荡在车里，“罪犯花了不知道多少功夫才破解了石头上的秘密路线，而我们时间紧迫，必须争分夺秒。”

“那我们该怎么办？”拉里焦虑地扯起了自己额前的头发。

“喵！”沃森突然叫了一声，它美美地睡了一觉，现在显然精力满满。

“要找到逃犯，我们根本不需要任何地图！”阿加莎脸上露出灿烂的笑容，“拉里，你还记得卡尔欧罗可公园的门卫对你说的话吗？范霍夫是开着他的红色甲壳虫出发的。这种车型本身就非常少见，颜色更是不能再醒目了。所以，我们只需要睁大眼睛，看看他的车子停在哪里就行了……先找到车子，然后范霍夫本人肯定就在那附近。”

“真了不起，快替我拍一下她以示表扬，拉里！我从这儿够不到她！”阿莉森激动地喊着，她由衷地为自己家这位年轻侦探而感到骄傲。

拉里照做了，心中多少有点儿羡慕阿加莎惊人的记忆力。

接下来，驾驶位上的卡洛斯猛踩一脚油门，一车人再次启程，吉普车后随即扬起一团尘土。

第八章

洞穴迷宫

山路突然变得陡峭起来，吉普车沿着一条又一条蜿蜒崎岖的小路朝着里科山艰难攀爬。

“这悬崖可真吓人！”拉里朝山谷里看了一眼，顿时吓得脸色煞白。每当驶过一个弯道，巨大的黑暗深渊便会展现在大家面前，令人毛骨悚然，直到……

“看到了！”阿加莎指着前方兴奋地喊了一声。

那位古生物学家的车子就停在路边的一片空地上。旁边还有另外两辆车，可能是矿场的员工的，也可能是附近露营的游客开过来的。但是范霍夫的甲壳虫汽车格外显眼，圆滚滚的车身很像一只不可思议的巨形瓢虫。

不远处，一条尘土飞扬的小路蜿蜒在陡峭的山体上，抬头望向小路尽头，一个阴森恐怖的阴影清晰可见。

“是一座山洞！”阿加莎惊呼道，“你们看，有一排脚印直通洞口！”

这时，一阵寒风突然袭来，给了刚从吉普车上下来的众人一个下马威——温度已经降到了接近零摄氏度。

“我的老天爷！这感觉就像在冰棺里似的！”拉里抱怨道，他的牙齿已经不由自主地打起架来。

“我们现在可是在接近五千米的高度，亲爱的孙子，感到冷是再正常不过的现象了。”阿莉森看着缩成一团的拉里戏谑地说，“难不成你还期待这里像加勒比海那么暖和吗？”

随后，她转向两位助手：“卡洛斯，恩里克，能麻烦你们把后备厢里的外套拿给大家吗？这样我们就能抵御寒冷了。”

穿好外套后，大家沿着小路朝洞口走去。入口很窄，洞里漆黑一片，他们只能排成一队，打着手机上的手电筒，依次往里走。里面一片死寂，只有他们的脚步声回荡在耳边。洞穴的四周全是坚硬的灰色岩石。沃森悄无声息地跑到了队伍的前面，追上了肯特先生。

“这是一个天然的洞穴，”阿莉森指出，“里面没有任何近期挖掘的痕迹。”

默默地行进了几分钟后，一贯镇定自若的管家告诉大家，前面出现了两条岔路。

“我们往左走还是往右走？”这位前拳击手一边问，一边把两只大手叉到了腰边。

“这让我们怎么选啊？”拉里又抱怨起来，“我敢肯定这绝对不是我们遇到的唯一一个分岔路口……如果迷路了不就完了？我觉得我们还得再看看那几张化石的照片。如果上面真的是张地图，一定可以帮我们指路的！”

“没必要这么纠结吧，”阿加莎试图鼓励拉里，“我们还可以依靠沃森的嗅觉呀，不是吗？我敢打赌，我们家这只靠谱的猫咪肯定已经嗅到了罪犯的气味。对不对，沃森？”

事实上，那只西伯利亚猫早就做出了选择，已经朝右边的岔路走了过去。听到小主人的话，它响亮地叫了一声，仿佛是在声援阿加莎的判断。

沃森悠闲地向前走着。过了一会儿，它突然加速，像支小火箭一般蹿了起来。先往左，再往右，最后又往左。跟上它的步伐可不容易，尤其是在洞穴低矮的地方，阿加莎和伙伴们不得不趴在地上匍匐前进。

“你们觉得我们快到了吗?”几分钟后，阿莉森气喘吁吁地问道。

“快了！沃森加速说明这里的气味更浓烈，也就是说嫌疑人刚走过去不久!”阿加莎笃定地回答道。

此时，周围的岩壁已经变得不一样了：墙壁上星星点点，闪烁着金属的光芒。沃森则放慢了脚步，警惕地朝四处张望着。拉里伸手碰了碰墙上

的石头，惊讶地叫了起来："姨奶奶，您看！这是……"

"没错，是银子。"阿莉森确认说，"这座山头的名字可不是白来的，所谓的里科山，意思其实就是'富饶山'！"

她话音刚落，远处就传来了一声尖叫。"天哪，我迷路了！她到底跑哪儿去了？"对方的声音听起来很耳熟。

大家加速走了几步，狭窄的通道突然变得宽阔，一个正儿八经的洞穴出现在了他们面前。所有的手电筒都齐刷刷照向范霍夫，他本能地抬起手臂挡住了眼睛。

拉里立刻冲上前去。

"这下抓住你了！"他大声喊道，"不得不承认，你狡猾得很，居然成功把我引入了歧途……不过现在我们已经都查清楚了！范霍夫，你被指控偷走了化石，试图栽赃给无辜的哈里·冈恩，还试图盗走秘密宝箱！你敢说你现在不是在寻找拉德拉达的宝箱吗？"

这位古生物学家显得十分震惊："我完全不知道你

在说什么，小子!”说着，他忍不住后退了一步。

“我相信他，”阿加莎突然走过来站到了拉里身边，“因为真正的小偷并不是他!”

这次轮到年轻的侦探拉里感到震惊了。

“范霍夫根本不可能从窗子里钻进仓库，打晕冈恩，脱下他的靴子，然后还独自把化石带出去，”阿加莎解释道，“因为他的身体没有这么矫健，甚至走路都得拄着拐杖。”

范霍夫的手臂这会儿正颤抖着倚靠在拐杖上。

“再者，别忘了还有脚印的问题，亲爱的拉里，”阿加莎继续说道，“如果罪犯真的是范霍夫，那么靴印旁边肯定还会有拐杖插进地面后留下的一个小洞，而且，像他这样腿脚不方便的人，走路的时候多少会拖着脚，你在观察脚印的时候肯定也会注意到这种异常。”

“你说得有道理，”拉里阴沉着脸说，“那他为什么会在这里？真正的小偷又是谁呢?”

阿加莎环视四周，眼神快速扫过整个漆黑的岩洞，然后接着说了下去。然而，她的语气里此时多了一丝紧张。肯特先生敏锐地捕捉到了这个信号，他缓缓移步到孩子们身边，做好了万全的准备。

“偷走化石的人体重大约是七十公斤，”阿加莎总结道，“而且这个人应该和范霍夫关系十分密切，因为我们是在后者的房间里发现了小偷做的珍贵笔记。”

阿加莎停顿了一下，洞穴里回荡着她的声音，随后立即陷入寂静。

“小偷的目标仅仅是获取化石上的地图，他对上面的恐龙脚印完全没有兴趣，”阿加莎继续分析道，“因此，这个小偷也有可能根本不了解这些脚印的价值，对于发现新物种的荣誉也不在意。所以，罪犯，或者说唯一可能的罪犯就是——艾莱特拉·拉卢兹，范霍夫的助手！”

就在这一刻，一个清脆的咔哒声传来——很显然，那是手枪上膛的声音。肯特先生警惕起来，这时，一个身影从洞穴的角落里冒了出来——艾莱特拉果然现身了。

她一改昔日那笨拙羞怯的模样，脸上露出自信而狡黠的笑容。

“你们都别动！否则我就开枪！”她拿枪指着大家威胁说，“我的子弹足够解决你们所有人！”说罢，她看向阿加莎，“推理得很不错啊，小姑娘……”

“请叫我阿加莎，阿加莎·米斯特里。”这位未来的侦探小说家冷静地回应道，“多谢夸奖，不过，我还需要一些信息才能理清整个事件。”

“哦，故事其实很简单，”艾莱特拉轻蔑地笑道，“几个月前，我伪装成一名充满热情的古生物学学生，主动向范霍夫提出愿意到挖掘基地来给他帮忙，甚至可以不要报酬。我故意装出笨手笨脚的样子，事实上，我在自己的领域可是个专家。我也研究历史，但我研究的对象比恐龙可要年轻得多！”

“所以你对化石根本没有兴趣，对吗？”阿加莎问道。

艾莱特拉摇了摇头：“完全没有。我痴迷的是征服者的时代。针对这个历史时期，我已经研究了很多年。

在苏克雷的图书馆和修道院里，我找到并整理出了侯爵佩德罗·安苏雷斯留下的珍贵书信集，这些信件记录了他与一名神秘男子之间的通信。这个人名叫拉德拉达，显然他在勒索侯爵。”

“到这儿为止我们都还跟得上。”拉里脸色发白，紧张得直冒汗。

“我从那些信件中发现了一个极其重要的信息：一五四一年，拉德拉达在一块岩石上雕刻了一张地图，上面标记了前往波托西山洞获取秘密宝藏的具体路径。这块岩石上有龙爪的印记，就在卡尔欧罗可公园里的某个地方。”

“秘密宝藏，没错，”阿加莎喃喃自语道，“那么你觉得那会是什么宝藏呢，艾莱特拉小姐？”

“当然是征服者们从印加人那里抢来的黄金！”艾莱特拉回答说，“一定是数量相当可观的黄金，否则佩兰苏尔怎么会愿意用巨额的银子来换回它呢！所以我必须破解那块化石上的标记，找到宝藏。接下来的事情你们应该能猜到吧……我要得到那笔财富，然后过上奢华至极的生活！”

阿加莎若有所思地点了点头：“所以，伪装成实习生的你一到卡尔欧罗可公园，立刻就展开了搜索。结果你发现峭壁上的足迹化石全都不是你要找的那一个。”

“没错，”艾莱特拉痛快地承认，“就在我几乎要放弃的时候，赫克托·阿帕萨手下的一名工人发现了一块化石。看到实物的那一刻，我就知道这肯定就是拉德拉达提到的那块石头！我只需要精准地复制出岩石表面的地图，就可以出发去寻找宝藏了。我计划找机会甩掉那群只会刮石头的老家伙，直奔波托西！”

“所以你是今天下午出发的？”阿加莎问道，“因为你听说拉里已经把小偷捉拿归案了。”

“是的，为了不引起任何人的注意，我是步行离开卡尔欧罗可公园的，”艾莱特拉解释道，“走到五号公路后，我搭乘巴士回到了苏克雷，然后又开着自己的车来到了这里。”

“那范霍夫呢?”卡洛斯问道。

“是啊！他为什么也出现在了这里?”恩里克补充道。

“我是在跟踪这个骗子!”这位学者几乎完全失去了耐心，“她突然失踪了，我在她的房间里找到了那些书信的复印件。我把它们拿回自己的住处，读完之后我才恍然大悟！于是，我这才急匆匆地离开了公园!”

“对您来说，范霍夫先生，征服者的宝藏根本无足轻重，对吗?”阿加莎提问道。

“当然了!”范霍夫挥舞着他的拐杖，激动地回答道，“我只想找回那块化石……我的化石！我想弄明白这个骗子到底把它藏到哪儿了!”

“冷静，冷静。”艾莱特拉的脸上露出了一个邪恶的笑容，“我们得先完成最重要的事。好消息是，我找到了宝箱，它就在附近一个比这里稍小的洞穴里。坏消息是，它很重。不过，最后还有一个绝妙的消息，那就是这会儿刚好来了三个强壮的帮手，可以帮我把箱子搬出来，放到我的车上!”

说着，她用手枪指了指肯特先生，然后又移向卡洛斯和恩里克。

“哦，这倒提醒我了，我也有一个可爱的帮手！”阿加莎笑着打开了一个装糖果的小金属盒，里面竟然是……

“啊啊啊！不！不要！是蜘蛛！”艾莱特拉尖叫着，本能地跳了起来，手中的枪随即掉在了地上。那只深色的毛茸茸的小东西开始慢慢向前爬去。

“它的拉丁语名字是‘*Theraphosidae Mygalomorphae*’，”阿加莎补充道，“俗称**狼蛛**！在玻利维亚，这是很常见的一种蜘蛛。我留意到你平时好像并不太喜欢这些美妙的小东西。”

狼蛛

狼蛛属于蛛形纲蜘蛛目狼蛛科。它们以凶猛的捕食能力和奔跑速度著称，通常不结网，而是通过游猎捕捉昆虫、小型爬行动物等猎物。狼蛛的体色多为灰褐色，身上有细毛，眼睛排列成3列，共有8只。它们的行动敏捷，善于跳跃，能在地面、草丛、田边等环境中活动。

狼蛛的体型差异较大，一般来说，体长范围在3毫米到25毫米之间，而一些大型狼蛛，如南美洲的某些种类，体长可达9厘米，腿展甚至超过25厘米。

肯特先生此时已经用脚踩住了那把掉落在地上的手枪，他看到蜘蛛在慢慢朝艾莱特拉靠近，她已经被逼到了墙角，眼里满是恐惧。

“我……我投降！求你们快把那只怪物拿开！”她绝望地尖叫着。

大约一个小时后，阿莉森和她的两位助手借着吉普车的灯光打开了传说中的宝箱。

“全是文件?”阿莉森感到十分震惊。

箱子里装满了地图，有几张是卷起来的，捆着布条，其他的则散落在里面。

阿加莎激动地伸手翻看了几页。

“是航海图！”她兴奋地得出了结论，“西班牙王室的航海地图！上面标注了将白银运送到西班牙的最佳航线……在那个航海困难重重且极度危险的时代，它们简直和银矿本身一样珍贵！难怪佩兰苏尔愿意付出如此高昂的代价来换回这些地图！”

“这一点我倒是真没想到，”阿莉森笑着说，“你们看，做我这一行，从来都不会缺少惊喜！”

“所以并没有黄金，”艾莱特拉紧咬着嘴唇，忍不住感叹道，“但是这些地图真的很漂亮！”

“不仅漂亮！古地图还异常珍贵！”拉里这会儿脸上又恢复了血色，“它们都是极为重要的文献，我这就通知波托西的警察，这些地图必须得交给苏克雷博物馆保管。经过了四个多世纪的漫长等待，它们终于可以回家了！”

任务完成

东方的天空微微泛出粉色的光晕，大家沐浴着晨曦，启程返回卡尔欧罗可公园。在路上，拉里撰写了一份报告，发送给了“侦探眼”。阿莉森则给朋友阿德里亚娜打了电话，提前告诉她，他们已经在回来的路上了。

因此，当阿加莎一行人乘坐吉普车抵达目的地时，阿德里亚娜以及另外两位足迹化石学家都已经就位了。

苏克雷警方派出的几位警察也来到了现场，他们正等着逮捕艾莱特拉。为了减轻罪责，她积极配合调查，立刻供认了藏匿赃物的地点。

“化石就在这里面。”艾莱特拉指了指门口用树脂做成的霸王龙模型，刚到公园时沃森就在上面美美地睡过一觉，“恐龙的肚子下面有一个检修口，把几个螺丝拧掉就可以打开了。”

她没有胡说，被盗的化石果然藏在里面，这下大家终于亲眼看到了那块印有恐龙脚印和拉德拉达的地图的岩石。

“里面应该还有其他东西吧?”阿加莎凑到几位还在忙碌的警察身边问道，虽然她已经疲惫不堪，但是仍然想确保所有的疑点都能得到完美的解释。

“如果再仔细找找，我猜你们还会发现……”

“一双靴子！”其中一位警察从恐龙肚子里探出半个身子，激动地呼喊道。

“果然和我预想的一样！”她满意地点了点头，“这是哈里·冈恩的泥靴，艾莱特拉穿着它离开了案发现场，从而将盗窃的罪名嫁祸给了前者。”

警察押走罪犯时，所有人的目光都落到了冈恩身上。这位足迹化石学家的脸立刻变得通红。

“您不用担心，”阿德里亚娜对他说，“诚然，策划盗窃并不光彩……但是您最终没有偷走任何东西，所以我们不会起诉您的。不过，以后也请您不要再来卡尔欧罗可公园了。”

阿帕萨和范霍夫欣喜若狂：三位竞争者中有一位已经被淘汰出局了。两个人刚准备再吵一架，阿德里亚娜冷冷地瞪了他们一眼：“至于二位，我希望你们能通力合作，不要再浪费时间像三岁小孩一样争吵不休了！”

范霍夫和阿帕萨顿时闭上了嘴。

“卡洛斯，给我拿点儿马黛茶来，”阿莉森率先打破了沉默，“我

们应该好好庆祝一番！我刚才粗略地看了一下，关于那块岩石上的脚印，如果你们想听听我的意见的话……”

大家当然想听，所有人都不例外，包括阿帕萨和范霍夫。

“……这对脚印确实属于一种未知的物种。我从未见过类似的脚印！这是一个了不起的发现！”

“那么，我有个提议！”拉里立刻冲到了最前面，“既然是我们米斯特里家的人找回了化石，我们不妨把这种生物叫作‘米斯特里恐龙’！”

“听起来还真不错。”阿加莎揉了揉困倦的眼睛附和道。

“这个我们再看吧，”阿莉森喝了一口马黛茶，笑着对大家说，“不过，现在我倒是有一个提议：不如咱们先去睡一会儿吧？大家都需要休息了！”

就在这时，拉里的“眼线宝”响了起来——是一条新通知。

“好消息！”他一边读着信息，一边兴奋地嚷道，

“UM60 教授已经看过我发过去的报告了。”

“然后他表扬你了？”阿加莎猜测道。

“没有……呃，是的，不过是以他的方式，跟往常一样……”拉里嘟囔着，“他只是说任务在比较合理的时间内圆满完成了！”

阿加莎听完忍不住笑了起来：“好吧，你得学会读懂他字里行间的意思才行。”

此时，拉里脸色骤变：“但是真正让我担心的是他字面的意思！”

“怎么了？”阿加莎问道。

“他说后天我就得回去参加法医足迹学的补考了！”

阿加莎强打着精神耸了耸肩：“你已经都复习过了，不是吗？”

“是复习过了，但是我还得继续复习！”拉里扯着嗓子喊道，“不行，我现在就得开始学习了！那种可以提神的茶你肯定带过来了吧？喂，你带了没有啊？”

侦探小课堂

侦探的破案工具

案件调查是一门艺术，调查过程中也需要因地制宜地选用合适的“专业工具”。可供使用的调查工具和方法数不胜数，比如：从过去利用放大镜寻找指纹，到现代的DNA鉴定技术；从使用铅笔在笔记本上手绘嫌疑人画像，到如今的罪犯电子档案记录等。除此之外，侦探们时常需要长途奔波，因此切记选择简便的衣服和舒适的鞋子！

1. 阿加莎的破案工具

· 一本随时随地都可以记录想法和重要信息的笔记本；

· 一个馆藏丰富，随时可查阅资料的图书馆；

· 一个用于储存所收集线索的匣子；

· 一副真丝手套，避免在侦查过程中留下指纹。

2. 拉里的“眼线宝”

世界上最先进的电子设备，能够搜索到各个领域的相关信息；内含防震和适应极端天气的设计，还配有许多令人意想不到的功能，诸如将卫星移入指定轨道、搜寻浩如烟海的电子资料、启动各项科幻程序等，因此如何巧妙使用“眼线宝”是非常重要的问题。

易兹·罗林斯探案系列

Walter Mosley

White Butterfly

白蝶谜影

〔美〕沃尔特·莫斯里 著 陈庆勋 译

上海译文出版社

沃尔特·莫斯里和他的“黑色笔记”

尽管黑人普遍进步，但“鸿沟”依然存在。从全国来看，黑人和白人之间的总体差别一直是很大的……

整个黑人种族，已经在谋求生存的伟大斗争中，从极端贫困的境况——以财富、知识和权利三者而论——上升到与其他种族群体并驾齐驱的地位。但无论是哪个种族都不曾像黑人那样，不得不从如此低下的起点赶上来，以便和他们的美国同胞携手并进。

——［美］托马斯·索威尔《美国种族简史》①

如果让我推荐一位近年来欧美推理文坛不容错过的实力派作家，我大概会一下子列举出近三十位，其中的佼佼者有斯蒂格·拉森、薇儿·麦克德米德、约翰·哈特、汤姆·罗伯·史密斯、约翰·哈特、露易丝·佩妮、吉莲·弗林②等。然而，一旦加上“其人虽闻名世界却鲜为中国读者所知”、“其作拥有独树一帜的特色却鲜为其他作家所模仿”这两个略显苛刻的条件，我发现脑海中一番“深度搜索”之后，这份名单变得极度“缩水”了，上面有来自挪威、拿奖无数的新科“北欧推理天王”尤·奈斯博(Jo Nesbo)，还有缔造了《火线》《太平洋战争》《忧愁河上桥》[3]等知名剧集的 HBO[4]“金牌编剧”乔治·派勒卡诺斯(George Pelecanos)，但尚有位人气似乎稍逊一筹、影响力却更大一些的美国作家要排在这两人之前，他就是本书作者沃尔特·莫斯里(Walter Mosley)。

莫斯里 1990 年以“易兹·罗林斯系列”(Easy Rawlins Series)首部作品《蓝衣魔鬼》(Devil In A Blue Dress)初试啼音，即同时入围爱伦·坡奖、安东尼奖、尼洛奖、夏姆斯奖等多个大奖的年度最佳处女作候选名单和约翰·克雷西新血匕首奖[5]提名，并最终一举摘得“夏姆斯”和“新血匕首”两座桂冠，实现了新人作家的超华丽登场。而五年后根据该作改编、由丹泽尔·华盛顿担当

---

① 南京大学出版社 1993 年版。

② 这几位作家都有代表作被译介成中文。

③ 一译《劫后余生》。

④ Home Box Office 的缩写，意即“家庭票房”、“家庭影视频道”，为时代华纳公司所拥有，是美国第二大有线电视网，除美国外其业务已扩展到全球 151 个国家。HBO 播出的内容主要为院线电影、原创电视系列剧、电视电影、纪录片、拳击比赛，以及偶尔播出的喜剧脱口秀和演唱会特别节目。

⑤ 是由英国犯罪作家协会(Crime Writers' Association)主持和颁发的若干匕首奖中比较受重视的一个奖项，专门授予每年英语推理小说中的最佳处女长篇。约翰·克雷西是该协会的创始人。

主演的同名电影，则顺利赢得美国国家影评人协会奖（最佳男演员、最佳摄影）、洛杉矶影评人协会奖（最佳男演员）等三项大奖和九项大奖提名。同一年，美国推理作家协会（Mystery Writers of America）将《蓝衣魔鬼》收入《史上百佳推理小说》（The Top 100 Mystery Novels of All Time）一书进行了重点推荐①。加上此前有着"政治家中的推理迷"之誉、后来成为美国总统的比尔·克林顿宣称"毫无疑问，他（莫斯里）是我最爱的作家之一"②，这些骄人的成绩和如潮的好评终于将莫斯里推至美国推理文坛的最前沿，令人不得不将目光久久停驻其身。其实令人颇觉有趣的是，关于自己的这本成名作，作者曾坦言："当我在稿纸上写下'看见白人走进乔皮酒吧我吃了一惊'这段后来被很多人奉为'黑人文学经典开篇'的文字时，完全没有想到这会是一本推理小说。可它最终还是变成现在的这副模样。"

出道二十多年来，沃尔特·莫斯里共发表了"易兹·罗林斯"、"苏格拉底·福特罗"（Socrates Fortlow）、"无畏者琼斯"（Fearless Jones）、"利奥尼德·麦克基尔"（Leonid McGill）等系列小说二十余部、非系列小说十二部③、剧本一部和纪实文学作

---

① 按照很多业内人士的说法，如果不是因为《蓝衣魔鬼》的出版时间在英国犯罪作家协会编选推出的《史上百佳犯罪小说》（The Top 100 Crime Novels of All Time）之后，该作铁定将成为唯一入选两大书单的"黑人侦探小说"。

② 这句话是克林顿在 1992 年说的，当时他还不是总统，而其中意的作者本人也才刚刚出版第三本罗林斯小说《白蝶谜影》（White Butterfly）而已，足见比尔有多欣赏莫斯里。

③ 其中就包括引起不少争议的科幻小说《蓝光》（Blue Light，1998）、赫赫有名的青少年小说《47》（2005）。

品、文艺论著五部，产量和质量上保有在大众文学领域和畅销书市场不是太多见的均衡状态。除了闪耀在多个推理颁奖仪式上外，莫斯里还陆续斩获美国国家图书馆协会大奖(黑人团体)、欧·亨利奖、安尼斯菲尔德-伍尔夫好书奖、全美有色人种协进会小说提名奖、冒险者精神大奖、卡尔·布兰登协会奖、格莱美音乐奖(最佳专辑注解)、美国国家笔会终身成就奖等横跨不同领域的文化界大奖，而授奖词无一例外地包含如下内容："鉴于莫斯里对美国黑人文学(文化)的杰出贡献和他大无畏的反种族歧视精神……"这应该是最切中其作品主题的评价了。

诚然，以《蓝衣魔鬼》发端的"易兹·罗林斯系列"为代表的莫斯里作品，几乎贯穿了美国自二战以来整个黑人社会的成长历程。其中，为时代和历史所裹挟，黑人的地位、生存状况，与白人、犹太人、墨西哥人等其他种族(民族)的关系，时而欣喜、时而悲痛、时而亢奋、时而颓废、时而洞见一切、时而迷茫不解的心理变化，这种种细节皆在以罗林斯为首的黑人主角及其同胞身上，有着淋漓尽致的呈现。无怪乎美国的大师级犯罪小说家乔纳森·凯勒曼(Jonathan Kellerman)会这样赞叹道："倘若你在找一本文笔华美却简洁，并有一种少有作家写得出来的独特节奏，绝不过度渲染、刻意制造悬疑，对人性的把握与发掘准确无误的书，可能沃尔特·莫斯里是唯一的选择。"来自莫斯里家乡的著名报纸《洛杉矶时报》则认为，"莫斯里以毋庸置疑的力量再造了一个时代……唤出战后黑人族群那种既自由又幻灭的不安感，以冷酷和前所未有的观点，抒写了包括洛杉矶在内的南加州所有黑人的心史。”除了“黑人侦探文学先驱”切斯特·海姆斯[①](Chester Himes)，从未有哪一位推理作家将种族问题看得如此之重，必须强调是“白人走进乔皮酒吧”，甚至不惜将自己首个探案系列的前五部作品全都用上了含有颜色的单词[②]。

与自己笔下命运多舛、深陷种族主义泥淖的主人公们相比，沃尔特·莫斯里的早年生活几乎可以用顺风顺水来形容，唯一令其不快的大概就是“父母始终没有取得——也没有人愿意帮他们取得结婚证，尽管他们的结合是完全合法的”。莫斯里1952年1月12日生于洛杉矶，是家中的独子。他的父母一个是非洲裔黑人，一个是祖上由俄国迁居过来的犹太人，虽然职业都不算很吃香，但家庭倒还殷实。“二战结束后的那段时期，黑人普

---

① 著名黑人侦探小说家，1909年生于美国密苏里州的杰斐逊城。1928年冬天，因持枪抢劫被判入狱，刑期二十年。服刑期间受达许·汉密特影响，开始创作侦探小说。1958年创作的处女作获法国警探小说文学奖大奖，“出口转内销”后才受到美国文坛重视。1953年因厌倦面对美国种族歧视的问题而搬到巴黎居住，余生就在法国及西班牙度过。1984年去世。其作品充斥着暴力、血腥与色情，大都涉及种族问题，并有多部作品被改编成电影。代表作有《棉花勇闯哈莱姆》《持枪的盲人》《火气上升》等。海姆斯对“黑人私探小说”产生了深远影响，为纪念他，美国创设了切斯特·海姆斯侦探小说奖，专授给黑人推理作家。

② 这五部作品依出版时间先后，分别为《蓝衣魔鬼》、《红色死亡》(A Red Death，1991)、《白蝶谜影》(White Butterfly，1992)、《黑塞壬》(Black Betty，1994)、《小黄狗》(A Little Yellow Dog，1995)。

遍过得很艰难，与他们走得最近的就是同样身世可悯的犹太人（犹太人在欧洲当了上千年的黑人），我的父亲和母亲是最好的见证。”童年的莫斯里过得逍遥自在，没课上的时候他“脑中充满了各种幻想、从未空虚过”，丝毫没有被当时在洛杉矶十分浓烈的种族主义反动思潮所影响（他所就读的胜利浸信会日校是洛城唯一的供黑人专享的私立小学）。这不得不归功于他推崇备至、誉之为“黑人中的苏格拉底”的父亲勒罗伊·莫斯里，“一位伟大的思想者和故事家”。后者完全没有将任何政治观念灌输给小沃尔特，而是乐于将各种各样的有趣故事讲给他听。等到沃尔特年纪稍长，勒罗伊又将狄更斯、左拉、加缪、兰斯顿·休斯、加西亚·马尔克斯等文化背景、作品风格大相径庭的文学大师介绍给他，而其母艾拉则在生活方面予以引导和帮助，正是在这样和谐宽松的家庭环境中，沃尔特·莫斯里才得以进步神速，其文学素养和思想才华被极大地提升。在应潮流而动、成为一名“嬉皮士”后，他遍游美国西海岸和欧洲各国。这段经历使其对政治学和史学有了兴趣，从艺术气息浓郁的戈达德学院①退学后，莫斯里轻松考取了约翰逊州立学院②的政治学学位。逐渐地他对政治产生了厌恶情绪，转向电脑编程而没有继续修博士。1981 年莫斯里移居纽约，娶了一位舞者为妻，在城

① 成立于 1863 年，位于美国佛蒙特州的普莱恩菲尔德市。
② 成立于 1828 年，位于美国佛蒙特州的约翰逊市。

市学院找到一份教授写作课程的工作，那里有其曾经的家庭教师、也是一生的挚友埃德纳·奥布莱恩。几年后的某日，奥布莱恩对他说："你是个黑人，同时也是个有那么点可怜教养的犹太人，这是你仅有的财富，还不够吗?"没过多久，一部被《纽约人杂志》书评人士誉为"绝妙的技巧、天赋异禀的创作!"的书问世了——正是读者诸君刚刚"结识"、尚未深入了解的《蓝衣魔鬼》。

显然，写下"我不相信公正能落到黑人头上"这句经典台词的莫斯里，没有像自己缔造的人物角色那样对没有灯塔指引的人生充满着彷徨感，因为他成功了，而且还是美国"黑人侦探文学"的旗帜性人物。更何况，黑人所遭受的完全一边倒的不公正待遇早已随着二战一道走向坟墓。在第二次世界大战期间，因民间和军方都缺乏人力，种族间的许多障碍被打破了。美国历史上首批黑人海军陆战队士兵在 1942 年被训练成功。由第一黑人将领本杰明·O·戴维斯率领的两个黑人空军战斗队，曾在欧洲参战(当 1948 年，《蓝衣魔鬼》开头，我们的主角易兹·罗林斯正是刚从战场归来，坐在乔皮的酒吧间饮酒——不同的是，易兹还去过北非)。在民营部门，许多战时工作岗位都向求职者开放，而不考虑其肤色、性别或其他诸如此类的条件。在战后初期，杜鲁门总统在 1948 年义无反顾地将"民权"作为一项主要内容列入他的竞选纲领，不惜付出本党分裂的代价，不惜首次丢失几十年来一直属于民主党的南方各州的选票，并差一点在大选中翻船。法院开始宣判歧视性法律及惯例为违宪。曾一度排斥黑人运动员的职业体育运动项目，开始被黑人运动员所主宰……美国文化学者索威尔在《美国种族简史》中总结道，“进步的道路是坎坷的，双方都曾倒退过，也使用过暴力，但前进并未止步。”也正是有了这段时期的进步，才会有莫斯里的崛起，尽管这距离罗林斯“寂寞”登场的年代有四十二年之久。可也正因为莫斯里将这段历史付诸笔端，经由二十余部私探小说，“长日入夜行”般地真实再现了那曾经发生过的一幕幕“黑人黑事”，方能以对“不公平”的诠释赢取“公平”的评价。

有必要在此说一句的是，莫斯里虽被称作“当代版的切斯特·海姆斯”[①]，其笔下人物却与海姆斯所创造的“黑风双煞”(指的是黑人警察搭档“棺材艾德”和“掘坟琼斯”)有一个很大的区别，即易兹·罗林斯等人的身份是私探(P. I.)。艾德、琼斯与罗林斯系列中的昆廷·内勒相近，心理层面有着投身白人组织、“身在曹营心在汉”的尴尬纠结情绪，但毕竟没有什么与亲友反目的后顾之忧，况且白人们也不得不依仗他们来对犯罪从生的黑人聚居区实施管辖。应该说，黑人警察虽落寞了点，却没太多可担心的问题。而黑人私探就很难办了，与白人走得太近、替他们办事，往往吃力还捞不着好，甚至有无处容身(罗

① 参见日本推理研究家森英俊所编《世界推理作家辞典》(冷硬、悬疑、警察小说篇)。

林斯在《蓝衣魔鬼》《红色死亡》《白蝶谜影》等前几部作品中都有着一种强烈的不安全感，觉得只要有家可回、有房可住就是最大的幸福，而当权者则一再以此相威胁，迫其为之办案）、妻离子散（《黑塞壬》中罗林斯不但投资不动产失败，就连妻女都离他而去）、身家性命不保（多次差一点就殒命了）之虞。应该说，黑人私探虽偶有“好处”拿，却很容易得不偿失。因此，这两种身份最大的不同在于前者多是主动探案，后者多是被动探案。有意刻写这种具有一定“无力感”的“反英雄式”（anti-hero）私探人物，叙述其在背负着的宿命重压下徘徊不前又挣扎求生，是莫斯里自出道以来的一贯手法。他为美国黑人文学灌注了推理的逻辑趣味，更为灵魂层面的人性增加了几分“冷硬之外的延宕愁思”，这也是其作品为何时时透出一股浓郁的“蓝调”气息的主要原因。从某种意义上说，黑人私探角色的出现，对冷硬推理作品挖掘人性心理和彰显文字张力方面贡献甚巨①。

① 在莫斯里之后，以专擅“黑人侦探小说”而闻名的作家还有本文开头提到的乔治·派勒卡诺斯。这位比莫斯里小五岁的“白人”（希腊裔）推理作家来自华盛顿，早年做过电影发行人（吴宇森在美国发行的第一部作品《喋血双雄》就是拜他所赐），属于一手写犯罪题材剧本（他的熠耀声名大半归因于此）、一手写犯罪警匪小说的“二刀流”人才，代表作有《暗夜园丁》（The Night Gardener）等。与莫斯里相同，其作品最重要的议题也是种族关系，他有四部作品以黑人侦探德里克·斯特兰奇（Derrick Strange）为主角。关于派勒卡诺斯和莫斯里还有桩轶事值得一提：在前者的某次读者见面会上，一位读者发问，“今晚来听您讲话的书迷几乎全部是白人面孔，您有什么感想?”他笑笑说道，“这也不奇怪，如果是沃尔特·莫斯里的见面会，来的书迷一定大部分是黑人读者，虽然他跟我写的几乎是一样的小说。”

沃尔特·莫斯里的作品还有一个特点，就是俯拾皆是、精彩洗练的独白与对白。比如整个易兹·罗林斯系列在这方面就表现得相当出色——时而俚俗，时而雅痞，时而哲思横溢，时而给力断金。这些文字让场景更具活力、让探案过程更具动感，它们是营造气氛和主宰高潮的利器。

总之，作者带给我们的阅读冲击是前所未有的，不管是表面的悬疑，还是背后的沉重，都像是一块投入湖中的石头，在激起阵阵涟漪之后，滑入我们的心灵深处，撞击着不知何时沦落、早已积淀成灾的腐垢烂渍，久长回响那一记震颤和说不清道不明的悲凉与无奈。

且请你跟随黑人私探，饮尽这杯中酒，整肃一下行装，最重要的——别忘了枪。然后推开门，迎着你的不是阳光，是那夜色，和夜色下厘不清的黑……

从此，长日入夜行。就在下一页。

天蝎小猪

2012 年 12 月 7 日

目　录

1

“易兹·罗林斯!”有人在叫我。

我转身一看，见昆廷·内勒正在拧我家大门上的把手。

“伊西,”我那宝贝女儿埃德娜轻轻地附和道，这时她正坐在前门廊里我身边的童床上安安静静地玩自己的脚丫。

昆廷个子中等，但却生得虎背熊腰，一副壮实模样，一双手足有防烫手套一般大，即使穿着警服，圆阔的肩膀也鼓得像甜瓜。昆廷是个棕色人种，可皮肤中却泛着红色，看上去总是一副气急败坏的模样。

昆廷大步流星地跨过草坪走进来，一脚就把我苦心栽培了七年的一小块细香葱踩了个稀巴烂。

这个暴躁的汉子冲我笑笑，朝我伸出一只粗壮的爪子，说:“很高兴逮着你了。”

“呵呵。”我走下台阶相迎，跟他握了握手，看了看他的眼睛。

我一言不发，这反倒让这位洛杉矶警官觉得有点不自在了。他抬起头来瞪着我，想让我问他来此有何贵干。可我别无他求，只希望他让我回屋里去跟我的妻女待在一起。

“这是你小孩吧？”他问道。昆廷是东部人，他说话的语气却像是个有文化的北方白人。

“是啊。”

“好漂亮的孩子。”

“对。肯定漂亮了。”

“肯定漂亮，”昆廷重复道，“像她妈妈吧，我想。”

“你来找我有什么事吗，警官？”我问。

“我想要你跟我走一趟。”

“我被捕了？”

“不是，不是，没那事，罗林斯先生。”

我知道他一叫我先生的时候，准是洛杉矶警察局又要我为他们效劳了。每隔那么一段时间警方就会派出少有的一位黑人代表来请我去一些他们永远也去不了的地方。当警方需要从黑人区里得到什么消息时，我的价值就抵得上一个片区里所有侦探加起来的总和。

“可是我凭什么要跟你去什么地方呢？瞧，我好不容易陪我的家人一起过一天呢。我可不想星期天还跟警察一起开车出去。”

“我们需要你的帮助，罗林斯先生。”昆廷那身棕色的皮囊显得更加通红了。

我想待在家里，跟妻子在一起，晚些时候跟她缠绵一番。可是内勒的请求里有股什么东西让我无法回绝。在这个警察的请求里有一种挫败感。黑人是时常会受挫的；这是我们最常见的敌人。

“我们去哪儿？”

“不远。就十二个街区。到一一〇大街。”他转过头来说，边说边朝街上走去。

我朝屋里大声说，“我要跟内勒警官出去溜一圈，一会就回来。”

“什么？”正在后院熨衣板边忙活的瑞加娜大声问。

“我要出去一会儿，”我大声说。然后朝我那棵四十英尺高的黄油果树招了招手。

小杰瑟斯从那树高处探出头来看了看，微微一笑。

“下来一下，”我说。

这个墨西哥小男孩爬下树朝我跑来，脸上透着一丝默默的微笑。他那脸是一副古老的美洲人的脸，黑黑的，挺聪明。

“今天我可不想让你到处去探险了，杰瑟斯。”我说，“就待在这里照顾好你妈妈和埃德娜。”

杰瑟斯眼睛盯着脚点了点头。

“抬起头来看着我。”跟杰瑟斯说话时总是我在唱独角戏，因为认识他八年以来他从没说过一句话。

杰瑟斯斜视着我。

“我要你就待在家附近。听明白了吗?”

昆廷已经上了车，正在看表。

杰瑟斯点点头，这次总算与我对视了一眼。

“好啦。”我摸了下他那桃红色的板刷头，便朝外面的警察走去。

内勒警官开车带着我来到一一〇大街一二〇〇号街区中央的一片空地。房子前停着一辆救护车，救护车两侧停着巡逻车。穿过街道时我看到街沟里躺着一只白晃晃的漆皮舞鞋。

人行道上已经围了一大群人。七个白人警察肩并肩地站在房子前面，禁止任何人入内。那感觉就跟过节似的。那些警察都在优哉游哉地吸着烟，一边跟那些抻长脖子往里瞅的黑人开着玩笑。

房子前杂草丛生的空地上两辆锈迹斑斑的别克车蹲在破旧的车轴上，算是这片地产上的一丝点缀。空地的后头矗立着一棵已经枯死的橡树，布满节疤。

昆廷和我一起钻过人群。男女老少都伸着脖子，不停地左右顾盼。一个男孩说，“劳埃德看到她了。死了。”

当我们跨过警戒线时，一个警察抓住我的胳膊说:“喂，说你呢，小子。”

昆廷狠狠地瞪了他一眼，然后那警察说:“喔，好了。你可以进去了。”

我不屑一顾的白人多了去了，这只是其中的一个。他那出自本能的不敬与傲慢其实一点都无所谓。我一转身他们就从我的生活中消失得无影无踪了。

“这边请，罗林斯先生，”昆廷·内勒说。

四个便衣在枯树后面朝下看，可我弄不明白他们在看什么。

我认出了其中的一个警察。他是个人高马大的白人，属于那种全身上下都肥嘟嘟的大胖子，甚至连脸和手都不例外。

“罗林斯先生，”胖子说着朝我伸出一只软乎乎的手。

“你还记得我的搭档吧，”昆廷说，“他叫罗兰·霍布斯。”

说话间我们已来到了枯树边。树下有一个身穿粉红色宴会礼服的女子，礼服的胸前略微敞开，背靠着树坐在那里。她的两条腿朝前面伸直，微微张开；头歪向一边，两只手搁在左右两条腿上，掌心朝上。她左脚上穿着白色的舞鞋，右脚光着。

我至今还记得罗兰·霍布斯那只软乎乎的，但又挺有内力的手，和那只落在那女人的太阳穴上的昆虫。我当时还好生奇怪她为什么不把那虫子赶走。

“幸会幸会，”我对霍布斯说，这时我才意识到那只昆虫原来是血结成的痂。

罗兰松开我的手，把头偏向昆廷说：“一个样。”

“两个都是?”昆廷问。

罗兰点点头。

那女孩年轻又漂亮，我很难想到她已经死了。我觉得她好像随时随刻都有可能从那里站起身来，冲我微微一笑并自报家门。

这时有人轻声说，“是第三个。”

2

拍过照片之后，他们便用担架将尸体抬走了——拍照的是警方的摄影师，而不是记者，在 1956 年那个时候，一个黑种女人被杀还不足以成为报界派人来拍照的素材。

之后，昆廷·内勒、罗兰·霍布斯和我一起上了内勒的雪佛兰轿车，他开的还是一台 1948 年款的汽车。我猜想他当天是在休假，穿的是件短袖衬衫，费了九牛二虎之力才在车篷里让这辆破旧的老爷车动起来。

“你在警局工作他们不给你配车吗?”我问。

“他们报警的时候我在家里，就径直从家里来了。”

“那你自己为啥不买辆新车?”

我坐在前排的座椅上。罗兰·霍布斯钻进了后排，他是个很恭顺的人，总是那么彬彬有礼、举止端庄；可我却觉得他这样子一钱不值。

“我用不着买新车。这台车还挺好的啊。”内勒说。

我低头看了一眼两腿之间已经开裂的塑料椅面，金黄色的泡沫橡胶经我身体一压便迸了出来。

我们沿着中央大街开了好长一段路。那时候那一带还没有大萧条，街面挺整洁，也难得看到醉汉。我数了数，从一一〇街到弗洛伦斯大道一共有十五座教堂。固特异橡胶厂就坐落在那一带，就是在离城北老远的广袤的原野上矗立着的两幢庞大的建筑物。固特异貌似飞艇的库房也在那一带。马路的对面有一座"世界"加油站，"世界"是那些墨西哥裔改装车飙车族和摩托车爱好者最喜欢光顾的地方之一，他们在他们那些德国造的机车上装饰着最重能达三百磅的镀铬管和各式小玩意。

内勒将车开到固特异橡胶厂，拿出警徽朝门卫晃了晃。我们将车开到一个铺了沥青的巨大停车场，场子里一排排地整整齐齐地停放着数百辆汽车，就好像是在销售似的。这个场子里经常停着车，因为固特异橡胶厂一周七天、一天二十四小时都有人在上班。

"咱们散散步吧，"内勒说。

我跟他一起下了车。霍布斯坐在后排没有下来，他随手拿起内勒放在后座上的模型杂志《Jet》，径直翻到了杂志中印着泳装照的跨页。

我们走出停车场，来到了杂草丛生的荒地中央。天色已近黄昏，大道上驶过的车辆每四五辆中就有一辆打开了车灯。

我没有问内勒我们来这里干什么，我知道一旦他向我显示他有能耐踏上那片高级的草地，准是有什么对他来说挺重要的事情了。

“你听到过朱丽叶特·勒瓦吗?”昆廷问。

我听人说起过她，还有她的死，可我嘴里却问道，“谁?”

“她是从法属圭亚那来的，在香槟酒吧里做鸡尾酒服务员。”

“是吗?”我鼓动他说下去。

“一个月前她被人杀了。割断了喉咙，还遭到强奸。有人在斯洛森街的垃圾桶里发现了她的尸首。”

这是末版新闻，电视和电台都没有报道过，但大多数黑人都知道这回事。

“后来又出了维拉·司各特的案子。我们在胡佛街一幢废弃的房子里发现了她，被绑在洗涤槽下的管子上。嘴巴被人用胶带封住，头颅上被挖了个窟窿。”

“被强奸了?”

“她脸上有精液，我不知道那是她死前还是死后发生的。最后一次有人看到她是在爱尔兰黑人酒吧里。”

我觉得肠子像打了个结。

“现在又给我们来了个伯妮塔·爱德华兹。”

此刻我正在眺望着弗洛伦斯大道那边的田野与一排工厂。仿佛就在内勒说话之间天色就暗下来了。远处的灯火已经在闪烁。

“这就是那女孩的名字吗?”我问他。我后悔到这里来了,我可不想扯上那些女人,左邻右舍关于她们的谣言已经够难听的了,而我对那些谣言不能充耳不闻。

“是的,”昆廷点点头。“一个舞女,又是一个酒吧女郎。到现在为止已经有三个交际花出事了。”

随着夜幕的降临草地已由绿色变成灰色了。

“那你为什么要和我说这些?”我问。

“等有人闻到气味报警时,朱丽叶特·勒瓦已经被扔进垃圾桶两天了。尸体都已经僵硬了。他们并没有发现那些印记,是后来在新闻报道里披露的。”

我肚子里轻轻地咕隆了一声。

“维拉·司各特和朱丽叶特·勒瓦有着相同的印记。”

“你是说什么印记?”

昆廷的脸色跟这天色一样暗了下来。“烫的,”他说。“是用烟头在她们——她们的乳房上烫的。”

“这么说是同一个男人作的案?”我问。这时我想到了瑞加娜和埃德娜,我想回家去,看房门是不是都锁好了。

那警察点点头。“我们认为是的。他有意要让我们知道是他作的案。”

昆廷瞪着我的眼睛。他身后的洛城星罗棋布的电灯已经灯火通明。

“你看着我干吗?”我将他一军道。

“这个案子咱们需要你帮忙，易兹。这案子太糟了。”

“你说的‘咱们’是什么意思？是指谁啊？你和我吗？还是我要去雇一个什么人来？”

“你明白我是什么意思，罗林斯。”

我一生之中帮过跑腿的，帮过上教堂做礼拜的，帮过做生意的，甚至还帮过警察。在这个行当里我不知不觉担当起了一个密探的角色，当法律无能为力的时候就要我出场，而法律无能为力的时候太多了，够我忙活的。有时甚至警察也觉得法律无能为力。

上次我跟内勒办案是他要我把一个叫拉克·里弗斯的杀人犯从蒂华纳骗出来。

拉克在康普顿参与了一场非法的掷骰子赌博，欠了一个去贫民窟玩耍、名叫奇奇·麦克唐纳的白种男孩二十五美元的赌债。当奇奇去讨债时态度有点蛮横，拉克对着他的脸就是一枪。枪击案并不是什么稀奇的事，可由于这案子跨过了种族分界线，昆廷明白，如果他能把拉克抓捕归案，他就有资格升官一级了。

一般来说我是不会帮警察去追查黑人的，可是昆廷去找我的时候我有个特殊的事情需要昆廷帮忙。当时我和瑞加娜只差一个星期就要结婚了，而她表弟罗伯特·亨利因为抢劫还被关在牢里。

罗伯特跟一个店老板吵了架。他说他买的一夸脱牛奶在店里就已经酸了。店老板骂他是骗子，罗伯特拎起一个一加仑的奶瓶便朝门口走去。店老板抓住罗伯特的胳膊，还叫来收银员帮忙。

罗伯特说，“你还有朋友是不？那好啊，我还有刀呢！”

正是这把刀把罗伯特送进了监狱。他们管这个叫持械抢劫。

瑞加娜爱她表弟，所以当昆廷来找我时我就开出了条件。我跟他说我在沃茨开设了一种特殊的扑克牌赌局，并且设法把消息传给拉克。我知道拉克抵挡不住这个好赌局的诱惑。

这场赌注很高的扑克赌局将拉克送进了圣昆廷监狱。他从没把我跟警察联系起来，警察在赌场抓赌，便将他带回警局，并把他指认出来了。

昆廷因此高升一级，因为警方认为他把住了黑人群体的脉搏。而事实上那全得归功于我，是我和其他几个黑人在拿自己的性命掷骰子。

但自从我结婚之后就再也没有冒过这样的险了。我不再充当警方的眼线了。

“对那些个死了的女孩我可啥都不晓得，哥们。假使我晓得你觉得我会不过来告诉你吗？你以为我不想阻止别人杀害黑种女人啊？瞧，这会儿我家里就有个年轻漂亮的老婆呢……”

“她没事的。”

“你咋知道？”我感觉得到太阳穴上的脉搏在跳动。

“这个家伙只杀找乐子的女孩，他不会去找护士的。”

“瑞加娜上班的。有时候她在医院要上晚班，夜里才回家。他可能正在暗暗地盯她的梢呢。”

“这正是我需要你帮忙的原因，易兹。”

我摇了摇头。“哦——哦，哥们。我帮不上你。我能干啥啊？”

我的问题有点让内勒犯难了。“是帮咱们，”他有气无力地说。

他迷茫了。他想要我告诉他该怎么做，因为当警方对杀人犯一无所知的时候他们不知道怎么去抓人。当某个男子杀了他妻子，或者放高利贷的收不回贷款时，那他们倒是知道该怎么办。他们知道怎么去讯问证人——白种人证人。即便昆廷·内勒自己也是黑人，可他对住在沃茨那个地方的那些粗暴群落也没有什么同情心——那些人通常就被称之为粗人。

“到目前为止你们掌握了些什么情况？”我问道，主要是出于对他的同情。

“什么也没掌握。我知道你什么都晓得。”

“你们有什么特侦组来破这个案子？”

“没有，就我一个。”

远处街道上过往车辆的嗡嗡声时不时传到我耳朵里，就像一群饥饿的蚊子。

“三个女孩都死了，”我说，“他们召集的就你一个人？”

“霍布斯跟我一起办案。”

我摇了摇头，真希望我能晃动我脚下的这片大地。

“我帮不了你，哥们，”我说。

“总得有人帮我啊，如果没人帮，谁知道还有多少个女孩得死。”

“看来你有得忙活了，昆廷。”

“你一定要帮帮咱们，易兹。”

“不，我不会的。你生活在一个傻瓜的噩梦中，警察先生。我帮不了你。假使我知道这个人的名字，或者知道什么事，任何东西，我都会告诉你。但是收集证据那可是警察的事。那么多事情一个人是忙不过来的。”

我看得出怒火在他的手臂和肩膀上积聚，但是昆廷没有揍我，而是转身朝汽车大踏步走去。我不想跟他同行，便在后面磨磨蹭蹭。昆廷肩负着整个社区的重任。黑人不喜欢他是因为他说话的腔调像白人而且还干着白人干的工作。其他警察也跟他保持着距离。一些狂热分子杀害黑种女人，而昆廷却一直在单兵作战。没人想帮他，女人还在继续被戕害。

“你跟我们一道干吧，易兹?”罗兰·霍布斯说。当内勒走进草地的时候霍布斯将手搭在了我的肩膀上。

我默不作声，霍布斯便将他表示友好的手缩了回去。我急着要回家去。回绝这个警察我心里很不是滋味，那些年轻女人还会继续惨死更让我感到难受，可我真的爱莫能助。我得过我自己的日子啊——不是吗?

3

我要内勒在街角让我下车，本想最后那几步路踱回家。可我却站在那里环顾四周。夜幕降临，我在想象着暴风雨将至时人们在慌忙寻找避难之处的情景。

并不是每个人都那么匆忙。

拉斐尔·戈登还在阿瓦隆门前耍牌骗钱，那是我们那个街区快到尽头处的一个小酒吧。一半意大利血统一半黑人血统的痉挛性麻痹患者泽珀则站在街角上望风。泽珀经常会抽风抽得身体直扭，他说不出一句整话，吹的口哨却比大多数人吹的喇叭还要响。

我朝泽珀招了招手，他朝我摇晃了一下身体，又是做鬼脸又是眨眼睛。我试图吸引住拉斐尔的视线，可他的心思全在他准备下手的那两个乡巴佬身上。拉斐尔是个矮个子黑人，身上的肤色灰色多于棕色，门牙掉了大半，左眼眶里的眼珠是死的。乡巴佬望着拉斐尔，相信他们自己的才智要胜拉斐尔一筹。也许他们以为即使自己输了也用不着给钱；看来这回拉斐尔的鞭子抽不到狡猾的贵宾犬了。

不过拉斐尔袖子里藏着一把装有软木手柄的黑色剖鱼刀，而且他口袋里还总是揣着一条几英尺长的回过火的钢链子。

“快来看咯，红球落哪里，”他吆喝道，“猜中红球就赢两美元。你们押钱加倍赢，今晚好手气咯！”他将几个假胡桃壳子从这头挪到那头，那头又挪回这头，还时不时地揭开来，让大家看球在哪个壳子里。

一个我之前从未见过的大汉指中了其中的一个壳子。我转过身朝家里走去。

我在想着那个死了的交际花女郎；想着她是如何被杀的，除了她的姿色如何或者长得像哪个人外实在找不出别的原因。一回忆起她死时那副浑然无觉的样子我就发抖。那是一个女人忘记了她在别人眼里长得漂亮而又将这份漂亮展现出来的片刻，那个被谋杀的女孩正是这么一副模样；就像一个人累了需要片刻休息时一般无二。

这让我想起了瑞加娜和她那副模样儿。当然，这二者是无法比拟的。瑞加娜仪态庄重，她从不穿戴那些艳丽的廉价衣服和装饰品；她跳舞时也从不像大多数年轻女人那样扭腰甩屁股，瑞加娜那流畅优雅的舞步就像鱼翔浅底、凤舞九天。

对那个被杀女孩的记忆在我心里挥之不去。我来到自家大门口，看看瑞加娜和埃德娜是否在客厅里安然无恙，我透过窗户看清楚她们之后，便钻进我的汽车朝胡帕街驶去。那时候莫法斯的房地产公司的办公室还在胡帕街，设在一幢二层楼的房子的第二层。我就是那幢房子的业主，不过除了莫法斯外没有任何人知道这件事。房子的底楼则出租开了一家专卖黑人励志文学书籍的书店。地方是切斯特和埃德温娜·莱米租的。像我七幢房子的所有租户一样，莱米夫妇将房租交给莫法斯，然后再由莫法斯转交给我。

我知道莫法斯一准在那里，因为他每个星期七个晚上都在那里工作到很晚。他所做的一切就是工作和抽雪茄。

通往莫法斯房间的楼梯是架在外面的，我上去的时候梯板会嘎吱嘎吱地弯下去。还没到门边我就听到了莫法斯的咳嗽声。

我走进房间，只见莫法斯趴在他的枫木桌上，发出来一种似乎是发动机翻转不动的声音。

“我告诉过你别抽了，莫法斯。那雪茄会要了你的命的。”

莫法斯抬起头来，他那副下颌宽厚的脸使他看上去就像一只哈巴狗。他那楚楚可怜的姿势让他看上去更像一条神情怠倦的大狗，不停地咳嗽，泪水从湿润的眼睛里掉落下来。他取出雪茄恐慌地瞪着，接着用力将黑色的烟头掐灭在一只明净的玻璃烟灰缸中，然后在转椅里挺直了身子。

他忍住了咳嗽，捏紧了拳头。

“你还好吗?”我问。

“挺好的，”他轻声说，接着又屏住了一声咳嗽。

我在那张给客户坐的椅子里坐下来，等着看他有没有什么生意上的事要跟我谈。我们已经认识许多年了，可能那就是我有点犹豫该不该说起莫法斯的病的原因吧。一方面看到一个人身在痛苦之中我也深觉难过，可另一方面莫法斯又是一个曾经背叛过我的懦夫。我没有宰了他的唯一原因就是我没法证明我这个人比他又好得到哪里去。

"有什么事情吗?"我问。

"除了房租没别的啥事情。"

对此我们都只是微微一笑。

"我猜已经好了吧，"我说。

莫法斯举起手示意我别出声，然后从桌子里拿出一只瓷罐，他拧开盖子将它端到自己的鼻子和嘴跟前，深深地吸了一口气。一股樟脑和薄荷的气味刺得我鼻子难受。

"你听说了最后那个姑娘吧?"莫法斯问，他的声音好像刚从死神的门口回来。

"嗯，没啊。"

"他们是在一一〇街发现她的。靠近你们那外面。他们说那里围着近二十个警察呢。"

"是吗?"

"快乐年华的姑娘们，再也享受不到快乐年华了，"他说，"这疯子竟然杀害年轻女郎。真可耻。"

莫法斯从马甲口袋里抽出一根雪茄。他正要咬掉烟嘴，却看到我在瞪着他，他便把那个害命的东西放了回去，说：“我们有的麻烦了。”

“怎么麻烦？”

“你那些房客中好些个都是年轻姑娘啊，哥们，单身女郎和被抛弃的女郎。她们有孩子也有工作，一到周五晚上就跟朋友一道出去找男人。”

“那又咋的？你以为做这事的那人会杀掉我们所有的租户啊？”

“好啦，好啦，我没那么愚蠢。我也许没像你一样上过大学，可是摆在我鼻子跟前的东西我可看得真真切切，不比任何人差。”

“这怎么说？”

“乔治特·怀克斯和玛丽·普度告诉我说她们要搬到一起来住——好有个保护。她们说这样她们好把她们的孩子照顾得好点，也更安全些。当然她们也只用付一半的房租了。”

“真的啊？那我该怎么办？”

莫法斯微笑着，嘴都咧开了，我能看到他嘴里最深处的一颗金牙。当莫法斯表现出这种快乐时，那就意味着在有关钱的问题上他办妥了。

“你啥也不用做，罗林斯先生。我告诉她们说这里规定不许同住一屋，然后我跟乔治特说如果她搬过来跟玛丽住一起，那么玛丽就可以把她撵出去，因为乔治特的名字不会写在合同上。”

如果莫法斯在死的那天赚钱了，那他到死也是个快乐的人。

“别为这事操心了，哥们，”我说，“她们女孩子想怎么做就随她们怎么做吧。你知道的，这地方每天都有上千人出入，有人搬出去就有人搬进来。”

莫法斯伤心地慢慢摇了摇头。他无法进行深呼吸但还是为我感到遗憾。我怎么能愚蠢到以为就一个美元和几个零钱就能让整个世界不流血呢？

“你还有别的事要说吗，莫法斯？”

“那些白人今天又来了。”

一个叫德坎普尔联合公司的派代表来拜访过莫法斯，打听我在康普顿拥有的一处房产的情况。他们提出过两次要把它买下来；他们后面那次的出价是那块地产实价的两倍多。

“我不想听这个。如果他们想买那处房产，那么它的价值就比他们愿意出的价格高。”

我走到了窗前，因为我不想再争论这个事情。莫法斯认为我应该把那块地卖掉，因为这样赚钱快。他在一天两天地做生意方面是把好手，但他不知道怎么为将来做长远打算。

“现在他们又有了另一桩买卖要做，”他说，“你会对上十万美元说不？”

我看到窗外一个小男孩正拖着一辆蓝色的马车经过一盏路灯。车斗里装着厚厚的苏打水瓶子，有六七个吧。那充其量就值一毛四分钱，够买三根棒棒糖的，大概够吧。那男孩是棕色人种，赤着双脚，穿着短裤和条纹T恤衫。他一边拉着车一边在沉思。也许他是在想着上个星期以来拼写课上所学的内容，也许是在想袋鼠一词怎样正确拼写。但我怀疑那孩子是在想怎样才能再赚一分钱好买到第三根棒棒糖。

“十万？”

“他们想见你，”莫法斯粗声粗气地说。

我听到他划着了火柴，我转过身来他正好抽了第一口。

“他们想从咱们这里得到什么，威廉？”莫法斯的真名叫威廉·沃顿。

莫法斯用一种合谋式的口吻说：“城里想把威洛比街开发成一条主干道，一条四车道的大马路。”

我在威洛比的一侧拥有九英亩地，这是我寻找一个日本老花匠丢失的财产时所做的一桩买卖的一部分。

“那又怎样？”

“那些人答应借钱给你来开发，出十万美元拉你入伙。”

“迫不及待地要给我钱了，嗯？”

“你要做的就是给我说一句‘行’，罗林斯先生，然后我就跟他们说董事会投票同意了。”

每当有人要跟我做生意，他们都是通过莫法斯的。他就是我组建的公司的代表。所谓董事会就是一个人的委员会。

我忍不住暗自笑了起来。在这里我只说我是一个伐木工的儿子，是黑人，是孤儿，来自南方。我到死都没机会见到五千美元呢，可如今我却成了白人地产商追逐的对象。

“那就定个时间跟他们见面吧，”我说，“我想瞧瞧那些人，不过别勾起你那贪婪的念想，威利，很可能一个子也赚不到。”

莫法斯咧嘴笑了，烟从牙齿间涌了出来。

4

那是一个温暖的夜晚。我在靠近我们那个街区尽头的地方停好车。泽珀和拉斐尔已经走了。那张拉斐尔用来当桌子使的纸板倒在人行道上，一小块血迹成了路边的装饰，中间还有一颗被打落的牙齿——有人在拉斐尔·戈登的戏法学校里学到了痛苦这一课。

这干了的血迹让我又想起了那个死去的交际花女郎。

在所有一切发生过之后我仍然需要一个人冷静一下，于是我决定在回到妻子身边之前先去喝一杯。

阿瓦隆酒吧的店面只有一面橱窗般大小，里面摆着一个吧台和六把高脚凳，丽塔·柯伊给顾客上瓶装啤酒和掺水或者加冰块的混合饮料。

酒吧里只有一个顾客，一个面朝墙壁，蹲在一台投币电话机边的大汉。

“你怎么上这儿来了，易兹·罗林斯？”丽塔生得娇小而结实，浑圆的眼睛小而晶亮，薄薄的嘴唇性感撩人。

“我满脑子都是威士忌。”

“我还以为你不会在离家这么近的地方喝酒呢。”

“呵，今天我要喝。”

“为什么不？”那大汉对着电话问，“我准备好了。”

丽塔往子弹杯里给我倒上了苏格兰威士忌。

“瑞加娜和小宝贝好吗？”丽塔问。

“好，都好。”

她点点头，低头看着我的手。“你听说那些女孩子被杀的事了吧？”

“没什么事啊，好像。”

“你可知道，晚上打烊的时候我都不敢出门走到车上去。”

“打烊时你一个人？”我问她。但就在她要回答时那大汉猛地搁下了电话，那电话好像抱怨似的发出一声回响。

杜普雷·伯查德起身朝我们走来——身高足有六英尺五英寸。他看到我之后便环顾四周，好像在找一扇后门。可酒吧只有我进来的那扇门。

杜普雷和我在年轻时曾经是朋友。有一天晚上他喝得太高，神志不清了，让我和他女朋友科莱塔单独相守，做了一回苟且之事。

也许是他在醉得不省人事之际听到了我们压抑的喘息声，也许是他在为她第二天被谋杀而责怪我。

“你好啊，杜普雷。在冠军航空混得咋样？”

十年以前我们俩都在冠军航空上班。杜普雷当时做机械工。

“在那里没啥好的，易兹。每每你换个地方，他们就会定条新规矩把你管起来，如果你是黑人，他们的一条规矩就会变成两条。”

“那倒是，”我说，“那倒是真的。走到哪里都是一码事。”

“还是回南方老家去的好。在南方至少黑人兄弟不会在你背后捅刀子。”他说这话时一直看着我的眼睛。杜普雷一直没能证明我对科莱塔做过什么，或者跟她做过什么；他只知道有一天晚上我跟他们在一起，然后她就永远离开了他。

“我不清楚，杜普雷，”我说，“在洛城从来没有过那么多私刑。”

“你不喝一杯吗，杜普雷？”丽塔问。

那大汉坐了下来，跟我隔着两把凳子，朝她点点头。

“你老婆怎么样？”我这样问是想让他说点欢快的事。

“她还好。我现在在坦布尔医院上班，”他说。

“真的啊？我老婆也在那儿上班。叫瑞加娜。”

“她长什么样子？”

“皮肤有点黑，漂漂亮亮的，比较苗条。她在妇产科病房。”

“她几点上班？”

“通常是八点到五点。”

“那么我可能还没见过她。我还只去了两个月，而且我在墓园里当班。他们让我在地下室里做洗衣工。”

“你喜欢吗？”

“是啊，”他心酸地说，“可喜欢了。”

杜普雷端起丽塔递过来的酒，咕咚一下就喝了个精光。他啪的一声把两枚二毛五的硬币放在吧台上说，“我得走了。”

他闷不吭声地经过我身边出门了。我记得那天晚上他和科莱塔跟我在一起时他的笑声是多么的响亮。在那些时日他可是笑声如雷的。

我多么希望我能找回我这位朋友失去的东西啊，他一辈子的伤怀可是有我的份的。我希望如此，可希望跟有血有肉的人相比却又那么的无足轻重。

“安德烈·拉文德，”我对丽塔说。

“说啥？”

“安德烈。你认识他吗？”

“嗯哼。”

“给我张纸。”

我留下安德烈的名字和电话号码说，“打个电话给他，就说我要他过来晚上护送你上车。”

“他是你手下？”

“我以前帮过他忙。如今该他帮你了。”

“要我付钱给他吗？”

“给他杯威士忌就行了。”

我将杯子推到她跟前，她又给我满上了。

杰瑟斯正在草坪对面的廊灯下翻筋斗。小埃德娜则抓着童车上的围栏立直身子，一边笑着一边咿咿呀呀地朝她的哑巴哥哥说话。我走进大门，拾起落在栅栏边大丽花丛里的一只足球，顺便吹了声口哨，将球朝抬起头来看我的杰瑟斯扔去。他抓起球拿在一只手里，另一只手朝埃德娜挥了挥，做出一副要把球扔给她的样子。她摇得童车围栏格格作响，跪着晃动起身体，并大着嗓门叫道："偶捉住了！"

杰瑟斯飞起一脚，猛地将球踢到远处的铁丝网上，撞得咔嚓一响。对城里的孩子来说，钢铁撞出来的咔嚓声是一种音乐。

"在外面干什么呀？"纱门后面随即映出了瑞加娜灰色的影子。她走出门来到门廊上，站在我们女儿的前面，好像要保护她似的。埃德娜嚎哭起来。杰瑟斯和院子都被她妈妈的裙子挡住了。

"噢，行了，亲爱的。她没事的，"说着我跨上了门廊前的三级台阶。

"要是他踢偏了会把她的头都踢飞的！"

埃德娜裹着尿布的屁股坐了下来；杰瑟斯爬上了黄油果树。

"你要小心点，易兹，"和我结婚两年的妻子说。

"易西，"埃德娜附和道。

我发现这个问题难以回答，因为每当我望着瑞加娜的时候我就难以思考。她的肌肤像打了蜡的乌木一般润泽，她那两只杏仁般的大眼睛之间的距离要比常人宽了半英寸。瑞加娜长得颀长苗条，尽显美丽大方，但让我痴迷的却不在此。她的脸庞无处不美轮美奂，挑不出半点瑕疵和皱纹。她的颌边绝无丘疹、痣或者游散的毛发长出来。她的明眸也许会不时地闭上，但从不像常人一样频频眨眼。瑞加娜从任何方面来说都是尽善尽美的。她知道如何款步生姿，怎样坐姿优雅；但她从不会因别人不雅的品评而失措，也不会因身处穷困而震惊。

每次一见到瑞加娜·莱尔斯我都会深深地爱上她。在我们还没说过一句话之前我就爱上她了。

“我认为这没什么的，亲爱的。”我不由自主地朝她伸过手去，而她却移开了，好一位优雅的舞者啊！

“听我说，易兹。杰瑟斯心里分不清楚该怎样对待埃德娜。你得告诉他才行。”

“他知道的比你认为的多多了，宝贝。他在小孩子身边待的时间比大多数女人还多。虽然他一声不吭，可他心里什么都明白。”

瑞加娜摇了摇头。“他有困难的，易兹。并不是你说他没事他就没事了。”

杰瑟斯从树上爬下来，绕到房子的侧面进他自己的房间去了。

“我不明白你指的是什么，亲爱的，”我说，“困难人人都有。每个人都会用自己的方式去解决困难的。”

“他不是大人。杰瑟斯还是个小孩子。我不清楚他有什么样的困难，但我肯定知道那对他太重要了，这也是他不能说话的原因。”

我就此打住了。我永远也无法开口把事实的来龙去脉告诉她，告诉她我是如何在一个失踪女人的家里把他救出来的，之前他被一个恶棍买了下来，饱受虐待。那恶棍被人谋杀了，我知道是谁杀的，但我却保持沉默，这一切我如何跟她解释得清楚呢？

瑞加娜将埃德娜搂进怀里。孩子尖叫了起来。我真想将她们两个一齐紧紧揽入怀里，好把这些烦心事统统挤走。

有时候跟瑞加娜谈话真让我痛苦。她对事情的是非曲直太自以为是了，时常搞得我内心翻江倒海。有时我甚至都分不清楚自己对她的感情到底是愤怒还是爱怜。

她们进屋之后我又在外面待了一会，看着自家的房子。我心里藏着太多的秘密，背负着太多与我有关的凋零的生命。瑞加娜和埃德娜与这一切无关，我暗自发誓绝不让她们牵扯进来。

我最终进屋了，觉得自己就像个幽灵鬼影，蹑手蹑脚地来到了光天化日之下。

5

“你喝酒了，”我进门时瑞加娜说。我自以为瑞加娜是不会闻到酒味的，我也没有喝到跌跌撞撞的地步。可瑞加娜就是知道。我喜欢这样，这种感觉让我心花怒放。

埃德娜和瑞加娜都坐在长沙发上。小宝贝见到我就叫着“易西”，挣脱出身朝我爬来。她快要摔到地板上时瑞加娜一把就抓住了她。

埃德娜就像被掴了一巴掌似的哭喊起来。

“你去过警察局了？”

“昆廷·内勒要跟我谈点事。”孩子哭的时候我总是心情不好。觉得在我们谈下去之前得想点办法才行。可瑞加娜就那么抱着她跟我说话，好像那哭声不存在似的。

“那你为啥酒气熏天地回来？”

“好了，宝贝，”我说。一切都显得那么慢吞吞的。我觉得有的是时间跟她解释，有的是时间使事情消停下来。只要埃德娜别哭了，我想，什么事情都好办。“我不过是在阿瓦隆喝了一口。”

“肯定是一口喝了老半天。”

“是啊，是啊。内勒警官给我看过那东西之后我需要喝上一口。”

这话引起了她的注意，但她依旧狠狠地、冷冷地瞪着我。

“他把我带到一一零街那块空地上去了。那儿有个女孩死了。枪子打进脑壳死的。是杀死另外两个女孩的同一个人干的。”

“他们知道是谁干的？”

我不得不忍住笑意。我急不可待地想消融她脸上的横眉怒目。

“不知道，”我说，尽可能显得严肃些。

“那他们怎么知道是同一个人？”

“他疯了，这就是原因。他用点燃的烟头在她们身上烙下了印子。”

“强奸吗？”她小声问。埃德娜不哭了，用她妈妈那样疑惑的眼神看着我。

“那个嘛，”我说，突然后悔说起这些事情，“是另外的事了。”

我将埃德娜抱过来，在妻子的旁边坐下。

“内勒想要我帮忙。他以为我听到过什么消息。”

瑞加娜将手搁在了我的膝盖上，我本该很开心的。

“他为啥会那么想?”

“我不知道。他知道我总是消息很灵通的。他就以为我也许听到什么了。我告诉他说我帮不上忙，可这时候我需要喝上一杯了。”

“是什么人?”

“一个叫伯妮塔·爱德华兹的女孩。”

她的手又移到了我肩膀上。

“我还是搞不明白警察为啥会跑到这里来问你。我的意思是说，除非他觉得这个事跟你有什么关系。”

瑞加娜总是想打破沙锅问到底。别人为啥要叫我帮忙？为什么有些人遇到麻烦时我觉得应该帮忙？她一点都不知道我是怎么把她表弟从监狱里弄出来的。

“呵呵，你知道的，”我说，“他可能以为我现在还经常在街上溜吧。但我告诉他我现在在莫法斯那里做全职工作，没多少时间出去了。”

在遇到瑞加娜之前我一直过着东躲西藏的生活。谁都不了解我。他们不知道我的家产。他们不知道我跟警方的关系。我觉得保密才安全。我不停地告诫自己，瑞加娜是我妻子，是我的人生伴侣。这些年来我一直在计划着把我所做过的事告诉她。我打算告诉她其实是莫法斯在为我工作，告诉她我在城里的银行存有很多钱。可是我得慢慢来，要等时机啊。

我的生活方式并不像有钱人，所以没有理由引起她的怀疑。我打算有朝一日将所有的事情向她和盘托出，但要等到她能接受这事实、能接受我是什么人的那一天。

“他知道我在这附近走动得多，就这么回事了，亲爱的。他们发现的那个女孩离这里就十二个街区。”

“你能帮他们吗?”

埃德娜的手伸进了我的衬衣口袋，口水流了我一胸脯。

“这个嘛，我什么都不知道。不过我跟他说我会在附近打听打听。你知道的，这可不是什么光荣的事。”

瑞加娜端详着我，就像当铺老板在挑剔钻石戒指上的瑕疵一样。我扶着埃德娜在我腿上蹦，直到她笑起来为止。然后我朝瑞加娜微微一笑。她只是轻轻摇了摇头，又端详了我一阵。

埃德娜就像有一百磅重一样，我让她横在我腿上，我往后一仰，躺了下来。

瑞加娜用凉爽的手抚摸着我的脸颊。我能感触到她的每一个指节。我想起了那个死去的可怜女孩和其他的人。

埃德娜睡着了。瑞加娜把她抱到了婴儿床上。我跟她进了我们的卧室。卧室太小，几乎全被床占了。

她脱了衣服，然后准备去换上睡衣。但还没等她拿到睡袍我就抱住了她，我的裤子已经脱到了脚踝处。我们朝后跌到了床上，她压在我上面。她试图挣脱开来，却显得那么无力，我抱住她，用她喜欢的方式抚摸着她。在我的抚摸下她让步了，却不愿意吻我。我翻过身来压在她身上，双手抱着她的头。她让我将腿滑到她双腿之间，可当我将嘴唇贴在她嘴上时，她既不张开嘴，也不睁开眼。我舌头抵住了她的牙齿，但却再也无法深入了。

瑞加娜让我抱着她。我脱下短裤和衬衣时，她将脸埋在我的脖子上。可当我移动身子想进入她的身体时，她却把身子转了过去。这一切都是前所未有的。瑞加娜在性方面虽然没我这么热烈，却常常会配合我的激情。可现在她好像想要我却又无从激发自己。

这让我更为兴奋，尽管血液里的酒精让我头昏目眩，为讨她的欢心，我还是像狗似的从后面进入了她的身体。

“别，易兹!”她叫道，但我知道她的意思是说“继续，加油”。

她扭动着身体，我们的腿绞在了一起。我兴奋不已地紧紧压住她，她抓住床头柜，猛地一用力把柜子都拖得翻倒在地。床头灯插销从插座里被拖了出来，房间里一片漆黑。

“哦，天啦!”她叫了一声到了高潮，嘴里叫着，身体和胳膊肘使劲地顶着我。

当我松开紧抱着她的双手，她便将我推开起了床。我记得灯亮了，她站在刺眼的灯光下。她脸上和私处的汗水都闪闪发光。她用一种我无法看懂的神色看着我。

“我爱你，”我说。

还没等到她的回答，我就睡着了。

我梦到了某天的午后。那金灿灿的艳阳天只有南加州才有。伯妮塔·爱德华兹伸直双腿坐在一棵树下，她双手手心朝上地摊在身体的两侧。一些鸟儿——麻雀和松鸦——在她身边的草丛里觅食。一缕微风带来一丝凉意。

“这是谁干的?”我问那个死了的女孩。

她朝我转过身来。她头上的弹孔透出一缕蓝天。

“什么?”她怯生生地小声问。

“谁对你下的手?”

接着她哭了起来。好生奇怪，因为她的哭声不是女人发出的声音。

瑞加娜手抵着身体靠在一棵树上。她的裙子被卷到了臀部上，一个赤身裸体的大汉从后面抱着她。她的头被鞭子轮流抽打，左右摇晃，她到了激烈的高潮，可嘴里发出的却是跟伯妮塔·爱德华兹一样的叫声。

我恨死他们了。我能感觉到仇恨就像深呼吸从头到脚灌遍全身。我抓着伯妮塔粉红色宴会礼服的翻领将她拎了起来。她悬在空中，像尸体一样沉沉的，一边还在哭着。

哭得很奇怪。也许像只猫在叫，也许像漏气的内胎发出的嗞嗞声。有如一个婴儿。

我睁开眼睛，觉得凉飕飕的，因为我把毯子踢开了。埃德娜哭了一会儿。我从床上爬起来跌跌撞撞地朝门走去。我走到门口回头一看，只见瑞加娜睁开了眼睛，正望着天花板。

我被她吓了一跳。不过我把这恐惧当作是噩梦的一部分而没加理睬。

这一切很快就会过去的，我心想。他们会抓住那个杀人凶手，这样我的噩梦就不会再有了。

6

我走进厨房将埃德娜的营养奶放到炉子上，然后便从杰瑟斯每隔一天从卢艾伦·斯通店里拿回来的尿布包里取出一片尿布。

埃德娜正在起居室一角的婴儿床里哭。我打开小灯，悄悄地来到她跟前。这让她停止了片刻的哭泣。然后我弯腰亲了亲她的脸蛋。她微笑着咿呀了一声。我抱起她回到厨房，把她放在铺在餐桌上的一块布上。我在一只红色橡胶盆里灌好温水，解开她尿布上的安全别针。

她又开始哭了，不过不是生气。她只是在告诉我她觉得不开心。我本该陪着她的。

我用柔软的仿麂皮毛巾给她洗澡，信口跟她说着话，时不时地亲亲她。等到给她洗好澡时，她的脸上干干净净，泪水早已无影无踪了。奶瓶已经温好，我迅速给她换好尿布。然后我又将她抱进怀里，把奶瓶给了她。她一边吸着奶，一边咿咿呀呀地说着话挠我鼻子。

我朝房门转过身去，只见瑞加娜正站在那里看着我们。

“你真的爱她，不是吗，宝贝？”她问道。

我宁愿听她如此唤我的昵称，也不愿跟世界上任何别的女人做爱交欢。这就像是她打开了一扇门，而我正准备往里冲。

我朝她笑了笑，就在此刻我看到她眼睛里的一抹变化。这就像一盏灯熄灭了，就像我正要抓住这个机会回家，门却关上了。

“宝贝，”我说。

埃德娜在我怀里转过身去，以便看见她妈妈。她朝她伸出一只手，瑞加娜便把她抱了过去。

“我需要点钱，”瑞加娜说。

“多少？”

“六百美元。”

“我想办法弄吧。”我点点头坐了下来。

“怎么弄？”

我抬头望着她，实在不大明白这个问题。

“我问你怎么弄，易兹。”

“你是问我怎么弄到六百美元吧。”

她摇着头，她那拉直了的头发从一边甩向另一边，然后停在了头的左侧。

“嗯嗯。我说了我需要那么一笔钱。我不会无缘无故问你要钱的。你大概想问我要钱干什么。你大概想知道我手里已经有了多少了吧。”

朝洗涤槽上方的小后窗望去，天空正在由夜色变成鱼肚白色。给人的感觉是这个世界在变大，我想跑到外面去。

“好的，行啊。你想要钱做啥?”

“我要给自己和小宝贝买衣服，我的车子还要付各种费用，还有我那个住在柯莱特的姨妈病了，需要钱去医院看病。”

“她怎么了?”

“结石。医生是这么说的。”

“那么你手里有了多少了?”我简直觉得自己是在发号施令。

“呵呵，易兹。我是想知道你上哪儿去弄六百美元，”她打了个响指，“就那个意思。”

“我并不是想问你口袋里有多少钱，宝贝。那是你的私房钱，”我说，“那跟我没什么关系。”

“你什么事都用不着问我，易兹·罗林斯。你知道我就在坦布尔医院上班。你知道我每天早上八点钟上班，每天晚上五点半回家。你知道我的钱从哪里来。”

“那你也知道我给莫法斯工作啊，”我争辩道，“我也许不用跟你一样准时准点地去上班，但我也有工作啊。”

她又朝我打了个响指。见我可能是在撒谎她怒不可遏。“一个靠扫地谋生的人能弄到那么一大笔钱吗?你以为我是傻瓜啊?”

我们都是从苦日子里走过来的人。

瑞加娜来自阿肯色州，她家有十四个孩子，她是家中的长女。她母亲在生最后一个孩子时死了。她父亲沦落成一个无可救药的酒鬼。那些孩子是瑞加娜带大的。她为那些白人店主干活、种地、扮笑脸。还有许多的苦楚我不知道，但我知道她日子过得很艰辛。

她曾经告诉过我，为了喂饱那些嗷嗷待哺的小嘴她做过自己不以为荣的事情。

“我不偷不抢，”我说，“你知道这个就行了。如果你要钱，我会给你钱的。你要吗？”

此时正在妈妈怀里摇着的埃德娜大声笑了起来，把手中的奶瓶扔在了地上。她眼睛亮晶晶的，笑容灿烂而淘气。

瑞加娜咬着嘴唇。对有的女人来说这算是一个小小的让步了，但对她来说无异于向死对头举手投降。

“我想知道的事情你就应该告诉我，易兹。”

“我没有对你隐瞒什么，宝贝。你需要钱我就去弄钱。因为我爱你和埃德娜，我愿意为你们去做任何事情。”

“那么我想知道的事情你为啥不告诉我？”

我腾地站起身来，瑞加娜缩了回去。

“我也没问过你在阿肯色州的往事，对吧？我也没问过你被迫做的那些事吧？你告诉我你姨妈需要钱的时候我也没问你为啥，至少我没有在意。假如你爱我那你就接受现在的我。我没有伤害到你，对吧？”

瑞加娜目瞪口呆。

“我有吗？”

“没有，你没动过我一根手指头。不是说那方面。”

“那你说的是啥意思？”

“你没打过我。假如你打了那也不要紧，因为如果你动手打了我或者打了女儿，我就会一枪打死你，然后马上从这扇门逃出去。”她顶了回来。这总比让她痛苦好。“你没有打我，但你做了别的事情，一样坏。”

“比如什么？”

瑞加娜正看着我的手，我低头一看，见我的拳头捏紧了。

“昨天晚上，”她说，“你管那个叫啥？”

“什么叫啥？”

“你对我做的事啊。我一点都不想要你。但你硬来了。你强奸了我。”

“强奸？”我哈哈一笑，“男人怎么能强奸自己的老婆？”

当我看到瑞加娜眼里愤怒的泪水时，我的笑容一下没了。

埃德娜瞪大眼睛望着她妈妈，心里在想这个新妈妈是谁。

“还没说完呢，易兹。我想照我们女儿外婆的名字给她取名叫庞苔拉。可你硬要我们叫她埃德娜。你说你只是喜欢那个名字，可我知道你是根据你那个疯子朋友的老婆的名字取的。”

她是指埃塔美。

她说得没错。

“我想知道的，”我说，“是你想不想要那六百美元。我想帮你搞到，可你却这么质问我。”

瑞加娜昂起那张漂亮的黑脸蛋瞪着我。过了一会她点了点头；那小样儿显得还不领情。

对我来说这是一次徒有其表的胜利。我想让她在有需要之时因为能靠得上我而开心。可是她想要的却是我给不了的某些东西。

7

接下来的几个晚上我都很少露面。我去不同的酒吧喝酒，喝到近十一点才回家。那时候所有人都已经睡了。没人追究我了我才觉得呼吸顺畅一些。

在我的整个人生之中，从来都不曾有人能够探问到我的私生活。有好几次，我宁肯被打掉牙齿也不肯回答警方的讯问。而这一次我遭遇到的是瑞加娜的沉默与不信任。

夜里我梦见的是沉没的船只与坠落的电梯。

情况变得越来越糟，到了第三天晚上我根本无法入睡。

我能听到屋子里的任何一点声响和凌晨通过中央大道的车声人语。六点三十分瑞加娜起床了。过了一会远处传来了埃德娜的哭声，接着又是笑声。

七点的时候瑞加娜的表姐盖比·李来给她照看婴儿。她弄得震天响，埃德娜倒是喜欢，但我也被吵醒了。

“喔喔喔——嘎——哇！”那大个子女人嚷道，“喔喔喔叽，

喔喔叽，喔叽，哇，哇，哇!”

埃德娜乐疯了，发出一阵阵快乐的尖叫声。

七点十五分，前门砰的一声打开了。那是瑞加娜去开她那辆小史蒂倍克。我还听得到她开车离开时那小发动机转动的声音和噼啪声。

盖比·李跟埃德娜进了卫生间。不知何故，她认为婴儿要抱到卫生间里去换洗。我猜想她的用意是早点教孩子如何上厕所吧。

她出来时我跟她打了声招呼，“早上好。”

盖比·李是个五大三粗的女人。其实并不是很胖，但体形像个木桶，肤色比你遇到的半数白种女人还要更浅。她一头硬刷刷的草莓色头发，绝对是一副黑种人的脸相。她把笑容都留给其他女人和孩子了。

“今天你在这儿?”她这样问我——这个付给她工资的人。

“这是我的家对吧?”

“甜铃铛”——这是她叫瑞加娜的昵称之一——“我今天要打扫卫生。你待在这里会碍我手脚的。”

“这是我的家，不对吗?”

盖比·李又是哼又是吼的。

我从她身后绕过去到卫生间里放松一下。洗涤槽里扔着一块湿漉漉的脏尿布。

报纸被卷成纸筒，用一根纤细的橡皮筋扎着扔在前门廊上。

我捡起报纸便开始用一个旧滤壶煮咖啡，这壶还是我在 1945 年出狱后的第三天买的。

杰瑟斯吻了我问候早安。他背着书包，身上穿着网球鞋、牛仔裤和一件棕黄色的短袖衬衫。

“你今天一定要乖乖地好好学习，”我说。

他猛地点着头，像个即将赴任的官员一般笑得咧开了嘴。然后便跑着出了门，朝外面的街上冲去。

他从来就不是个好学生。但从五年级开始他们就把他编进了一个特殊班级——一个专收学习有问题的孩子的班级。他班上的同学从少年犯到智力略有迟钝的什么人都有。但他的任课老师基莎·琼斯对杰瑟斯的阅读能力特别感兴趣。他几乎每天晚上都要躺在床上看书看到很晚。

我给自己倒了一杯咖啡，然后在早餐桌边坐下，急于想拿定主意该如何对付瑞加娜。谁知道我会想出什么歪点子来呢？可就在这时我在《洛杉矶观察家报》上看到了下面这些大字标题：

女子被杀

第四个受害者

杀手

潜入绍斯兰

最后有人见到罗宾·加内特是在阿瓦隆酒吧附近的一家斯

里夫第药店里。当时她在跟一个身穿翻领军用雨衣、头戴斯泰森阔边帽的男子搭讪。报上解释了她后来是如何在离此地四个街区的一片荒地上的一个小棚子里被找到的。她遭到了毒打，可能还被强奸了。她被毁容了，但报道中却未加详细说明。报道中还解释了为什么这桩谋杀案被列为头条而前面的三桩却只是在最不起眼的地方被一笔带过——因为罗宾·加内特是白种女人。

我还得知罗宾是加州大学洛杉矶分校的女大学生。她跟父母住在一起，在洛杉矶高中上过学。可最重要的一点，报道里却没有解释：她为什么会跑到那个地方去。

我点上一支骆驼牌香烟，一边喝着咖啡。我拉开了窗帘，以便他们到来的时候我能看得见。

大约九点，盖比·李抱着埃德娜从我卧室里出来了，两人都收拾停当准备去公园了。我伸出双臂，埃德娜高兴得尖叫起来。她伸出手想朝我过来，却被盖比·李抱住了。

“把我的孩子抱过来，”我没多说话。

我抱住埃德娜，她抓住我鼻子。我们相互朝对方发出各种声音，笑啊，笑啊。

“我们得出发了，”过了一会盖比·李说。

“我刚才好像听你说要打扫卫生吧?”

“我要一个人时才能打扫，”她没好气地说，“再说今儿天气好，孩子需要晒太阳。”

我把孩子递给这个乖戾的女人。埃德娜一进她怀里，盖比脸上就兴高采烈起来。这孩子太漂亮可爱了，哪怕是石雕她也能逗得它微笑。

她们刚走，电话铃就响了起来。响了足足一分钟之后对方才挂断。然后我索性把电话线拔了下来。

我从书架上取下一本柏拉图的书，在透过起居室窗户射进来的阳光下读起《斐多篇》来。当读到他在石凳上死去时，我眼睛都模糊了。我心里在想，做一个白人，做一个被社会所接受的人该是什么滋味啊？我想象着，我如此地热爱我的祖国，我为她献出自己的生命时该是怎样的感受呢？不是一个在枪林弹雨中的英雄之死，而是一个罪犯之死。

十一点四十七分，一辆长长的黑色轿车停在我家门口。四个人走下车，其中三个是白人，身穿颜色各不相同的西装；第四个则是昆廷·内勒。他们从车上下来后朝四周张望了一阵。他们并不因为深入到了沃茨这地方而显得怯生生的。我由此断定他们都是警察。

昆廷领着一行人来到我家门前。他们全都是彪形大汉。是那种在自己的同辈中鹤立鸡群的成功人士。我以前的老板几乎个个都是白人，而且不是很高就是很胖；无论做什么工作，恐吓都是使人服从的首要条件。

他们走上门廊的时候，我就在门边，站在闩上了门闩的纱门后。

“早上好，易兹，”内勒说。他没有笑容。“我们打过电话的。我带了几个人来，他们想跟你谈谈那个新闻。”

“我四十五分钟之内要赶到别的地方去，”我寸步不让地说。

“张开口吧，罗林斯。”说话的是一个身穿两件套装，紧闭嘴巴，貌似地中海人的家伙。我觉得自己认得他，可要不了一会在我眼里他们大多数都变成了一个凶恶的拳头。

“你是不是有什么报纸要读给我听?”我不无礼貌地问。

“这位是维奥莱特队长，易兹，”内勒说，“他是警区队长。”

“是吗?”我假装吃惊地说，“另外几位是汽修店的伙计?”

维奥莱特跟我一般身高，大约六英尺一英寸。站在他旁边的、内勒后面的人，穿一身磨破了的浅蓝色衣服，他个子要矮一英寸，样子硬邦邦的，苍白的脸上肉嘟嘟的，一副大耳朵。他浑身上下都长满了浓密的黑毛，眉毛下面是，耳朵下面也是。他伸手推开内勒来到我家门前，那只手也是硬邦邦、毛茸茸的。

“你好，罗林斯先生。我叫贺拉斯·沃斯。我是专门沟通市长办公室与警察局关系的联络员。”

我看得出来，想要把这伙人撵走是不可能的，便打开纱门与这位沃斯先生握了手。

“呃，那就请进吧，不过我连衣服都还没穿好，而且我一会儿还要去别的地方。”

五个大汉一进来，就把我的起居室挤得像间狭小的公共厕所。不过我还是想方设法让他们都坐了下来，自己则靠在电视机旁站着。

个头最高的那个我以前见过，他穿一套棕褐色的西尔斯免烫西服。三十年前我舅舅奥格登·威利住在路易斯安那的沼泽地里的时候就有一套一模一样的。

他骨瘦如柴，手指又长又细，一双眼睛深绿色。他没戴帽子，除了耳朵边还有几根头发，头顶光秃秃的。

他神态悠然地交叉着两条细长的腿，微笑着。他这副样子让我想起了那时候唐人街上古董店里流行的瓷菩萨。“我叫伯格曼，罗林斯先生。我是为州——州长效力的。我来这里不是公差。只是留意留意这些可怕的事儿。”

“各位想喝点什么吗?”我问。

“不用了，”维奥莱特代大家回答。但我觉得沃斯先生本来是希望用他那粗壮的手指把玩一下玻璃杯的。

“我们来这儿是……”昆廷·内勒正要开腔，却被他的上司维奥莱特打断了。

“我们来这儿是为了找出那个杀害那些女孩的凶手，”维奥莱特说。他说话时上嘴唇紧紧贴着牙齿。“我们不想看到这个疯子这样横行霸道。”

“那是瞎扯淡，”我说，“对不起，如果要我听这些事，我得去弄杯啤酒来。”

我去了厨房。我是个自谋生计的人，不用担心那些头头把我给开了。我也犯不着担心他们揍我。他们再有权势也不敢干那样的事情。当然，他们日后派几个打手来的可能还是有的。也许我该多点儿恭敬吧。可是这帮家伙竟然跑到我家里来，这就让我反胃了。

我拿出最大的杯子倒了满满一杯啤酒回到房间。沃斯看到溢出杯口的泡泡，忍不住舔了舔嘴唇。

“你他妈想干吗呀，罗林斯?”维奥莱特嚷道。

“哥们，我可是在自己家里，对吧？我没有请你们来。你们自己跑来挤得我客厅里满满当当的，说话的口气还像你们口袋里揣着警棍似的，”——我有点火了——“然后跟我嚷着什么女孩死了，我知道在这个之前还死了三个，可没见你们怎么着啊！因为那几个是黑人女孩，而这一个是白人!”假如我是在电视上这么说，全美国的每个有色男女都会从椅子里站起来为我鼓掌欢呼。

维奥莱特从椅子上站起来，不过不是鼓掌。他的脸已经涨得通红。这时我记起他来了。当时他还是个侦探，他把阿尔文·刘易斯从萨特街上的家里拽出来，因为阿尔文在当地一家酒吧外面的弄堂里打了一个女人，是维奥莱特接的报警电话。因为那个叫罗拉·琼斯的女人拒绝对他提起控诉，维奥莱特便决定亲手来伸张一下正义。我记得当他操起警棍抽打阿尔文的时候他的脸就是这样的红。我记得当另外三名白人警察手里拿着手枪、一脸满足地站在旁边时，我觉得自己是多么的懦弱。那种满足不是由于惩恶扬善，而是由于手中的权力得到了发挥。

就算纳粹分子也不过如此。

“冷静点，安东尼，”在一边旁观的伯格曼下令了。“罗林斯先生，我们很抱歉打扰你了，可是市里真的出了紧急情况。一个男人在杀害女人，我们得采取行动。我是到今天才知道还有其他女人被杀这回事的，但我向你保证我们会进行调查的。不管你对这件事是怎样的态度，我们都得履行自己的职责。”

“这个职责该由警察来履行。我只是个普通市民，一介草民。我只要不闯红灯就行了。”

这位伯格曼先生很可能压根儿就没有脾气。他只是一个劲地微笑着点头，“没错，那当然。将那个家伙绳之以法是安东尼的职责。不过你也知道，他总可以请人帮点忙，对吧，罗林斯先生?”

“我帮不了他。我不是警察。”

“可是你帮得了。在这一带你什么人都熟悉。警察去不了的地方你去得了。你可以去问问那些不愿意跟警察说话的人。在这方面我们需要大家人人伸出援手，罗林斯先生。”他向我伸出手来，但我没接他的茬。

“我正忙着做自己的事情呢，哥们。我啥忙也帮不了。”

“不，你帮得了，”维奥莱特闷声闷气地说。我意识到我错估了处在那种境况之下的人。假如是维奥莱特队长只身来找我，我就是咬掉牙齿也不会说了。

“他们已经列出了一张嫌疑人名单，易兹，”昆廷说。

“那关我什么事啊？”我回应道，“去抓他们啊，把他们关起来就是。”

他说出了一两个我知道的人的名字。但是我告诉他，如果他知道是谁干的，那就没必要担心了。

“我们还在调查雷蒙德·亚历山大，”他说。

我觉得屋子里的每个人都在瞪着我。

“你在开玩笑吧，”我说。雷蒙德·亚历山大的朋友们都只知道他叫“耗子”，他的确是个疯狂的杀手。他还是和我关系最密切的朋友。

“没开玩笑，易兹。”内勒咬紧了牙关。他跟我一样对那些人非常恼火。“亚历山大经常光顾那些黑种女人去的酒吧，大家都知道他还盯白种女人的梢。”

“八十岁以下跟他一样的黑人还有三万个。”

“你是觉得警方办案的方法有纰漏吗，罗林斯先生？”贺拉斯·沃斯问。

“你那个名单是瞎编的，哥们。‘耗子’没杀那些女孩。”

“那是谁杀的？”沃斯那僵硬的笑脸不大像是人的，倒更像是饥饿的熊与幸福的人的混合物。

“你怎么认为我知道呢？”

“我就认为你知道，”维奥莱特说，“因为假如你不知道，你就会发现很难在黑人当中生活下去。”

真是个有诗意的警察。

“这算是威胁吗?”

维奥莱特瞪着我。

“当然不是，罗林斯先生，”伯格曼说，“没有人想威胁你。我们到这里来都是为了同一个目的：一个男人杀害女人，必须将他绳之以法。这就是我们所想要做的。”

昆廷正站在窗边凝视着外面的街上。他知道我不得不参与到这个摆在我面前的案子中来。如果我不加入，维奥莱特队长一定会对我穷追不舍。在遇害的只有黑人时我拒绝参加，这让昆廷气得冒烟。现在既然已经有白人遇害了，我应该会答应帮忙。就连我们呼吸的空气都有股种族主义的气味。

“先把雷蒙德·亚历山大搁一搁，等我有时间去嗅他的气味再说。他不会杀女人的，逮了他对谁都没好处。”

“如果他犯罪了，罗林斯，他就跟任何人一样难逃一死，”维奥莱特愤愤不平地抱怨说。

“我并不想保护任何人，哥们，”我说，“只是让我瞧瞧这是不是你要的人，把逮捕这些人的事搁两天再说吧。”

伯格曼站起身来显得高大挺拔。“那么我看就这么定了。我敢肯定警方和市长都会给予你所需要的帮助的，罗林斯先生。”

其他人也跟着起身。

维奥莱特看也没看我一眼，就径直朝门口走去。内勒看了我一眼，却什么都没说。伯格曼微笑着跟我热烈地握手道别。

“你怎么到这里来了，伯格曼先生?”我问。

“例行公事而已。”他下面的嘴唇往外面突出来八分之一英寸。“例行公事而已。”

贺拉斯·沃斯伸出双手握住了我的手。

“到七十七街来找我，”他说，“在这件案子结束以前我一直在那里。”

说完，他们全都离开了我家。

自从我结婚以来就再也没有出过江湖了。我想把我的那段生活尘封起来。在某种意义上说，寻找这个杀人犯就像是把我死去的那部分召唤回来。

8

我煎了血肠和洋葱，热了一平底锅的赤豆和米饭作午餐。吃过午餐之后我给草坪割了草。实际上我用不着割的，但我想在接这项新任务前沉下心来，而在花园里做些事能让我安神。

每当我想起伯妮塔·爱德华兹的样子，瑞加娜哭泣的样子就会浮现在我眼前。那个被害女人的悲剧与瑞加娜的怨气在交相呼应。

我决定先完成好洛杉矶的警察代表们交给我的任务，然后再来解决我跟瑞加娜之间的问题。

可是此时我不禁想，这些位高权重的白种人大老远地跑到我家里来拉我入伙，真有点小题大做。

我以前是给市政厅办过事，但通常都是他们招我进城。他们会让我坐在冰冷的大理石凳子上老等，而自己却在梳妆打扮。有时他们会把我叫到警察署，在叫我帮忙之前会对我软硬兼施。可我还从没见过他们派一个代表团来我家登门拜访的。

我想到过昆廷·内勒可能回来，也许还有他的白人搭档，可没想到那些要人也会来。他们可比一个被害的白人女孩重要。女人被杀的事情时刻都有，除非是那些无辜的妈妈们在自己丈夫的床上被强奸了，否则警方是不会如此大动干戈的。

尽管我吃过饭了，可我还是有一种肚子里空荡荡的感觉。我一口气喝了三杯波旁威士忌才填满肚子里的空洞。之后我才觉得镇定了一些。喝够了威士忌太阳光才没那么刺眼了。

一点半时我准备出发了。我穿上灰色便裤和一件灰色尖领衬衫。翻领是深红色的，脚上穿的是黄色绒面鞋。我轻轻地鸣了一下喇叭，我新买的克莱斯勒轿车就像游艇驶过内陆运河似的漂过小巷。

在九一三街和胡帕街交汇的街口有个小小的公用图书馆。斯特拉·基顿任图书管理员。我们相互认识好些年了，她是个来自威斯康星州的白人女士，丈夫在1934年的一次心脏病发作中去世，次年她的两个孩子在一次火灾中丧生。现在她唯一幸存的亲人是驻扎在圣迭哥、在海军服役了十年的哥哥。退役之后他搬到了洛杉矶。基顿夫人遭遇这一系列不幸后，他便把她接过去跟他住在了一起。一年之后她哥哥霍顿患病，三个月后在她怀里吐血而亡。

基顿太太拥有的唯一财产就是位于九一三街的这爿小图书馆。她把来这里的人都当作自己的兄弟姐妹，把来这里的孩子都视若己出。如果你是这个图书馆的常客，当你过生日时她还会给你烤一个蛋糕，还会把你喜爱的书保存在服务台下。

斯特拉和我在交往时都熟悉得直呼其名，但她做这个工作我还是不大开心。我不开心是因为斯特拉虽然和蔼可亲，但她仍然是个白人，一个来自全是白人基督徒之地的白种女人。在她眼里莎士比亚简直是神，我并不是介意这个，但她对有色人已经讲了几个世纪的民间故事、谜语和传说又知道些什么呢？她对我们讲的语言又知道些什么呢？

我总是听到她在纠正孩子们的错误"不是'I is'，"她说，"是'I am'。"

当然，她说得对。只是倾听这位合乎体统的白人女子，那些有色孩子们是永远不会在她的话语之中听到他们自己的音韵节拍。总有一天他们会相信，只有抛弃他们自己的语言与故事才能成为她那个受过教育的世界的一分子。他们将会为了莫扎特而牺牲掉沃勒[①]，为了小顽童而牺牲掉瑞摩斯[②]。他们将进入一个只有白人才有发言权的世界。不管狄更斯和伏尔泰是多么的能言善辩，这些孩子都不会在这座知识的殿堂——图书馆里找到他们自己学习的榜样。

在斯特拉尚未感悟到这些之前我曾经跟她争论过，可是当

---

① 沃勒(1904—1943)，美国著名爵士乐钢琴家、作曲家，以"大跨步式"钢琴演奏著称，代表作有《紧紧地搂我》《别胡闹》等。

② 瑞摩斯，罗马神话中战神 Mars 的儿子。

你告诉她有人站在街头讲一些淫秽下流的故事就和乔叟一样时，她会嗤之以鼻，连连摇头。不过她对别人总是毕恭毕敬。他们总是用那些最善良的白人来对有色人群体进行殖民。不过不管基顿太太是多么善良，她对我们黑人的观念仍然是无法让人接受的。

“早上好，以西结，”基顿太太说。

“斯特勒好。”

“小杰瑟斯还好吗?”

“他好啊，挺好的。”

“你知道吧，他每个星期六都到这里来的。他借的书总是比读的多，不过我想他是读懂了一些的。有时候我走到他身边，看到他好像嘴里念着什么，好像是在默读。”

那孩子的喉咙没有任何问题，这是医生告诉我的。如果他想的话他是可以说话的。

“也许他有朝一日会说话的，”我说。与其说是在跟她交谈还不如说我是在自己脑子里想清楚这个问题。

她微微一笑，沿着粉红的牙床绽出一排完美无瑕的小珍珠。基顿太太身材矮小而结实，有一头跟盖比·李一样颜色的头发，不过基顿太太的颜色是用瓶子里的染料染出来的，而盖比的却是几个世纪以来白种男人对黑种女人发动的基因战争中生出来的。

“你这儿有前面两个月的报纸吗，斯特拉?”

“当然有。《时报》和《观察家》都有。”

她领我来到后面一间摆着长长的橡木阅览桌的房子里。房间里散发出一股旧报纸的味道。书架上堆满了我想要的报纸。

报纸上报道了许多内勒跟我说过的事。那些文章都藏在不起眼的左页上，而且那几桩凶杀案根本没有被联系起来。

维拉·司各特和朱丽叶特·勒瓦死亡当晚的行踪无人所知。列出的职业均为服务员，但维拉当时似乎失业了。

伯妮塔·爱德华兹死亡当晚在一家酒吧里，她喝了好几杯酒，有人见她跟好几个男人搭讪过。可目击者说她是独自一人离开酒吧的。当然，这不能说明什么——她也可能是跟某个已婚男人约会了，但他又不想让别人看到自己的所作所为。她也可能是跟凶手约会了，而他出于同样的理由也不想被别人看到。

我将这一信息与我所读到、听到的关于罗宾·加内特的内容整合到了一起。

罗宾·加内特的事情完全不合情理。她跟父母一起住在跟西洛杉矶相距甚远的豪斯，父亲是市里的检察官，母亲是家庭妇女。罗宾是加州大学洛杉矶分校的学生。她二十一岁了，却还在上大学二年级。她最近刚从欧洲旅行回来，报纸上这么说的，正准备读教育专业。

她是个漂亮的姑娘。（罗宾是唯一一个照片被刊登出来的受害者。）她头发浅棕色，一脸迷人的微笑——老人们称之为健康的微笑。她头发朝后束着，显得非常保守。她穿一件从头扣到底的开襟罩衫，所有扣子都扣得整整齐齐。照片是为她父母的一本年谱照的，看不出她真实生活的半点蛛丝马迹。

报纸上当然没有分析连续有三个黑人女子遇害之后她为什么成了第四个。即便谋害一个白人女子也合乎这个杀人阴谋，可为什么会有人在杀害三个欢场女孩后再对一个纯真的短袜少女下手呢?

我困惑地来到了外面的大阅览室。

“找到你想找的东西了吗，以西结?”

“冇，”我摇了摇头。“我是说，是……”她听到我说出了土话便皱起了眉头。我知道她想纠正我的发音。

约翰·麦肯齐的酒吧这些年来做大了。他扩建了一间厨房和八间雅座。他甚至还雇佣了一个做快餐的厨师来烧牛肉和煮蔬菜。酒吧里还有一个演出布鲁斯和爵士乐的舞台。三个女招待在酒吧里伺候着，就餐的圆桌围着舞台摆着。

约翰仍然是靶子酒吧的东家，不过换上了欧戴尔·琼斯的名字。约翰自己官司缠身，无法领到卖酒的执照，所以他需要有个人撑门面。欧戴尔是个理想人选。他举止温文尔雅，处于半退休状态，差两年六十岁，比我大二十二岁。

欧戴尔此刻正坐在他常待的那间小屋里。他一边啜着啤酒，一边读着《哨报》——洛杉矶最大的黑人报刊。三年多来我们没说过一句话，可是失去这样一位好朋友仍令我伤心不已。可是当你还是个穷人，不得不在这个世界上奋斗的时候，你难免有时会苛求于人。而被你伤得最重的莫过于跟你一样的穷孩子。

曾经有一次我深陷困境之中，便请欧戴尔帮我个忙。我怎么会知道他的牧师会死？我又怎么能责怪他恨我呢？

“易兹，”约翰招呼了一声。他那副黑脸绷得像石头，没一点表情。

“约翰，给我来点约翰尼·沃克。”

他倒酒的时候我问他，“你听说过那些被杀了的女孩们的事吗？”

“那些姑娘我全知道，易兹。个个都知道。”

我又想起了伯妮塔·爱德华兹。我一口就把酒喝了一半。

“全知道？”

他看着我的眼睛点了点头。

“还知道罗宾·加内特？”

“我不知道罗宾啥啥的，我只知道那个在报纸上被登过照片的白人女孩。那是辛迪·斯塔，他们没说假话。”他看了一眼我旁边的一条凳子。也许她就曾经在那凳子上坐过。“是啊，辛迪——白蝶。”

“你说啥？”

“那是她的艺名。她娘的就是个脱衣舞女，伙计。”

“你是说她真名叫辛迪·斯塔？”

“那就是她名字，起码他们就是那么叫她的。你知道，她跟别的女孩没啥区别。全是那些白人在瞎忙活。她死之前他们早说点啥就好啦。”

“你肯定吗，约翰？报纸上说她在西洛杉矶上大学。他们还说她跟她父母住那边。”

“我看到了。不过那只是你在报纸上看到的，别当真。假使她上过大学，那她学的也是脱光衣服让男人来看她，假使她跟父母住在一起，那也是就住在这里的好莱坞街。”

“你是说她就住在这儿？”

“嗯，嗯。就在这儿的好莱坞街。我知道的还不止这些。”

“是吗？”

“还有那个，那个叫朱丽叶特·勒瓦的，她被杀的当天晚上就在阿热莎酒吧。”

“你是怎么知道的？”

“我知道是因为她跟一个男孩打架了。柯伊·巴克斯特告诉我说那男孩被整得可惨了，还去了坦布尔的急诊室。”

“你是说阿热莎酒吧？”

约翰又点了点头。

我还问了他另外几个问题，他都如实逐一回答了。

我轰的一声发动汽车。我一踩油门，随着汽车朝街角冲去时感觉车被重力猛地拽了一把。当我正要径直开上主干道时，我猛打方向盘，车屁股随之甩向一边。

因为我看到了那个女人。她正在乱穿马路，还推着婴儿车。

我猛踩刹车，觉得车尾像鱼尾巴似的失控地摆动。街的东面各式各样的店铺映入眼帘。汽车完全掉了个头。这时那个年轻的妈妈又到了我眼前，她在破口大骂，“操你妈的！操你妈的！他妈的谁啊！我操！”

我后面的另一辆车也踩了刹车。后面汽车刹车的尖叫声似乎在无休无止地延续，但是没有撞上任何东西。那女人停住了叫骂，搂起婴儿抱进了怀里。她跑到人行道上，把婴儿车丢在路中央。

我心跳得很快。那妇女在尽力使嚎哭的婴儿安静下来。

我重新发动汽车，边开车离开边想，我的生活怎么搞得这么乱糟糟了。

9

波恩街是当地的历史名街。在爵士乐盛行的年代，沃茨镇有四个长长的、参差不齐的街区，波恩街就是一条脊梁，在其间蜿蜒而过。在中央大道以西和一〇三街以北，如今的波恩街已经破败和凋敝得让人目不忍睹，街道两边到处是两层楼的廉价公寓和龌龊的旅馆。可一到晚上，波恩兹（当时就是这么叫的）就成了夜深时分演唱布鲁斯音乐的中心；威士忌总是那么的热辣，盛酒的杯子上都能长出毛毛来。当有男人说他要去波恩兹溜街时，他的意思是他要到那里的音乐、美酒和美女中忘情逍遥去了。

女人们，尽管到了四十好几，甚至五十开外，仍然都还那么漂漂亮亮；不论年老年少，都穿着绫罗绸缎，锦衣貂裘。她们妩媚大方，兴高采烈地来到后屋的俱乐部里，看哪个男人有胆量敢把她们驯服。她们走进门来，听科尔特雷恩①、蒙克②、霍利戴③等人唱的曲子，跟男人一口接一口地比着喝酒。

那是一个百无禁忌的浮华年代。但是在那个夜晚所有的光彩都已抹去，露出了掩盖在下面的底色。人行道上东崩西裂，强劲的野草在裂缝里快乐成长。有些俱乐部至今仍然在那里，不过现在要冷清多了。爵士乐手们也找到了新的舞台。许多已经去了巴黎和纽约。布鲁斯音乐过去陪伴着我们。布鲁斯音乐现在陪伴着我们。布鲁斯音乐将来也会永远陪伴着我们。

桑尼·特里、布朗尼·麦吉、莱特宁·霍普金斯、“聪明汤匙”，以及其他上百个曾经在酒店和廉价的后街旅馆登堂入室的乐手的歌至今仍然在波恩街上喧嚷不止。旧日里那些爵士歌手开着凯迪拉克之类的奢华轿车来来往往。而如今那些布鲁斯乐手则乘的是灰狗巴士，甚至要跷起拇指搭人家的便车。

那些女人也还在那里，只不过她们的穿着不再入时，虽然她们的眼神放纵依旧，但更多的是饥渴。战后所有美好的期待都已随风而去，而新的一代人却在问，“我们的未来在哪里？”

摇滚乐在收音机和大型的舞厅里发起了一场战争。除了那些失魂落魄之人想回味一下他们那个时代的光怪陆离，波恩街早已被遗忘了。

---

① 科尔特雷恩(1926—1967)，美国爵士乐萨克斯手，为先锋派爵士乐的领袖人物。

② 蒙克(1917—1982)，美国钢琴家和作曲家。

③ 霍利戴(1915—1959)，美国爵士乐女歌手。

阿热莎酒吧坐落在波恩街一六〇〇号街区一条小弄堂的中间。这些年来它改过好几个名字也搬过好几个地方。这是一家合法的酒吧，多少算是吧。但里面的招待员全是些衣着裸露的女孩，警察们觉得时不时地勒令查伦·玛尔斯关几天门也没什么不妥。查伦经营着阿热莎酒吧——不管当时叫什么店名。这么多年来，酒吧取过的名字有“德尔玛”、“九女神”、“旋转”、“胡安妮塔”等。名字变了，地方搬了，可酒吧还是那家酒吧。姑娘们也取过不同的名字，甚至换过不同的脸，但她们干的还是同样的营生。

那一年她们里面穿的是一件连体黄色泳装，腿上穿的是黑色的网格连裤袜，外面套一件黑色的超短裙。房间又长又窄，天花板很高，尽头是个舞台。房间的左侧是一个橡木吧台，韦斯特利在那里接待客人。

刚开店时查伦和韦斯特利是一对情人。她瘦骨嶙峋，而他则衣着华丽。他们俩都喜欢爵士乐，跟从靶子酒吧里过来的约翰一起创业，他们拥有全美国最好的小号手和歌手。许许多多的威士忌和俊男美女从他们的生活中流过。查伦在康普顿买了一幢小房子，在那里照顾她那神智迟钝的弟弟，而韦斯特利这个五大三粗的汉子则在酒吧里过夜。

他眼白发黄，屈尊谀贵。他那两条胳膊就像钢索一般强健。

他看着我，朝一张没人的桌子点了点头，但我却朝吧台走来。

“你好啊，韦斯特。”

“易兹好。”

“要约翰尼·沃克。”

他转过身去默许了我的请求。

房间里很暗。留声机里唱着轻快活泼的“蓝调贵妇”。一个体态丰腴、五十好几的女人咯咯笑着，没有自报家门便出了舞台。她穿得很少，唯一一件香蕉黄的衣服在深褐色皮肤的映衬下显得很惹眼。她拿着一根长长的黄色羽毛顺着自己的乳房和大腿抖动。

吧台的对面摆着八张小桌子，舞台的前面也摆着几张。黑人男女三三两两地坐着。缕缕烟气从华而不实的铝制烟灰缸里袅袅升起。一个女招待咋咋呼呼地在桌子之间来回游走。“你还需要喝点别的吗?”这是我最常听到的问题。而答案几乎永远都是“不用”。

这是一群早到的人，不是出手大方地给小费的人。这不过是为迎接顾客的到来而进行预热的一帮子人，更多的男人要晚点才会来。

查伦紧挨着舞台坐着，一边啜着一种石灰色的饮料。她经常对人声称姑娘们从来没有做过她们自己不情愿做的事情，但我知道由于有顾客投诉她们“不友好”而被开除的女子有的是。

我端起威士忌朝舞台走去。走近了你就能看到那位香蕉舞女涂抹的脂粉。她那张脸就像是一副木头雕刻的面具。

“是易兹·罗林斯!”查伦尖叫了一声。

我抓住她的手，在她润泽的脸上吻了一下。

“查伦。”

这位香蕉舞女在台下就来了一阵即兴舞，用羽毛在我脖颈上拂动起来。

“坐下，宝贝，”查伦从坐着一个双手托着脑袋的老头的桌子边拖了一把空椅子过来。

“有点慢吧，嗯?”我问道。

她伸出一只长着粗短的红手指的手在我身上挠了一下。“还早呢，易兹。弗恩在那儿做些琐事，为那些年轻姑娘今晚的演出准备舞台。”

我微微一笑便喝完了饮料。我点上一支骆驼香烟深深地吸了一口，然后再点了一杯饮料。

我没有订什么计划。我不是警察。我也没有记事本。我们也许会聊聊朱丽叶特·勒瓦被谋杀的那个晚上的情况。也许不会。

“我能给您点些什么吗，先生?”女招待问。她拉直的长发披垂下来，耳边有点鬈曲，像黑色的塑泥，浅褐色的皮肤上有些雀斑。她那大嘴唇总是那么不高兴似地翘着。她站得离我很近。

“去问韦斯特利他有些什么，依莲，有什么就拿什么来，”查伦代我说。然后她又对我说，“我想你是个结了婚的人，易兹·罗林斯。”

我看着依莲走向吧台。

“如果你结婚了你准备做什么，查伦?”我问。

“还是干我现在干的事吧，我想。”

“我的意思是说，你有了这么多的钱财。如果你丈夫没有你所拥有的这一切你会怎么办?”

查伦长着一张大饼脸，笑的时候把眼睛都挤得眯缝了。“我们结婚之前得签好协议。你知道一个穷黑人一下子得到那么多的家财他准会乐疯的。你知道他跟你一式一样。”

“你什么意思?”我正说着依莲回来了，把一杯饮料放在我面前。

查伦抓住女招待的手腕一把就将她拽到自己身边，近得使这个年轻女子几乎坐到了她腿上。她让依莲朝我转过身来，好让我仔细瞧瞧她。依莲低头看着自己的胸脯笑着。她那长长的假睫毛一下让我着迷了。我不知道该抽一口香烟还是该喝口饮料。

“就像你一样，易兹。瞧你看依莲的那模样。现在你想想看，假使你看到了我的房契和抽屉里的钞票，然后又看到了这么样个姑娘的迷人胸部和大腿……”

我无法将眼睛从查伦所描述的那些上面移开。依莲抬起头来看着我。她脸上在微笑，眼睛里却很冷漠。

老实说我觉得自己开始冒汗了。

查伦在那姑娘的屁股上拍了一下便将她往吧台推去。依莲从我身边走过时用大腿蹭了我一下。走开之前她甚至还在我肩膀上摸了一下。

“男人不管得到啥了都不会知足的，易兹。”

“那么女人呢?”我问。我喉咙里有点发紧。

“你担心啥?”查伦热情而友好地朝我微笑。“你赚得还不够多，还不用想那样的问题。”

“我有房子啊，”我说，“我有了汽车，还有一份赚钱的工作。这对有些女人来说已经足够了，不对吗?”

“我想是的，”她点头说，“有些女人在离开之前从衣篓子里拿一件脏内衣就行了。但是除非你有了什么值得一谈的东西，易兹，我是不会担心的。如果你担心，那你现在趁早就断了那份心思。这就是你到这里来的原因?”

“指什么?”

“你开始想玩玩了?”查伦的生意经念得还不够精细。“因为你知道依莲喜欢你。”

“不是，”我摇摇头笑了。“我就是想问问你那个问题，没别的。”

“行啊。不过假如你想要什么，你知道该去找谁。把人凑合到一块可是我的本行。”

“生意好吗?”我问。

查伦点点头。她看到有两个男人进来了。韦斯特利也在看着。他有一边倒酒一边看别的地方的本事。

“因为我觉得对你来说事情有点难了。”

“为啥?”

“有了朱丽·勒瓦那件事在前了。”

“你什么意思?”

“什么呀!”我将双手往空中一扬。“就是听人家说过她被杀的那个晚上在这里，那个杀她的人可能也在这里，然后把所有其他女孩也杀了。”

“这事儿没有任何人能证明。”她机关枪似的说。

“哎呀，我说过了，我只是听别人说的。”

“听着,”她用一根肥嘟嘟的手指指着我的脸说，“那个朱丽·勒瓦是个婊子。她想到这里来捞几个钱交房租。你知道她每天晚上都会去五个地方，如果还捞不到她就去站街。”

“可我听说她是跟一个男朋友来这里的。”我打了个响指，试图回忆起什么我忘了的事情来。

“格雷戈里那个男孩?”她一听就火冒三丈。“他是她的嫖客。就因为还有另一个也想要她，但他身上多了几块肌肉，就那么回事。”

我点点头，抿了口饮料。

“我知道了,”我非常严肃地说，“不过还好，现在没事了，对吧？没吓着什么人。”

“别让他们耍了你,”查伦指着长长的酒吧说，“他们都被吓着了，吓死了。可是他们能怎么着？可怜的女人需要男人是指望得到点什么，兴许是为了那一晚的房租，兴许还有别的，但她肯定需要什么。那些男人也是饿得慌。眼巴巴地想喝酒，眼巴巴地想要爱。”

我让她发挥了一会聪明才智，然后说，“好了，我得走了。”

当我站起身来，我觉得这房间晃动了一下，就好像是在船上。

“再会，”我说。

“再见，易兹。”查伦微笑着说，“你走好，宝贝。”

出去的时候我向韦斯特利付了账。走到吧台的时候我拍了一下依莲的肩膀，给了她一张卷起来的一美元的票子。当她在吧台明亮的灯光下微笑时，我注意到她下面的门牙掉了一颗。这个简单的、活生生的事实比所有查伦所说的那些冒失话更令我兴奋。

当我跌跌撞撞地走出门时，让我醉的不仅仅是威士忌。

10

波恩街上及其附近的酒吧和俱乐部数量众多。我不可能一个晚上就把它们全部造访一遍，不过我也用不着全部造访，因为我在寻找的只是一种特殊的联系。比如查伦的酒吧是这样一种为那些爱饥渴与性饥渴的男人（有时候还包括女人）提供服务的场所，那种除了提供威士忌和布鲁斯音乐之外还提供一点点别的服务的场所。提供这些服务的场所也就那么四五家。

有一家叫“能干—能干”，由卡莱布·瓦莱掌柜。卡莱布一度在店里定期演出讽刺剧，但后来只得将店员压缩至仅剩一位钢琴师和一对姐妹旺达和席莱·罗来特做舞女，她们在店里跳一些颇有艺术气息、金光闪闪、缠绵悱恻的舞蹈。还有一家叫“猫咪密室”，是家找刺激的酒吧，酒吧女郎在这里跟客人喝上一两杯，然后就直奔公寓房间、小巷子或者按小时收费的汽车旅馆。

德卡特酒吧里至今还有南方乐师。

黄狗酒吧和麦克酒吧从进化论的角度说要落后一步。这两家酒吧里时不时有犯罪分子出没，比如匪帮和赌徒，以及犯过任何一种你所能想象到的罪行的亡命徒。不论他们在哪里落脚，哪里就有女人供他们玩。她们大都是一些慷慨仁慈的女人，能忍受他们的惩罚，不论是身体上的还是心理上的。这两家酒吧后面都有密室，有时医生会来这里治疗枪伤或者刀伤；有时律师会来这里会见那些不敢在光天化日之下去他们办公室的委托人；还有女人为了五美元来这里卑躬屈膝五分钟，伺候某个可能有五年没见过女人的男人。

自从结婚以后我就再也没有来酒吧里混过，所以大多数人见到我都很开心。他们也乐意跟我交谈，可是谁都一无所知。

我在德卡特酒吧里见到过一场斗殴。一个叫贾斯珀·菲拉格瑞特的年轻男子想带他喜欢的女子多西亚出台。他大吵大嚷地进来，满身是血地出去。而十分钟之后多西亚便跟另一个男子走了。她把手插在他的口袋里，而他则得意洋洋地揉着右手的指关节。

在黄狗酒吧我撞见了一个老相识，他名叫罗杰·沃恩。罗杰身高只有五英尺六英寸，但肩膀却跟重量级拳手一样强壮。几年前他有一次在马特尔街的酒吧里喝醉了酒。他想再喝一杯，可酒吧招待却想回家陪老婆。他告诉罗杰他实在要回家了，罗杰却说，“等我再喝一杯。”就在这时，那个身高六英尺的招待犯了错误。他揪住了罗杰，罗杰则揍了他两拳。那招待还没倒地就死了。罗杰因为杀了人而被关了整整七年。假如那酒吧招待是个黑人，罗杰出手就不会那么狠了，都不会有一半。

“易兹好，”罗杰·沃恩说。他弓在桌子边，两只大手捧着一满杯的啤酒。

“罗杰好。你总算出来了啊，伙计？”

“不算长，”他说。他那点头的方式显得他学聪明了。

“可你把你的光阴耗掉了，伙计。就算你想也收不回来了。”我拖了一把椅子在他那孤零零的桌边坐下。

“操他妈的把我钱弄走了。”

罗杰喝醉了，没管住自己的舌头。我知道如果我要他说什么，他会竭尽所能帮我的。但这样一来我可能就会不得不听一些我不想听到的事情。我自己也已经喝了个半醉，不然我立马就会恭恭敬敬地离开。

“操他妈的竟然干了我老婆。竟然就在我自己的家里。她去索莱达探视我时还对我满脸堆笑呢。可是呢，她一直在跟他鬼混。她跟他鬼混。”

玻璃杯在罗杰手里被捏碎了，就像是自己碎的。啤酒混着血在桌子上流淌。我从抽纸盒里抽出一些餐巾纸扔在洒在桌上的啤酒上，然后把我的手绢递给了罗杰。他充满感激地看了我一眼。

“谢谢你，易兹。你够朋友，伙计。是真朋友。”

你只需用几根羽毛和一勺子盐就能买到一个醉鬼的友谊。

“谢谢你，罗杰。”我说道，将手伸过桌子拍了拍他那石头一般坚硬的肩膀。“我在查点事情。”

“查什么?”

“你认识伯妮塔·爱德华兹吗?”

“嗯，是，我认识她。你知道，那姑娘出了那样的事情真不像话。”

血越来越多地渗入了我那块破手帕里。

“把那玩意握紧，罗杰。你那里出了好多血。”

他低下头凝视自己的手，好像是因为看到那块血淋淋的布而感到吃惊。然后他握紧拳头，整个手帕都消失在他的掌心里。

“你想知道伯妮一些什么事?”

“她是我朋友，罗杰，所以我想问问在她被杀之前有没有人见过她。”

他缓缓地摇了摇头，一边摇头一边在随意地瞟。“不，”他说，“你知道如果我杀了她，就像我杀了……”

“你知道她前一周在做什么吗?”我这样问一方面是因为我想知道，一方面是因为我想引开他的注意力。

“我不想让你伤心，易兹，但我想她是在贝休恩吧。”

我尽量装出一副听到这个话不开心的样子。当有人提起贝休恩时他指的是一家由白人麦克斯·霍华德和他妻子埃斯特尔开的妓院。

“谢谢你，罗杰，”我尽可能严肃地说。

“你的心都让女人挖出来了吧，伙计，”罗杰又摇了摇头。“我也一定要挖了查尔斯·沃伦那家伙的心。他要我的孩子们叫他爸爸，居然还要我老婆叫他爸爸。她还装得像很爱我似地跟我干呢。可是呢，她周五就要去见他了。我在她包里的一张条子上看到了。”

是我起身的时候了。我早该走了。可是我嘴上却说，“伙计，我还不知道是怎么回事呢。”

罗杰缓缓地摇着头，一边抬起头看着我。除了脑袋外他的整个身体都是石头一般僵直。

他说，“什么？”

“我只是想说给她一个机会吧，伙计。也许并不像你所说的那样。我是说，她还去索莱达看过你，对吧？”

罗杰只是瞪着眼睛。

“女人如果想离开男人，她只会在刚开始的几个月去看望他的，”我接着说，“但你老婆一直都去看你的，对吧？”

他不肯点头。我们不再是朋友了。

“想想吧，罗杰。跟她谈谈。”

我站起身来，倒退着离开了桌边。罗杰目送我离开。我打定主意不问他要那条手帕。也许当他看到那块血淋淋的破布时，他会想起我说过的话，从而克制住自己不对查尔斯·沃伦行凶。

霍华德一家住的是一幢黄颜色的大房子。起先那是一幢不起眼的平房，不过后来他们不停地扩建。他们首先在居住区建起了车库，这样一来房子的其他区域都可以用来做生意。后来他们又在另一边搭了一间房子。1952 年又照埃斯特尔的意思建了第二层，楼顶用一个平顶做空中花园。再后来他们又把隔壁邻居家的房子买了下来，建了一道回廊穿过院子，把两幢房子连成了一体。起初那房子是木结构的，后来建的用的是砖头。1955 年市里开始以规划问题为由找他们麻烦，他们便将那些姑娘包出去了一阵，把全部房子都漆成了黄色，这样至少使那些房子看上去是一个整体。

我猜想市政府派去的代表是让步了，更有可能是拿了人家的钱走人了。那些姑娘们又回来了，跟她们一起回来的还有那些常客。没有任何人说麦克斯、埃斯特尔还有住在那里的那十二个女人的不是——她们养家糊口，吃苦耐劳，周末还去教堂做礼拜。

我喝醉了。我开着车去贝休恩经过了八个街区却没出车祸，唯一的原因是我压根儿没想开车这档子事，而是凭着本能在开车。我揿了一下大门上狮子口中的按钮，可我的手指没一点感觉。我也没听到门铃响，不过我前面说过，那是座大房子。

一个长着骡子脸的女人开了门。她年龄在四十岁以上、六十五岁以下，具体的年龄我就没法说了。她那玛琳·黛德丽[①]式

① 玛琳·黛德丽(1901—1992)，德裔美籍演员兼歌手。她有动人的容貌、优雅的气质，是一位具有特殊魅力的明星。她的《莉莉玛莲》成了二战中美、德双方士兵最喜爱的歌曲。

的淡金黄色头发瀑布似的垂到肩上。她的皮肤是黑色的，脸上布满了皱纹。她眼睛的颜色和光泽都像打湿了的泥土。她那双纤细的小手握在粉红色的睡袍前，看上去就好像它们能碾碎石头。

“是埃斯特尔啊，”我说道。我脸上露出一副傻乎乎的笑容。从埃斯特尔身后那面占据着大半面墙的铜框镜子里我看得到自己的样子。她打量着我的样子就好像我是一个随时可能消失的梦。

我继续咧嘴笑着。

“你想干啥?”她一点也不友好地问。

“我想喝上一杯，找个人陪陪啊。”我身上发抖。“今晚外面好冷啊。”

“你已经喝够了，而且还有老婆给你温暖呢。”

“生意好得让你赶顾客走了吗?”

埃斯特尔捋了捋散下来的一缕假发，结果把头上的整个发套都弄歪了。只不过她自己没有注意到。

“没那么好的事。我只是信不过你，易兹。我听到关于你的事情可多了。你想干啥？我不想多问。”

我看着镜子里自己的眼睛，尽量使脸上的笑容显得诚心一点。

“我说过了。我想喝一杯，找个温柔点的朋友。没别的。”

“干吗来这儿?”

“我听说那个女孩……”我又打了个响指，想找出一句什么话来，可就是想不出。“你知道的，那个小的，伯妮塔·爱德华兹的朋友。”

埃斯特尔眼里的泥土变成了坚硬的石头。“伯妮塔·爱德华兹已经死啦。”

“我不是来找她的，只是我一下子想不起她那个小姐妹的名字。”

“你是说玛丽吗?”埃斯特尔·霍华德的那副丑脸足以吓退一头犀牛。

“我不知道，”我抬起双手，脸上的肌肉都笑痛了。“杰克逊·布鲁跟我说起过她，但他只记得她是伯妮塔·爱德华兹的朋友。”

我微笑着，她狠狠地瞪了我近三十秒钟，然后才说：“你还是进来吧，你让里面的暖气都跑光啦。”

11

我们穿过一个墙上糊着黄色和橘黄色天鹅绒的长长的大堂。大堂里每隔几步远就摆着一张布满暗色污迹的小桌子，桌子上摆着整洁的烟灰缸和一碟碟硬糖。穿过大堂就来到一间大房间里，米色的墙边都摆着蓝色的沙发。房间里四处摆着点亮的小灯。一个女子和一个小男孩坐在栗色落地窗帘前的沙发上。那女子是墨西哥人，皱皱巴巴的脸上涂满了脂粉，披着一头又长又密的黑发。男孩是黑人，骨瘦如柴，却长着一双我所见到过的最大的棕色眼睛——像他妈妈的眼睛吧。

“在这儿等着，”埃斯特尔说着拍了一下假发。

她从房间对面的门退了出去。

“哎哟，先生啊。”

她在冲着我微笑。男孩那双漂亮的眼睛里有股子几乎是仇恨的眼神。

“啥事?”

"'彼特和咱去了'和'彼特和我去了'哪句才对?"说到最后这句时她撅着嘴唇翕动着鼻子。我注意到那小男孩的腿上搁着一本硬壳的拍纸簿。

"应该说'彼特和我',比如'彼特和我去了商店'。你看,如果你把句子缩短些,说'我去了商店'就比'咱去了商店'更合适。"

那母亲看样子还将信将疑。那孩子却恨不得把我的心剐了。

"你住在这儿吗?"我问。

"是的,"她的微笑让人心猿意马。她并不漂亮,但让人感到温暖。

"哎,佩德罗!"

那孩子横眉冷对了我好长时间,这时瞥见一个老白人从门里走了进来。

"过来,孩子!"

我很吃惊,一个样子如此老迈如此羸弱的人说话的声音竟然如此洪亮。

他个头高,像韦斯特利一样驼背,只是驼得更厉害,几乎都可以平视小佩德罗的眼睛了。麦克斯·霍华德从口袋里掏出一个硬币朝那孩子扔去。佩德罗接住一看,露出一脸的开心。

麦克斯长着一头白发。在那个年代只有老头子才会留那种发型。他昂着头,那样子让我想起了秃鹫俯视地面寻找捕杀的猎物时的情景。他身穿一套老式的三颗纽扣的西装，配一件衣领浆硬的白衬衣，打着一条蓝黑相间的丝质领带。他脚上的皮鞋比我的年纪还要大，不过保养得极好。

"霍华德先生，"我叫了一声。

"是罗林斯，对吧？"

"是的，先生，我是易兹·罗林斯。"我没伸出手来，他那双爪子也揣在口袋里。

麦克斯撅起嘴唇，将头转向那对母子。也许他朝他们点过头，也许努过嘴，只见佩德罗的母亲抱起孩子匆匆离开了房间。

"请坐，易兹，"麦克斯·霍华德说。

我坐下来，他就在我跟前站着。他的皮肤就像漂白了的洋葱皮，皱皱巴巴，白得吓人。

他眨了眨眼。我跷起了二郎腿。远处传来汽车在马路上驶过的声音。

"你来这里有何贵干，易兹？"问题问得开门见山。

"找个女人，"我以牙还牙地回答。

他微微一笑，嘴唇像两条浅蓝色的蚯蚓颤抖着。"我看不是吧，"他说。

他又眨了一下眼睛。我放下了腿。

过了好长一段时间他才说，"二十美元。"

我拿出钞票递给了他。他将钞票举到眼前瞟了一眼，然后点了点头，从他出来的地方回去了。

过了一会儿，一个身穿方格夏威夷穆穆袍[①]的矮个子女人走了出来，袍子短得连大腿都没有遮住。这女子宽厚的嘴唇涂得红红的，大腿浑圆。她的头发烫成了松软的大波浪，眼睛又大又圆，正准备瞪向我的眼睛。

“过来吧，”她说。然后一转身就走开了。

我跟在她后面上了楼。衣着下她的身体一览无余。

我们走过一条似乎是连着一家旅馆的过道，过道两边的房门上都贴着房号。她打开了第七号房间，把我领了进去。

“你打算怎么做?”她在我身后问。

当我转过身来，她已经脱掉了衣服。

“就聊一小会儿，”我觉得我说话时没口吃，可这女孩却笑了，好像我结巴了。

“你想聊什么?”她的一颗上门牙金灿灿的。她左乳上方有一颗跟乳头一般大小的痣。

“你是玛丽吧?”

“过来吧，”她指着床上。“坐下。”

我们肩并肩地坐下，她的大腿紧挨着我的裤腿。

“你是玛丽吧?”我重复问。

“嗯哼。”

“我想了解一下伯妮塔·爱德华兹。”

① 穆穆袍，指夏威夷妇女穿的宽大长袍。

“她已经死了。”

玛丽抓起我的手，用我的指关节摩挲着她的乳头。它硬了起来，变得长长的。

玛丽微笑着说，“她喜欢你。”

“我想了解一下伯妮塔·爱德华兹。”

“你想了解些啥?”

“有没有什么人想要她死? 你知道有什么人吗?”

玛丽仰倒身子并用手肘在后面支撑着身体。“你是在帮警察干活吧? 因为已经有警察来问过了，我们告诉过他们啥也不知道。伯妮塔那天请假了，后来再也没回来过。”

“我只想知道她到底出什么事了。没别的。”

“麦克斯和埃斯特尔说我最好留神你一点。他们说了一些你的坏话，还说跟你干了就行，最好把嘴巴闭上。”

“那如果我要你用嘴巴和我干呢?”

玛丽哈哈一笑揽住了我的手臂。这是一句很好的玩笑，话里的意思颇值得玩味。

“这句话好玩。”她冲我微微一笑，我这才意识到自己已经跟一个赤着身子的年轻女子坐在床上了。

这时门上传来了三下敲门声。“还有五分钟!”一个男人的声音响起。说话的是麦克斯·霍华德。

“你还有四十块钱吗，先生?”玛丽问。

“做啥?”

“你出二十块他们只给你十分钟，过五分钟之后他们就来敲门，你知道的，就是要你快点。但如果你再出钱，一共出六十块，他们就给你四十五分钟。”

我把钱给了她。

她一丝不挂地跑到过道里去了。

我一个人待在房间里，心想是不是该跳窗出逃。也许她会把我问过她的话告诉他们，然后他们就会拿着枪进来。我没带武器来的。喝过的威士忌已经散得差不多了，所以我身上的勇气也消了。我左右不是。

门开了，玛丽带着一瓶苏格兰威士忌和两个杯子满面春风地进来了。

她咧着嘴笑道：“我们有将近一个小时的时间，还有这瓶酒。你想喝吗？”

她倒了满满两杯酒，挨着我在床上坐了下来，叉开双腿，露出一撮浓密的阴毛。“说吧，你想知道啥？”

“还是那事。一个哥们要我查查伯妮塔的事。这件事让他很恼火，他可能想跟干那事的人说点事吧。”

“什么人？”

“这不关你的事，宝贝。”我端起酒杯一饮而尽，然后又倒了一满杯。玛丽也一饮而尽，然后哈哈一笑。

“伯妮塔没有男朋友吧，”她思索着说，“她甚至不喜欢男人，跟我不一样。我实在想不出有谁会这么干。”

我咕咚咕咚又喝了一杯。“肯定有人的。人家总不会无缘无故地杀人。”

“宝贝，你要那么想的话就说明你从来没入过行。”玛丽俯身摇了摇头，这时我才看出她的鬈发原来是假发。

“你多大了?”我问。

“十九。我以前也见过有女孩子被人杀了。我见过有人操着棒球棍和剃须刀朝她们扑来。我还亲眼见过有人牵着狗登堂入室要一个女孩跟他好呢。呵呵。我也许还是个少不更事的女孩，可我也是女人了。从十一岁开始我就是女人了。”

我们又喝了些酒。玛丽把手搭在我腿上往上摸。

“谁要打听伯妮塔的?”她问。

“我不能说。他们给了我钱的，不让我说。”

“你想干我吗?”

“伯妮塔知道其他几个被杀的女孩吗?”我又喝了一口。

“嗯哼。”

“你怎么知道的?”

“她告诉我的。我自己也认识朱丽·勒瓦。我跟伯妮塔说起她的事时伯妮塔说，‘谁啊?’”玛丽哈哈一笑。“‘谁啊?’的样子像个猫头鹰。”

我不知道我们怎么开始亲起嘴来的，我只知道我仰面躺着，玛丽爬到了我身上。我醉得迷迷糊糊，连我们的嘴唇和舌头都感觉不到了，只知道一股比感情更强烈的东西在驱使着我。

当她脱下我裤子时，我说：“其他几个是怎么回事，维拉·司各特，还有那个叫辛迪·斯塔的脱衣舞女？”

“你是要我亲你这玩意还是要我说话？”

我没有吭声，她也没说话了。

过了好久以后，敲门声又响起来了。

“你得起来穿衣了，”玛丽说。

我穿上裤子，她也迅速穿上了内衣。

我的钱没有白花。伯妮塔·爱德华兹是达拉斯人，才来洛杉矶三个月。她一来这里就找到了麦克斯和埃斯特尔。她有一套公寓，但几乎没有去过那里。她不认识维拉·司各特，可是至于辛迪·斯塔，玛丽就不能肯定了。

“玛丽？”

“啥事？”

“你除了在这里以外还在外面干活吗？我是说，在你休息的时候他们出钱请你出去跟他们约会过吗？”

“有时候有。”

从她的微笑中我知道她准会埋怨我的。

“伯妮塔呢？”

“这就是你想了解的吗？”她怒冲冲地问，“你干吗不去停尸房扑到她身上问她？”

“别这样，玛丽。我就靠这赚几个小钱嘛。”

“我不知道。”

“你不知道啥?”

“我啥都不知道!”她大声嚷道，拳头都举到了耳朵边。说着她从床上跳了起来，夺门而去。

我花了片刻工夫套上衬衫便随后追去。

当我赶到门厅时，我原以为玛丽会在那里，结果却看到一个蛇一样的白人男子站在那里。他穿一套锥形的绿色西服，肩部宽大，臀部却缩得紧紧的。他的眼睛跟他的衣服一样也是绿色。假如蛇微笑时有嘴唇，那他那微笑的样子就活脱脱像条蛇了。

“到此打住，小子，”他像蛇似的嘶嘶叫道，“娱乐时间已经结束了。”

虽说我喝醉了，可还没醉到连反应都没有的程度。我尽可能地镇定下来，铆足全身的力气朝前迈步。

“你干吗要追玛丽?”那蛇嘴巴的语气近乎彬彬有礼。

他微微抬起一点眼睛，看向我右边的肩膀。

我听得见那人在我身后哼了一下，这声警告提醒了我，我才得以躲过朝我后脑勺砸来的棒子。我朝右边一闪，一个矮胖的黑人由于用力过猛绊倒在我脚上。我也不扶，任他摔下去，并对准这个蛇嘴巴的家伙就是一拳，他撞在墙上倒了。

一般来说小个子比大个子更灵活。这个小个子黑人立马站起身来，抡起棒子朝我砸来。我闪向一边才没有被他蒙头一棒，可棒子还是擦着了我的左耳。

这一击就好像一辆大型汽车（比如公交车）撞到你后猛踩刹车，让你晕头转向。接着五颜六色便在你眼前浮现：红色的变形虫被黄色的鞘翅蛰了，蛰出一个个的黑洞。

我对准原来看到的这个小个子的脸所在的地方挥拳揍去，感觉打到了一块肉乎乎的东西。

然后我就跌跌撞撞地下了楼。来到墨西哥女人教她孩子识字的那间房子里，这时我撞见了一个穿着一件宽大的黑色便服的女人。

“哎呀！”她带着嘲弄惊叫道。可当她看清我的脸时便连连后退。我们撞在一起后我伸手去抓她，她转身就跑，我只摸到了她袍子粗硬的布料。

我赤脚走在外面的人行道上，冷冰冰的。玛丽身上的香水味和女人味充满了我的衣裳。莫非她喜欢我？我笑着，伤心着，快要吐出来了。我不应该这么满身气味地回家，可我不得不回家。

我花了好长时间才看清“超薄”的格伦表黄铜表盘上的时间。这时已到凌晨两点四十五了。我深深地吸了口气，发动了汽车。

我非常缓慢地驾着车来到了我家所在的街道，离家很远就停了下来，免得我汽车那熟悉的声音把瑞加娜吵醒。我慢慢地打开大门，不让它发出吱吱声。然后我从杰瑟斯房间的边门进了屋。

杰瑟斯仰面睡着，嘴巴大开。就算来了地震也震不醒他。我脱下衣服塞在了他床底下。

我坐在浴缸里，把水开得细细的。从双腿到指甲里都是玛丽的气味，这气味也渗进了我的头发和呼吸里。

过了好长时间我才从浴缸里出来。我披上一件睡衣来到婴儿的小房间里。埃德娜一条胳膊弯在肚子上，嘴里吮着大拇指。她的鼻孔边上有一圈干了的黏液。当我走近时她翕了一下鼻子，皱起了眉头。

瑞加娜背对着门睡着。被子盖到了耳朵，此时正在沉睡中深深地呼吸着。

我轻轻地钻进了被窝，轻得连床上的弹簧都没有吱声。我的心每跳一下脑袋都抽动得发痛。

我床边闹钟的绿色荧光指针指向三点三十分。

自从结婚以来这是我第一次跟另一个女人在一起。而且还是跟一个妓女。我一点都不喜欢这样的感觉。可我却隐隐地从那个女孩身上得到了一种快乐。

不管杀害伯妮塔·爱德华兹的人是谁，他很可能在贝休恩街遇到过她。我想象着可以询问麦克斯的各种方式。我想象着一顿棒子将他揍晕，然后等他醒来后再接着揍。也许我会让他几个小时说不出话来。也许我永远不会那么做。

到三点四十分时她说，“你弄到那笔钱了吗，易兹?”

“还没，宝贝。今天我一直在帮内勒警官询问案情，还没来得及找时间办这个事。”

我想我这样说会让瑞加娜觉得我很难弄到那笔钱了。我打算帮警方把这件事了断了之后再把我的家财一五一十地告诉她。

要我坦然相告还需要一点时间。

我躺着一动不动，希望她会睡着。我把所有关于性、暴力和死亡的那些想法全部从脑子里清除了出去。

过段时间我会连玛丽长什么模样都记不起来了。

“你身上有股妓院的味道，”四点过五分的时候她说。

我们俩谁都一动未动。

“你知道我爱你，瑞加娜，”我说。

“我知道你以为你爱我。”

“你和埃德娜就是我的一切。”

“哈哈。”

“你就没别的话说了？”

我等她回答一直等到天亮，可她却再也没说过一句话。

12

我感到我的舌头就像一块仙人掌，血液在脑子里激荡。我从床上爬起来，顺着墙来到起居室里。

一家人都在那里。

杰瑟斯坐在靠窗的明亮处看着书，抬着左手用手指支着脑袋。看得出来他这姿态正是我看书时的姿态。

瑞加娜穿一件青绿色的宽松长袍。埃德娜身上只系着尿布坐在她腿上。母女俩惊奇地相互望着。就在我走进房间的时候，埃德娜朝她母亲的脸伸过手去，瑞加娜弯下身来让她抚摸。

她们真可爱啊，我开始退出房间。可就在这时有人两步就踏上阶梯敲响了门。

瑞加娜站起身来时看见了我。她露出一脸的困惑，就好像我不该在这里出现。接着，她皱起眉头去开门。

来人是盖比。她冲我女儿和妻子咧嘴笑笑，吻了吻她们，扮出傻乎乎的鬼脸。

盖比看到我时，脸上的笑容就消失了。我转身回了卧室。

瑞加娜紧接着跟了过来说，“你应该对盖比·李客气点，易兹。”

“她跟我说过什么话吗？”

我注意到白色的枕套上有一丝血迹。这是前一天夜里那个小黑妞发飙的结果。我连忙用被子将枕头掩盖起来，这一刻手臂还在作痛。

“盖比·李跟男人交往时有很多障碍，易兹。她大概不知道怎么对男人客气，但这不应该成为你的借口啊。”

“今天我可以开车送你吗？”

瑞加娜脱下睡袍，正准备穿上那件黄色的裙子。

“为啥？”

“我们以前就是这样的。然后我晚上去接你下班。”

“为啥今天送？”她话音里有点疑惑。

“听我说，亲爱的，”我说。我伸手帮她拉上后背的拉链。她犹豫了片刻才让我抚摸她。“我知道我以前对你不好。我知道。可是我想弥补。”

“是吗？”

“只不过我得先把昆廷·内勒的这件事了断好。”

她摸了一下我耳朵处被棒子擦过的地方。“你怎么了？”

“我爱你，瑞加娜。”

我在床上坐下。脑袋里痛得我痛不欲生。我觉得脑子里好像有什么东西在游动，就像有一条背上嵌着剃刀的蟒蛇在里面蜿蜒而行。瑞加娜看到我脸上布满痛苦便在我身边坐下。

“怎么回事啊，宝贝？”

“我想开车送你去上班，我也想要你帮我做件事。”

“什么事？”

“十月十四日那天你们坦布尔急救中心救治了一个病人。那男孩叫格雷戈里。我不知道他姓什么。我想找到他的住址。”

“找了干啥？”

“他认识一个被杀的姑娘。”

“你干吗不告诉昆廷·内勒？他自己可以去找啊。”

“也许吧，不过如果我知道了他的名字和地址，我就拿得准昆廷能找到他了。你知道的，警察办事总是大吵大闹的，这个叫格雷戈里的没准有朋友在坦布尔呢。”

“可是我要用自己的车，”瑞加娜说。

“我会在五点去接你的，我说到做到。”

“那么……我看可以，”她终于答应了，“不过如果你想去我们就得快点。我得准时上班。”

坦布尔医院是一座庞大的灰色建筑，矗立在坦布尔街的小山顶上。埃德娜就是一月的一个雨夜在那里降生的。生这孩子使瑞加娜饱受痛苦，护士们对她是那么关怀备至，于是她打定主意自己也当一名护士。在此之前她从未为一个职业而放不下过。可现在你就是用黄金和蜜糖也休想诱使她离开那个工作。

我驶入主干道之前来了个左转弯。

“你干啥啊？”瑞加娜问。

“停车。我想我们可以像以前一样一起喝杯咖啡。”

“我得去上班啊。”

“现在才八点三十。你要到九点十五才换班呢。”

瑞加娜摇了摇头。“今天早上我没时间，”她说。

我在街中掉了头，将车开进了入口前面的一个装载区。

瑞加娜说：“你一直在自说自话，宝贝。你明知道我有女朋友在这里，她们会缠着我不放我走的。”

“可我是你丈夫啊。”

她拍了拍我脸颊，然后吻了一下。“我会尽我所能找到那个看急诊的男孩的，亲爱的。我十点左右打你电话，行吗？”

“我想可以。”

她吻了吻我嘴唇，然后打开了车门。她把我独自撇下让我觉得很难受，我差点叫出声来要她别走。我目送她离开。从她下了车的那一刻起，她的全部心思都投入了工作之中。她没有回头望我一眼。我一直等到她进入的那扇大门关上后才离开。

等我回到家里，那条背上嵌着剃刀的蟒蛇仍在我脑壳里钻来钻去。盖比和埃德娜在客厅里玩。

杰瑟斯在厨房里往餐盒里装午餐。

“做得怎么样了?”我问他。

杰瑟斯抬起头看着我微微一笑。

“让我看看你的手。”

他伸出手掌在我跟前迅速地晃了一下，然后手便伸向午餐袋。我伸出手搁在了他肩膀上。

“让我仔细瞧瞧，”我说。

在过去的二十四小时里他一定吃过什么黏糊糊的东西。斑斑点点的脏东西从他指缝里掉下来。

“你每天晚上都必须洗手，杰瑟斯·罗林斯。如果你这个样子就睡觉会招来蚂蚁的，甚至还会招来老鼠。”

杰瑟斯胆战心惊地扫了一眼地板。

“麻利点，洗干净快点去上学。”

他跑进了卫生间。

我回到床上，数着心跳，尽可能减慢呼吸。

当盖比·李在隔壁房间里开始叽里咕噜地大声逗埃德娜玩时，我大声嚷道:“别在那儿吵啦！别吵啦!”

埃德娜哭了起来。我真想过去用手捂住她的小嘴，但我明白这都是昨夜的宿醉惹的祸。我明白这全是因为我在为自己和那个妓女而感到愧疚。我是嫖客，是蠢猪。

“你吓得孩子哭了，”盖比·李透过卧室门说道。

她狠狠地瞪着我，可当我以眼还眼时她退回去了。她一路倒退着出了房间。我从床上起来，诅咒着昆廷·内勒。我恨死了那个家伙。要不是因为他我一准会没事的。我打心底里相信。一直长到三十岁我还是个不谙世事的傻瓜。

我拿着一个粗纹布袋子走进杰瑟斯的房间，收起我那些衣服。然后我到卧室里收拾被套。

当我从一个房间到另一个房间来回走动时，盖比·李一直默默地注视着我。

我冲了咖啡，烤了面包。咖啡喝了，但面包却没吃。我洗了脸，刮了胡须，然后又洗了一遍。当我恢复得有点人样了，便跟我的宝贝女儿道了声早安。她哈哈笑着玩起我的手指来。孩子这样宽恕父母的罪过真令人无地自容。

我再也没跟盖比·李说一句话。她闷闷不乐地在屋子里转来转去，就像恨天下所有男人一样恨死了我。但是那天早上我不能怪她。我就像是对女人充满了敌意，而且和所有我认识的和我不认识的男人没两样。我对待玛丽就像对待一块肉，我对妻子不忠，还冲自己的孩子嚎叫。有人在杀害女人，而警方呢，在有白种女人被害之前几乎不理不睬。我甚至不敢肯定他们对那个白种女人有多少关心。

电话铃声吵得我脑袋都快裂了。盖比·李也不去接。她才不做我的秘书。那铃声让我想起了突突的机关枪声。当我最终摇摇晃晃地起身去接时，好不容易才克制住自己把那玩意扔到窗外去的冲动。

“喂，”我轻声说。

“易兹吗？”瑞加娜说，“是你吗？”

“嗯。”

“他姓朱厄尔，住在哈珀路168号。他们说他的确遭到了毒打。身上的骨头都断了。呃，他有个年轻的妻子，第二天来把他接走了。”

“谢谢，宝贝，”我说。我把地址和姓名写在餐厅的桌面上。盖比·李的眼睛匕首般地朝我射来，但嘴里却一言不发。

“易兹？”瑞加娜问。

“什么？”

“你喜欢做这种事吗？”

“做什么事？”

“这种事啊，跟警察一起干活找人，比如找这个男孩。”

“呵呵，不喜欢，宝贝。我只想和你一起待在家里。我只喜欢这样。”

邻居家的一只雄猫昂首阔步地从草坪上走过。我正在前面的窗前望着，突然它猛地停了下来，半蹲着身子瞪着我。它那双眼睛就像瑞加娜的眼睛，一眼看穿了我的谎言。

“那么你是迫不得已才做的啰？”

“什么？”

“我当时必须生孩子，我必须。我喜欢这个工作，我还喜欢许许多多的东西，可我必须要埃德娜。没有她我没法活。”

“没有你我也没法活，亲爱的，”我说。

“我得挂了，易兹。五点你能到这里吗？”

“能，我会到的。”

当我走出大门，洛杉矶在等待着我。这就像你眼前的远山一样明摆在那里。我不配，可它依旧属于我。

13

格雷戈里·朱厄尔住在一套典型的加州式的出租房里。这片经济公寓位于老远的地方，由一座面对着另一座的一排白绿相间的平房组成。在这十六座住房前的小径的尽头，是一座孤零零的平房。那就是格雷戈里·朱厄尔的房子。门铃上方的一块小铜牌上写着“经理助理”的字样。

来开门的是一位年轻女子。她肤色浅黄，扁平的鼻子周围有些深黄色的雀斑。她牙齿之间的缝隙使得她的微笑更加显眼，看得出来她总是微笑着，即使在她伤心的时候也微笑着。她眼睛里还是湿的，那张年轻的脸上留着泪痕，几天来的哭泣留下的泪痕。这张庄重和布满泪痕的脸预示着她年岁增大以后的模样——假如格雷戈里能和她相守那么长久，那是他的福气。

“有事吗?”她说。

“找格雷戈里·朱厄尔，”我粗声硬气地说。我心中残存的不快在替我说话。

“不对，先生。这里没有什么格雷戈里·朱厄尔。”

“得了吧，宝贝。我知道这就是他的房子。而且我知道格雷戈里哪里也去不了，因为他全身都扁了。你就告诉他说易兹·罗林斯来了，如果他不想警察来找，最好现在就跟我谈谈。”

她耐着性子听我说着，我一说完她就说：“对不起，先生，可是这屋子里根本就没有什么格雷戈里·朱厄尔。”

“埃拉！”屋里一个声音大叫道。

“什么？”

“是谁啊？”

“有人来找一个叫格雷戈里·朱厄尔的，我跟他说这里根本没这个人。”

“你回屋里来，”那个声音大声道。

埃拉当着我的面关上了门。我顶着门。我真想一把把她推开，无论格雷戈里藏在什么地方我都要把他揪出来，但我克制住了自己的怒气。我要把这股怒气留给一个更强大的敌人。

当门再次打开时埃拉脸上的微笑消失了。

“进来吧，”她说。

平房里的房间就像船舱，几乎没有转身的空间。家具是胡乱搭配的，地上的油毡在角落处已经腐烂。一幅由专业摄影师拍摄的照片用平头钉钉在墙上，照片上埃拉被一个骨瘦如柴、长着龅牙的男人拥在怀中。进门处摆着一个电炉和一摞盘子。

穿过这间房便是一间更狭窄的卧房。再往里很可能是一个卫生间。不过我没去找，因为那个龅牙男子就躺在一张小床上。

格雷戈里的左臂直挺挺地摆在一侧，被包扎起来了，一直到肩膀都被打了一层厚厚的白色石膏。他的右手裹着绷带，两只脚也打着石膏。身上的石膏处处有磨痕和裂纹。格雷戈里头上也扎着绷带，两只眼睛里还有血丝。

“你想干吗?”他问。

房间里摆了他们的床后，就只剩摆一张沙发椅的空间了。我在椅子上坐下，埃拉便垂头弯腰靠在门上。

“你是格雷戈里·朱厄尔吧?”

我一本正经的语气使他不安。

“有何贵干?”他问。

我打量了他片刻。我并不为这个人的处境感到难过，因为他这是自作孽。但是他遭受的苦难却让我感同身受。我觉得我的一生就是行走在这些破败的小屋之间，跟这些流血、咳嗽或者在我们的“解放”的重压之下悄然死去的穷人在打交道。我就出生在一座并不比这座房子大的小屋里，跟两个同母异父的姐妹和一个过继的兄弟生活在一起。我亲眼目睹了我母亲躺在格雷戈里这样的床上因肺病而死。

突然之间我心里残留的怨气消失了。我深深地吸了一口充满霉味的空气说：“我想知道你是怎么被人打的，哥们。”

“为啥？你是警察?”

“如果你不告诉我，警察会来的。”

“这我怎么知道。”

“听着，我可不想跟你瞎胡闹。如果你想警察来，我会叫他们来的。我想知道你是怎么弄成这样的。他们也想知道。”

小两口相互看了一眼，然后格雷戈里说：“出什么事了？”

“这个说来话长了，格雷戈里。真的很长。你不会想把你的名字跟这个牵连在一起的。你完全可以相信我。我什么事也不会跟你说，但这是为你好。这是我最后一次问你。你还不说我就走人，不过以后人人都会知道你的名字了。”

格雷戈里佯装笑脸。“没啥，没啥好说的。我在一家酒吧里撞见了他，他说了些我不喜欢的话。”

“朱丽叶·勒瓦怎么了？我听说这场斗殴是因她而起的。”

埃拉打开门出去了。

“你想说啥？这么做是为了啥？”格雷戈里尖着声音说，“不是那么回事。”

“朱丽叶·勒瓦怎么了？”我再次问道。我从口袋里掏出一张二十美元的钞票放在石膏上。

格雷戈里太过专注，没有用没被绷带扎住的两根手指抓住钞票。“你想知道些啥？”

“你被打的那天晚上发生什么事了？”

格雷戈里将眼神从我身上移到靠近低矮的天花板的一个小窗户上，然后打开了话匣子。

“我认识她。就这么回事。我跟她一起去阿热莎酒吧喝酒。

有时候我们做那个，这样我也许会弄到一点，你听得懂我的意思吗？

“后来来了一个留着小胡子的花花公子，他说要她跟他走。我站起身来，他就把我推出了房间。接着他拉着朱丽出了房间。我非常生气，于是就在后面跟着他们。可是他一把逮住我并把我扔进了巷子里。”眼泪流到了格雷戈里的脸上。“他先是打断了我的胳膊，哥们。接着他几脚就踩断了我的脚。医生说我以后可能再也不能走路了，你知道吧，如果我把这里的东西照看好，我可以免交房租，如果我不能很快回去工作，他们就会把我撵出去。”

“那个男人和朱丽叶怎么样了？”我不想听他诉苦。对那些事情我爱莫能助。

“是她救了我，哥们。她冲他大喊大叫，拉住了他。我是说他让她拉住了。他块头很大，很壮实。他抓起一个垃圾桶朝我头上砸了下。最后我看见他们成双成对地走了。”

“她是怎么叫他的？”

“她叫过，但我忘记了，”格雷戈里摇着头，可头疼得又缩了回去。

“是他拽着她走开的吗？”

“嗯。她说如果他松开手她会跟他去的。”

“还有别的吗？”

“他声音听起来怪怪的。”

"像什么?"

"他把'哥们'都说成了'喝们'。听他那腔调很可能是个英国黑人。"

知道这点对我来说已经足够了。我站起来准备走，格雷戈里说，"这到底是咋回事啊?"

"你不知道吗?"

"知道啥? 我怎么知道?"

"朱丽叶死了。在她跟那个把你揍扁了的花花公子出去后不久就被谋杀了。"

"不会，哈哈，朱丽没死。"格雷戈里笑了一下以示他所说不假。

"你没跟别人说过这事吧，哥们?"我问。

"打那以后还只跟埃拉说过话。"他把那条断了的胳膊抬高了三英寸。

我走了，留下他躺在那棺材般的卧室里去寻思他离死神已经多近了。

我离开的时候埃拉坐在那火柴盒一般的沙发椅上哭泣。我没有跟她说任何话。贫穷的生活是无药可救的。说任何话都没有意义。

维拉·司各特跟她父母一起住在八一三街。他们是两个小人物，住的也是很朴实无华的房子。老两口很晚才生了维拉，如今已到退休年龄。他们只知道一个劲地问我为什么。“为什么有人对我们女儿下这样的毒手?”

“她有没有带朋友回过家?”我问,“男性朋友。”

她母亲——一个样子像母鸡的女人——摇了摇头。父亲呢,自从我到了以后就一直坐在椅子里没起过身,他说:“她是个不大张扬的姑娘。她告诉我们,她在那儿遇到的那些男子都算不上好,不足以带回家来。可你要知道,她很快就要在学校里找到工作了。她是这么说的。”

“她认不认识一个留着小胡子的黑人男子?”

“没有,先生,”司各特夫人回答说,“你想看看她的照片吗?”

司各特夫人拿出一本手工制作的相册。我站在他们后面,她和丈夫满面欣悦地浏览着照片。她跪在他身边,两口子叽叽呱呱地说个不停。

翻到一半时我谢过了他们。

我已经出了大门,他俩依旧陶醉在对维拉的回忆中。

14

在中央大道上第八十六街和八十七街之间，离司各特家不远处，有一座我们称之为好莱坞街的长长的灰泥建筑。这里离好莱坞相距甚远，我们这样称呼它是因为这里的居民特别显摆。房子只有两层楼高，长度却占据了整整一个街区。底楼开着一些称为卖场的夫妻店，两家贩酒店、三家酒吧和一家中国人开的名叫周林的洗衣店。楼上是一长排的单间公寓，住着一些飘泊不定、几经沉浮的年轻人、妓女、乐手。乐手们才是在这里唯一长住的。利普斯·麦吉是一个我在少年时代就认识了的乐手，他在这里已经住了十三年了。

我首先来到周林洗衣店，店里一个上身穿蓝色棉袄、下身着红色棉裤的小个子女人正在熨衣服。她见到我就笑不露齿地微笑了一下。我把粗布袋交给她，她便把里面的衣服倒在柜台上。她匆匆地在一本便签纸上做了记录，撕下一张纸条给了我。

上面的字我不认识。

“要多久?”我大声问。

她伸出两根指头，大声回答说:“两天。”

“今天?”我指了指地上表示是现在。

她摇了摇头，又伸出了两根指头。

我觉得她这个手势表示了一种不祥之兆。我来到一家贩酒店买了两磅红方威士忌。

进入好莱坞街的唯一入口是一扇通向屋子后面的弄堂的门，都快要散架了。门的左手是一排的垃圾桶，蚂蚁、蟑螂、苍蝇都在那里觅食。垃圾桶里铝制的电视机似的餐盘和酒瓶堆得满满当当。木楼梯踩上去像海绵。过道里长长的地毯看得出以前是绿色的，如今却简直像一片干涸了的褐色河滩，边上成了长满枯草的河岸。

好莱坞街不是私人住所。人们都把它当作公共大屋。大多数出租房都是房门大开。我走过其中一间屋子时，看到里面一个男子穿着全套古色古香的组特装，头上戴着一顶容得下十加仑的帽子。我经过时和他相互打量对方的眼神，就像两条机警的蜥蜴滑过寸草不生的石头时一样。

大堂里散发着炒菜的气味、焚香的气味和各种人体的气味。接着又传来了银喇叭发出来的一声长而清脆的响声。这响声分散为同样清脆的叫声传到了各个地方，然后又传来了一声粗俗的“哇哇”叫，把大堂里所有人的声音都淹没了。

我循声朝大堂尽头的一扇门走去。一路上看到各种衣不蔽体的男男女女丑陋不堪。有的显然是情侣，根本无视我的出现。还有些是在等人穿过大堂给他们送吃的来的。

利普斯·麦吉的门半开半掩。我轻轻敲了敲门，他那大喇叭声音问道："谁啊?"

"是我，利普斯，易兹·罗林斯，"我回答。

"进来，易兹。"

房间不算大，但比格雷戈里·朱厄尔的整个屋子都大。房间里摆着一张沙发，一张枫木桌子和两把椅子，窗户下面有个洗涤槽，透过窗户就能俯视中央大道。墙上贴满了利普斯的生活照片。大的照片上是他自己和那些爵士乐大人物。不过也有一些是他早年在休斯敦的俱乐部里吹小号和爵士乐游行的老照片，已经发黄了。这时的利普斯已经老了，但在他的盛年时他可是每个黑人都仰慕的人物。他风度翩翩、充满自信、能言善辩，而且口袋里有的是钱。他身边总是美女如云，但真正让我羡慕的是他吹小号时的那种气质。

他站在台上高大挺拔，吹小号时的神态就好像他的整个灵魂都集中到了那根银色的管子上。他宽大的额头上渗出汗珠，两只明亮的眼睛眯成了一条缝。当利普斯吹到高音时，那号声就像一个与你在恋爱中的女子一样得偿所愿。

房间里充满了大麻的味道。利普斯站在洗涤槽的旁边，他很可能是在对着大街吹小夜曲。他穿着一条牛仔裤，一件黄色T恤衫松松垮垮盖在他瘦骨嶙峋的身上。他蓄着长发，朝后面披着。他那黄褐色的下巴上长满了花白的胡碴。

“哇——哇，”他吹了一声，接着问，“你来这里有什么事啊，易兹·罗林斯？”

我在一把椅子上坐下。

“社交拜访而已，”我说。

利普斯哈哈一笑。他从炉子里拿出一盘辣椒模样的东西，放在桌子上离我远的一边。我听到远处有警笛声传来，许许多多的警笛在响。是警车发出的，不是消防车。

“这是蛇钻进兔子洞里时对兔子说的话，”利普斯说。

“说啥？”

“‘社交拜访而已’，”利普斯呵呵一笑，“它做的第一件事就是把主人吃了。”

“那有可能哟，”我说，“可是今晚我不饿。”我从夹克口袋里掏出一个一品脱容量的酒瓶。利普斯笑得嘴都咧开了。

“我明白，”那老头说。

他拿出两个装果冻的杯子，斟满了我拿来的威士忌。开始喝酒之前他亲吻了一下杯子，然后朝天花板微笑着。

利普斯给我讲了一些我已经听过一百遍的老故事，但我还是开怀地笑了。我们静下来时，利普斯就喝一口威士忌，再咬一口辣椒，然后再拿起小号吹几声，也许是一首歌的过门吧——也许是儿歌，也许是流行的爵士乐。他向我问起了“耗子”、杜普雷·伯查德和杰克逊·布鲁。

在打开了第二瓶酒之后，利普斯问："你来找我有什么事，伙计？"

"你听到过有几个女人被杀的事吗？"

"怎么？"

"我和昆廷·内勒在查是谁干的。"

"是吗？"

"其中有个姑娘，最后那个，报纸上说她叫罗宾·加内特，但她在这里使用的名字叫辛迪·斯塔。"

这一刻，那老头子显得更加苍老，然后他舔了舔嘴唇。

"是的，"他说，"那个白人女孩有时候住在这一带。我还在想她去哪里了呢。辛迪·斯塔，我在想你去哪了，宝贝。我在想……在想……哪里……"他变换了一种笑容，回忆着她时他的微笑都变温柔了。

"你认识她吗？"我问。

当利普斯盯着我眼睛看时，我知道我们以前所说的"狂侃"又要开始了。不过这是他能够表达他心中所想的唯一方法，于是我又喝了一杯，心里真希望我是坐在舒适点的沙发上。

"我在这里住了十三年了，从来就没有过一点变化。我的意思是说，有人搬出去了，随后就有人搬进来，不管是男的、女的还是什么的，都跟原来一样。你就像在云里雾里，就像在梦中飞，有时候你会想，'我来这里是为了什么？'这时你就会从天上摔下来，可你摔了也不会在乎。因为一个浪打来就把你卷走了，地球还照样转，连沙滩上的脚印也会被抹平。

“你问我认不认识辛迪·斯塔，但你没有问起希尔达·怀德哈特。你也没问柯蒂斯·梅休。你知道她们怎么回事吗?”

我摇了摇头。

“都是那鸟事。都是那鸟事。她们没了。没了。她就是因为写了关于她们的事。都是些心里苦的漂亮姑娘，想找个男人让自己心里快乐点。穿上绫罗绸缎，涂脂抹粉。所有色狼都来了，弄得满街轰动，这样一来她就忘记心里的苦楚了。这有什么错?啊?什么错?”

没有回答。

“希尔达·怀德哈特、索尼娅·朱亚雷斯、娅基莎·刘易斯……”他一边说一边掰着手指头。“蒂法妮·马洛，甚至你的那位路易丝·陈都到这里来了。有的碎了心，有的碎了下巴，有的断了脖子。全是些你喜欢跟她们在一起的人啊。你知道吧，在我情绪低落，甚至迈不出大门的时候，不止一个姑娘来陪伴过我。是啊。”他耸了耸肩膀接着说，“我睡着了之后她们满可以顺手拿走五美元，可她们谁都没动过那钱。哼，她们全是些漂亮姑娘，你一到这里就这样问辛迪·斯塔，说明对这些可怜的姑娘你知道的第一件事就是这个吧。像你这样的年轻小伙来这里找个妞儿，就那么回事。你没戏了。”

利普斯又耸了一下肩。我又给他倒了一杯威士忌。

“她跟她那些女朋友男朋友来这里的时候又笑又唱的，”利普斯说。我知道他说的是辛迪，因为此刻他似乎是在我面前自言自语而非交谈了。“她以前经常到这里来跟我聊那些事情，聊得我的老鸡鸡都硬了。她喜欢聊她把两个男人折腾得像果冻一般软的那些事。她满嘴污言秽语，可有的时候她真的很甜。”

“她最后一次到这里来是什么时候？”

“我可能三个星期以前见过她吧。在这之前好一段时间没见着她。”

“去哪了？”

“她就去了一会会。在那边还有个白人女孩跟她在一起。西尔维亚。”

“她去了多久？”

“我不知道。三四个月吧大概。可能更长点。”

“这个叫西尔维亚的姑娘长什么样？”

“乌黑的。长长的乌黑头发，黑色的眼睛，白色的皮肤，苍白得让人一看到就会吓一跳。”

“她现在在哪儿？”

利普斯摇了摇头。“这个我也不知道。辛迪回来的时候她跟她一起住过两天，然后就走了。那大概是两个月前的事了。对，姑娘们穿得厚厚的。”

“辛迪有工作吗？”

“她在旋律舞厅跳脱衣舞。”

“她住哪间房间？”

“紫色的那间。对面开着三扇门。”

我谢过他的帮助，敬了他一杯，祝他身体健康。

我离开之前他说：“你酒喝得很多，小伙子。最好少喝点。”

“我非常留心的，老爷子。非常留心。”

“如果你还这样喝下去，你就没多少心可留啦。”

我哈哈一笑，“我还年轻着，利普斯。我受得了。”

“我见过贪杯的人半年之内就变老的，哥们。我也见过一年之内就喝死了的。”

我用小折刀，毫不费劲就把锁撬开了。

辛迪·斯塔在这房间里没待过多少时间。里面的东西都还是好好的。单人席梦思摆在一个角落里。小理查德和猫王埃维斯·普雷斯利的签名照片用大头钉钉在墙上。三个才吃了一半的猪肉与蚕豆罐头摆在洗涤槽里，每个罐头里都有一把勺子的手柄伸出来。一个纸板盒当成床头柜用。一张丽光板餐桌上摆满了电影杂志和一本精装版的书。那是一部深黄色封面的大部头，书名为《工业心理学》。

“需要我帮忙吗?”一个娇柔动听的声音在我身后响起。

我转过身来，只见一个个子矮小、眉清目秀的男人。他的皮肤几乎是白的。他蓄着稀稀拉拉的几根山羊胡子，长长的睫毛，身着褐色的仿羊皮裤子和衬衫，脚上穿着蓝色的仿鳄鱼皮鞋子。

“不用，”我对他说。

他歪着头，上上下下地打量着我，嘴角挂着一丝笑意。当我们眼神相遇时他缓缓地眨了一下眼睛。“那么你在这里做什么呢？”

“找辛迪。”

他四下打量了一下房间。“她不在这儿。即使她在，她没开门你怎么打开她房间了？”

在这个胆大的小个子面前我有些不自在了。他那直率的眼神，让人心生疑窦的微笑，再加上我身上的酒劲，让我有些不自在。

“你没听说吗，哥们？”我问。

“听说什么？”他的眼睛充满疑虑。

“她死了。被一个杀害女孩的家伙谋杀了。”

“不。”他下嘴唇颤抖了。他握起拳头朝我走近了一步。

“强暴了她，糟践了她，然后还肢解了她的尸体。”我边说边点头。见这个质问我的人乱了方寸，我心里觉得好受了点。

他又朝前走了一步，抓住了我的衣袖。

“不，”他又说了一遍。他的眼神像是在乞求我。

“我是代表警方来这里的……”

我还没来得及说完，这个小个子男人便走开了，双手垂到了腿上。他的脸僵硬、坚毅。他径直倒退到了门前然后才转的身。心跳还不到三下，他已消失得无影无踪了。

我又四处查看了一会。我找到了一本洛杉矶高中五十五班的年鉴，一本辛迪的职业照的相册。其中的一张照片上她赤裸着身子搔首弄姿，身上只有一块兜裆布和手指在遮羞，装着吃惊地站在一个空荡荡的舞台上。打在她身上的聚光灯在黑色的背景上呈现出一个蝴蝶形状的图案。白蝶。在角落里有一箱子的衣服。她的全部家当都在那里面了，包括一件印有“UCLA”字样的毛衣和一双表面亮闪闪的高跟鞋。

我又看了一会另一张照片。照的是她裸露着肩膀回头凝视照相机的样子。她脸部硬朗而漂亮。照片上的她显得不大健康。我能理解为什么只有约翰认得出她来。辛迪·斯塔在好莱坞街变成了另一个女人。

我觉得自己就像一个孩子的扶柩者，拿着她那一盒子的回忆下了楼梯。

15

我在街上的一个电话亭里给警署打了电话。昆廷答应在他办公室里等我。他拘泥刻板但又文质彬彬。

在我上楼朝警署办公室走去时，我看到五个人正在下楼，其中四个是警察，中间围着罗杰·沃恩。他戴着脚镣手铐。他抬头朝我看了一眼，我想起来在好莱坞街时听到的警笛声。

罗杰看到我时朝我伸出双手。我也本能地伸出手。但两个警察给了他一顿棒子。他瘫倒在地，他们便将他拖到了停在街上的一辆箱型货车上。

坐在桌边值班的警察认识我，我朝他走过去时，他朝我招了招手。但我停下来问道：“他们把那个人弄到那里去干吗？”

“双杀。一个家伙在他老婆身上被他看到了。”

这时候昆廷已经有了独立的办公室，毛玻璃门上还有用模板印上的绿色警衔和名字。我抬起手刚要敲门，但他肯定认出了我映在玻璃上的影子。

“进来吧，以西结，”他招呼道。

才过去两天，可他却老了五岁。他那炮弹式的肩膀又下垂了一点，脑袋也朝一边歪着，就好像他觉得头太重无法直起来似的。当我走进房间，他像一个士兵行军了三十英里似的叹了口气。

“你样子快要死了，昆兄，”我说，我给他取的这个绰号后来陪了他一辈子。

“你醉了，”他回答。

“那儿可真是个鬼地方，兄弟。扯开喉咙喝点酒你就不会沉到桶底下去啦。”

“你想干啥?”

“我今天大度，长官。我把我知道的情报来跟你分享。”我在门边的一把椅子上坐下。

“什么情报?”

“那两个女人被杀的时间相隔两个星期，对吧?”

昆廷点点头，眼皮都垂下去了，好像要当着我的面打盹。

“可是这位罗宾·加内特是在你发现伯妮塔·爱德华兹两天之后死的。”

“是，在这一点上你说得没错，”内勒操一副费城口音一本正经地说，“还不仅仅如此。她还是白人，她还是大学生，而且她没有住在这一带的任何地方；没一个人知道她来这里做什么。

上司苦恼的原因就在这里。他们认为是哪个黑疯子红了眼见到白种女人就杀。”

“这样啊，”我微笑了一下，“可我觉得你还没把事情搞清楚。你瞧，被杀的这个小宝贝恐怕没有人们想象的那么纯洁。”

“这话什么意思？”

我将辛迪的一张脱衣舞照片扔在桌上。

内勒仔细看了片刻。

“以前怎么没人把这个给我看啊？”

“没人知道，伙计。《时报》和《观察家报》上的照片一点也不像这张脱衣舞照。而且认识她的人很可能都不大买晨报的。就算他们买了，他们干吗要到这里来呢，他们还怕因为一肚子坏水被你关起来坐牢呢。”

“你从哪儿弄到的这个？”没准他会把我关到牢里去。

“在她的便签簿里，哥们。你知道好莱坞街对吧？”

“你怎么知道该去哪里找啊，易兹？”

“听我说，”我举起手掌让他只有羡慕的份。“我有我的秘密。这就是你需要我的原因。”

昆廷睁大眼睛看了我好一会。

好久他才开口，“好吧。我会去调查的。这样我们办起案来就顺点了。你不知道头头会怎么想。当有白种女人越了雷池一步，他们就有的恼火了。”

“咱们怎么不开车到这个女孩的父母那儿去？知道吧，就问几个问题。我们可以把这张照片带过去，看他们怎么说。”我没跟他提起我外面的车里还有一箱子行李。

“为啥?”

“就是觉得有点不对劲，昆廷。为什么前一个被杀才两天她就被杀了，而前面几个是每隔两个星期被杀一个？为什么以前那些都是黑人而这个是白人？为什么以前杀的全是酒吧女郎而这个却是大学生?”

“你已经找到证据了，她就是那种女人啊。”

他举起照片来证明他的观点。

“是的，”我说，“但也许这不是那个被杀的姑娘呢。”

“什么?”昆廷啪的一声把照片摔在桌上。

“我的意思是说，同样是这具尸体，同样是一条命，但被杀的是罗宾·加内特，而不是辛迪·斯塔。我是说，他们发现她的时候她穿着一身大学校服，对吧？假如被杀的是女大学生而不是脱衣舞女郎，那么谋杀就另有原因了，对吧?”

“也许他认识她。也许他知道她的双重生活。”昆廷不想把事情想得太复杂。

“是，我想是吧。他认识朱丽·勒瓦，行了吧。”

“说啥?”

我把阿热莎酒吧的那场斗殴和格雷戈里·朱厄尔的事告诉了他。还跟他说了伯妮塔·爱德华兹不认识其他女孩的事。

“这些事情你全知道了，你这时候才来啊?”

“嘿嘿，哥们，冷静点。我来了啊。把我告诉你的情况告诉你的搭档，然后你跟我一起去加内特家吧。”

“我觉得不好。我感谢你来帮忙，可是警察的工作应该在室内做。他们正在为一个黑人警察的事烦着呢。他们会怎么想你啊？”

我不喜欢他这样说话。“你觉得我是个什么样的人，昆廷？”

一丝冷笑闪过昆廷的脸。他往前面一倾，把他那两只大拳头搁在桌子上。“我觉得你坏透了，罗林斯先生。你和你的朋友雷蒙德·亚历山大一样。你们俩都应该被关进宗教裁判所。不过还好没人要优先解决这个。人人都有更好的办法。不管那是谁干的，他就是疯了。他控制不住自己。可是你能啊。你是个罪犯，以西结·罗林斯。我也许不能不跟你一起做事，我是万不得已。不过这就好比因为你喜欢擦屁股，所以你才不得不拉屎。”

要不是我喝多了酒，也许这话已经伤我心了。我不知道。可是人人都跟我对着干。瑞加娜、盖比·李，还有昆廷·内勒。我觉得我需要喝酒。我真的要喝酒。

在那些日子里，洛杉矶的电话簿是我最好的朋友。我往北一直开到了匹克大道，然后再往西开到豪泽大街。从这里到加内特家还有五个街区。

他们住在一幢两层高的西班牙式的房子里，房前有一个大草坪，草坪上有一棵垂柳，一条样子邋遢的圣伯纳德狗被一根长长的链子拴在树上。整个院子都用低矮的水泥栅栏围了起来，围栏做得像土墙。屋顶上盖着波浪形的红瓦，赤褐色的，很可能是从墨西哥进口的，甚至可能是从意大利来的。两辆形状像鲨鱼的凯迪拉克轿车停在房前的车道上。五辆男孩子骑的自行车停在草坪上。

我拿起那件毛衣、那本年鉴和装着她的工作照的信封，把它们塞进一个大牛皮纸袋里，然后我走到门前揿响了门铃。屋里传来一阵蜂音器的响声，这让我好吃惊。我原以为响起的会是铃铛，叮当响的西班牙铃铛，至少也是铃铃铃的声音。蜂音器的声音常常在五金店里才听得到。

一个十一二岁的男孩将门完全敞开。他年纪还小，还有点女性气质，所以跟照片上他那死去了的姐姐非常相像。他看到我时脸上阴沉了片刻。也许他还以为是他的哪个小朋友拿着希金斯左轮手枪蹦过来了。

“嗨，”他的笑脸和所有美国男孩的一样漂亮。

“我想找你妈妈或者爸爸，”我也微微一笑。

“爸爸出去了，但妈妈在。我去叫她。”

“妈妈！”他刚一从我视野里消失就大声叫了起来。

他没有把门关上，要么是出于信任，要么就是无知吧，所以我一眼就能把屋内看个清楚。客厅比周围的房间低，里面摆着豪华的白色毛皮家具。后墙几乎就是一面玻璃，由此望出去可以看到外面的晒台、后院和游泳池。

一个年纪比我大不了多少的白种女人一边斥责着那个男孩，一边从晒台上走了出来。她好像经历了许多年的风霜。妈妈总是比爸爸老得快。

作为女人来说，她个子挺高的，而且挺拔。她身穿一件绿色收腰连衣裙，上面印着一些小马，呈螺旋状从她脖子处一直延伸到折边。看得出这衣服挺昂贵的，因为上面的图案相当正版正形，而且缝制得非常精细。

“有事吗？”她问。她笑得有点牵强。

“是加内特太太吧？”

“有事吗？”她的手伸向门把手。

“我叫易兹，易兹·罗林斯，”我说。

“如果你是从报社来的，很抱歉，我们不接受采访。我们……”她将门朝她身边拉拢，并朝前挪动了身子。

“不是，太太，我找到了一些属于你的东西。”

“对不起，罗林斯先生，我没丢任何东西。”

就在她准备关门时我说：“是你女儿的东西，太太。”

“你说什么呢？”她的表情和声音足以成为周五情景剧《时迁世移》的绝好收尾。

“她住在我们那附近。住在中央大道，她在那儿留下一些衣服和照片。”

“你弄错了，先生。我女儿就住在这里。”

“不，太太。我是说，也许她是住在这里，但她也在中央大道住。她的东西我就放在这个袋子里。”

当我从袋子里把她的衣服扯出来时，她叫了一声：“哎呀，我的天!”便朝里屋跑去。

她大声叫，“米洛！米洛!”然后又回到了门边。

“你是谁?”

看着她那双眼睛真让人心疼，于是我便瞪着钻进了墙根裂缝里的薄荷草。我真不想到这地方来，可如果我敢问黑人的问题却不敢问白人，那我就该死了。

那孩子和他的几个朋友跑到了她身边。实际上他们是走过来站在她身后的。

“妈妈，”米洛说。

“你回你房间去，宝贝。”她又控制住了自己。她转身带他们离开了门边，然后又回来了。

“你是谁?”

“我叫易兹·罗林斯，自从你女儿去世以来我一直在帮警察调查。”

“你是警察吗?”她的声音听起来还没放松。

“确切地说不是，太太。但我在跟他们一道做事。被杀的还有一些黑人女子，而我对那一带熟悉。我只想就我发现的这些东西问你几个问题。”

“请原谅，罗林斯先生，”她脸上装得极像在微笑。“我心里很乱，你想象得到。进来把你手里的东西给我看看。”

我让她走在前面把我领进了那间比周围房间低的客厅，在一张毛皮沙发上坐了下来。

“要我给你拿点喝的吗?”她问。

“不用。让我给你看看这些东西就行了。”等我跟她一起进了屋里，我对我心里的那些想法就不那么确信无疑了。此时她已不是一个因种族主义的樊篱而与我格格不入的白人了，她是一个失去了孩子的母亲，而我却正准备在她的伤口上撒盐。

“我们家里有爆米花、牛奶和啤酒，”她如数家珍。这是她常用来招待客人的东西。

“那我来杯啤酒吧。”

她放平了肩膀，转身朝玻璃墙边的一扇门走去。

“好的，”她说，“一会儿就来。”

她迅速走进了那扇门。

我看了看手表。她已去了六分钟了。

她端着一个盘子回来了，盘子里放着一个盛满琥珀色啤酒的冷饮杯。她微笑着把盘子放在我跟前。

“你认识我女儿吗?”她问。她快要痛哭起来了。

“不认识，太太。”

我将袋子里的东西全部倒在我们面前的桌子上。她已经在一把可以正视我的沙发椅上坐下。她是一个勇敢的女人，我就把那些东西交给了她。

她用两只手捧起那本中学年鉴。她看了一会里面的信。我感到有些不自在了。她伸手拿起那只装着照片的信封。一开始她显得有点好奇，好像在问，“罗宾要这些玩意干啥呢?”但接下来就像是雪崩了。她一把将那些照片扔在地上。

她的呼吸开始明显地、急促地喘了起来。我几乎能听到她那颗心跳动的声音。

她强忍着情绪，抬起双手扶住脖颈。她女儿的生活照在她面前凌乱地撒了一地。一张露出勾魂摄魄的微笑，袒胸露乳。摆出来的凹凸有致的姿势让这位母亲坐得更加僵直。白蝶。

“为什么?”她声音里的情绪太激昂，我好一会才领会到这句话的意思。

“太太?”过了一会我说。

又等了一会我又问了一句，“太太?”

“嗯?”

“这是罗宾吗?”

她没有否认。

“警察没问你你女儿周末做些什么吗，太太?你知道吗?”

“你想喝点什么吗，罗……罗……”她将身子侧过来正对着我。我敢肯定，如果她扭动脖子，她的脑袋一定会扭断，并掉到地上摔成碎片。

“好的，”我说。

她缓缓地站起身来，又回厨房去了。她给我倒的那杯啤酒还在桌子上——一动未动。

十五分钟过去了，我过去看她怎样了。厨房的地上铺着白色的油布，家具是用上了蜡的枫木做的。她坐在桌边，头伏在自己的手臂上。

16

我不得不问起有关辛迪的事。也许说她是被那个人杀的是合情合理的。也许吧。

可是当我离开那幢房子时我跟这个案子的关系就结束了。昆廷和警方把我派足了用场。将那个蓄小胡子的男人定为进行这一系列谋杀的人也未尝不可，而且我也要回到自己的生活中去了。

楼梯还没上一半我就能听到莫法斯在咳嗽。走进房间，只见他正捂着胸口，在吃力地呼吸。

他抬起头来，用畏怯的黄眼睛看着我，撅起嘴唇扮了个鬼脸，左手手指间夹着一根雪茄。

“病了，”他小声说。

莫法斯像头受伤的海狮似的往后仰。他嘴唇周围的皮肤白如死灰，呼哧呼哧地喘着气，而不是一口口地呼吸着。他眼睛盯着房间外面的某个地方。

他还不如我见过的死人看上去健康。

“哥们，我看最好去给你找个医生，”我说着手朝电话伸了过去。

“干啥啊?”

他轻轻吸了口气，眼睛睁得像茶碟一样大。接着一个咳嗽上来他差点气都喘不过来。待他的肺部平息了好一会他才说，“只要一会儿，我就没事了。”

“你需要看医生。”

“我需要付房租。那才是我需要的。”

他倚靠着桌子，用手支撑着站起身来。他扶着椅子，扶着墙，朝卫生间走去。他走进那扇小门时我真担心他会死在那里面。

一只黑色的小蚂蚁在莫法斯桌上的面包屑与烟灰之中寻找食物。我将手指伸到它旁边，它爬行在我的指缝之间。我看着它，心想上帝就像我看着它一样在看着我。我正想把它捏死，可就在这时只听厕所里哗啦一响，莫法斯砰的一声打开门进了房间。

他洗过脸了，眼睛又恢复了活力。他走起路来摇摇晃晃，不过没扶任何东西。

“我们走吗?”他问我。

我们去的那幢房子叫剑鱼，在卡尔佛市很远的郊区。墙上粉的是黄色的灰泥，墙边是一些久经风吹雨打的木头。走道上摆着一溜的陶罐，一直摆到了大门口。每个罐子里都爬满了弯弯曲曲的藤蔓。门上写着“德坎普尔联合公司”的字样。

一个脸蛋圆圆的日本女子坐在宽阔的入口中央的桌子前。她那肥嘟嘟的脸显得温和而润泽。她的眼睛从莫法斯身上移到了我身上。

“下午好，鸣泷太太，”莫法斯说。

她咧嘴笑着看着他的眼睛。

“他们在这儿吗?”莫法斯朝她身后的那扇巨大的橡木门点点头。

鸣泷太太说：“请坐。我通知他们。”

大门旁边摆着巨大的红色天鹅绒椅子。莫法斯和我走过去并排坐下。

我旁边的一张小桌子上摆着一个插着七支白色郁金香的水晶花瓶。顶壁很高，上面画着仿文艺复兴时期的壁画。画上浅蓝色的天空中飘着棉花糖似的云彩，胖男孩天使手里拿着无花果叶，显得谦逊端庄。

“我要你在这里将那个计划进行下去，莫。”我对他耳语道。

“别担心，罗林斯先生，我知道该怎么做。不过你要记住，这里这些生意人是要赚钱的。他们可没时间去想那些陈芝麻烂谷子的事。”

“比如什么?”

“比如邦当夫妇。”

邦当夫妇是住在我出租的一套公寓里的老两口。在马格诺利亚街公寓里。他们年过八旬，家中的独子也死了。我让他们住在那里，房租能付多少就付多少，其余的用劳务抵充。当然了，他们那么年迈还能做得了多少劳务呢。老头子亨利每天给草坪浇水，打扫走廊。老太太克里斯托尔则密切注视着左邻右舍，看有没有人深更半夜搬出去逃房租。她有失眠症，所以夜里只要听到声音就会从床上爬起来。

“我也是万不得已才做的，莫法斯。如果我还想让人喘口气的话，我就只得这么做。我这么做是为了你。”

他深深吸了口气。

“不管怎么说吧，我只想要你把我们商量好的事告诉他们，行吗?”

“好的，先生。”

一说到钱莫法斯就六亲不认了。钱就是他的神，而且不是善神。

鸣泷太太从桌子上抬起头来微笑着说：“现在你们可以进去了。”

走过那扇门时首先看到的是一个花园。对面从顶壁开到地板的窗户外面是一个大花园，花园中央是一个巨大的大理石水池。玻璃是染了色的，把天空衬托得分外蓝。两只雪白的天鹅在池中央精心梳理着羽毛。大柳树忧伤的枝叶婆娑垂地，一只白色的大兔子高高地竖起一只耳朵，一边轻轻地吃着草，一边瞪着窗户里面。

房间宽敞而且阳光充足。墙上挂满了画，是那种欧洲的王公贵族们曾经用来炫耀自己万贯家财的画。难得一见的是墙上的一个钉钩上还倒挂着一些死了的猎物。这些野鸟野兔的下面坐着一条聚精会神的猎狗。一支猎枪倚靠在狗身后的墙上。

一位性感撩人的女仆端着一大缸牛奶在一个画框里朝人微笑。另一个画框里站着一个身处奇妙洞穴中的白人男仆。

屋里摆满了刚才我们在外面坐过的那种软椅。但房间里最醒目的是一块周围摆着六把木椅的长长的灰板。四把椅子上已经坐了人。

“沃顿先生好，”其中一个男子说。他坐在靠门最近的地方，边说边起身与莫法斯握手。他个子矮矮的，穿着简朴，上身是黄色的开襟毛衣，下身是暗褐色的宽松长裤，里面是一件领口有三颗纽扣的套头衫。

莫法斯咧嘴一笑，点了点头。“维先生，”他说，“我来给你介绍一下以西结·罗林斯先生。罗林斯先生是我的一个手下，他在你感兴趣的那块房产里小有股份。”

莫法斯抓起我的胳膊肘伸向这个小个子白人，让我们握了手。

他眼睛是蓝灰色的。这双眼睛告诉我他见到我非常高兴，我们应该交个朋友。

“很高兴认识你，罗林斯先生，”他说。

我被领到维先生和莫法斯之间的一把椅子上坐下。莫法斯和我又被介绍给了坐在桌子对面的其他人，他们倾着身子和我们隔着桌子握了手。

其中一个身穿笔挺西装的男子叫法戈·贝尔。他全身上下都长满了红毛。他头顶上的毛倒是短而且梳理得当，可在他耳朵上、喉咙上，甚至手背上的毛却都像野草似的在疯长。

坐在法戈旁边的叫伯纳德·西弗斯。伯纳德骨瘦如柴，眼神躲躲闪闪，皮肤白得像骨头。他一头厚实的黑发看上去就像戴了顶帽子。

最后是坐在桌首的那位，叫杰克·德坎普尔。杰克是他们的头头。他的皮肤是橄榄色的，很光润。他眼睛的颜色浅得超乎你的想象。

他将长长的手指在眼前拱成望远镜状，盯着莫法斯看了好久。

然后他又看着我。“很高兴认识你，先生。”

我腼腆地点点头，然后敬畏地低下了头。我以前在南方的时候就是这样糊弄白人的。

“我们是一个对房地产感兴趣的投资联合会的代表。”

其他人，包括莫法斯在内，就像一群饥饿的松鸦，虎视眈眈地望着一块刚刚结上种子的草地。

“罗林斯先生在那块房产中所占的股份还不到百分之五，先生们。不过因为他跟我一起共事，我想他会好好地听听我们要谈的生意的。”到了迫不得已的时候，莫法斯说起话来可以做得像个白人。

德坎普尔朝我笑了笑。

“很高兴你在这里。”

我尽可能装得傻乎乎地咧嘴笑着。

“我们认为帮得上你的忙，沃顿先生，”伯纳德·西弗斯说。他们一见我如此一钱不值，注意的焦点马上就从我身上转移开了。百分之五挡不了他们的路。如果莫法斯想让他的手下开开眼界，那不关他们的事。

“我们想让你赚钱，”维先生快活地说。

“如果我不相信你，那得请你见谅了，”莫法斯说。他明白我想要的是什么。他知道怎么榨钱。

“我知道这听起来有点奇怪，沃顿先生，”德坎普尔说，“但我们的利益在这里产生交集了。”

“你是说我在威洛比弄到的那块地吧?”

“你有土地，我们有资金。”他双手合十，用力一压。

“你从这儿能得到什么呢？贷款利息吗?”

他的笑声犹如酸溅在皮肤上发出的嗞嗞声。“呵呵，可能比利息要多一点。”

“多多少?”

“这里百分之七十五的公司都归我们。你让让道儿，让财源滚滚来吧。”

“百分之七十五?”

“是的，沃顿先生，”维先生插话说，“我们带来了资金，还带来了信息，这样能让投资产生最大的利润。”

我看得出不过是几只天鹅在调情。他们把水搅动起来，这样溅起的水花在午后的阳光中才会金光闪闪。

“是什么信息啊?”

德坎普尔先生微微一笑。“郡里准备把威洛比建成一条主干道。有五个车道那么宽。建成之后你那九英亩地还会原封不动。”

“这么说地价会上涨咯?”莫法斯问。从他问话的口气我看得出来这时候他弄明白了我为什么以前不把那块地卖掉。

“不出十年，那块地的价格比这间房里我们所有人能筹集到的钱还要多。我们还在洽谈要建超市和百货大楼，沃顿先生。将来也许还会建一幢办公楼。谁知道呢?”

“可是如果我们坐等，那地产不也会同时升值吗?”莫法斯傻乎乎地问。

那些喋喋不休的松鸦们开始坐立不安起来。房间里顿时冒出了火药味。

“我的意思是说，”莫法斯继续道，“既然我们自己万事俱备了，我们干吗还要做这笔买卖呢?”

“事实上，”法戈·贝尔说，“我们透露给你的消息还只是皮毛。那块地现在还没有规划。等郡里的规划部门一旦做好施工方案，郡府就会限制你的所作所为。我是说，如果你想做什么你可以做啊，不过你就要多花几个钱啦。”

“而且，”伯纳德·西弗斯插进来说，“如果让银行知道方案了，还会开发其他项目。现在我们是抢在所有人前面了。无论我们造什么，都会成为这一带的商业中心。”

“所以你们不想我把今天在这里开会的事告诉任何人对吧？”莫法斯问。

“我们的合作伙伴不会干那样的事的，”德坎普尔尽可能装得高兴地说。

“这是说谁呢？”

他嘴里又冒出了那硫酸似的嗞嗞声，然后说：“指那些知道地产买卖和修新路的人。指那些不想上当受骗的人。”

“可是用这样的信息来赚钱本身就是欺骗，不对吗？那条路就是要用我交的税来修对吧？”

“不出五年，你的百分之二十五会值一百万美元，”德坎普尔说。

莫法斯开始榨钱了。

我想象着埃德娜和瑞加娜在草地上逗天鹅来啄她们。我甚至在那一刻有点担心天鹅会伤到我的宝贝女儿。

“这么说你是想要我把我财产的四分之三给你们咯？”

“这也算是一种看问题的角度。”德坎普尔耸耸肩说，“不过不如换个角度说更好，我们让你的财富增加了二十倍。”

房间里安静了好一会。唯一的声音是莫法斯的呼吸声。

我以前还认为商人总会有种名誉感或者行为准则。可早在我跟德坎普尔先生和他的朋友们见面以前我就打消了这种想法。我知道有什么事情在隐隐地发生，我要莫法斯安排这次见面就是为了摸清楚到底是什么事。我安排的第二步棋就是给我们留点时间来考虑他们的条件。

莫法斯清了清喉咙。

“好吧，先生们，”我们俩起身时莫法斯说，“这件事我还得跟我的董事会讨论。”

“什么?”维先生问。

“我是代表我自己的联合会来的，先生。罗林斯先生就在那个机构里有一小部分股份，还有其他人呢，都是我们那个圈子里的商人。”

“可你怎么让我们以为那块地归你一个人所有啊?”法戈的提问听来更像是一种威胁。

“如果是我没有把意思表达清楚，我道歉。你瞧，我的那些伙伴也喜欢守住自己的机密。”

“你什么时候会有回音，沃顿先生?”德坎普尔先生问，不过他的嘴巴好像纹丝未动。

“充其量两天吧。也许今天下午就有。”

说完莫法斯和我便朝门口走去。

德坎普尔跟我们到了门边。他跟我握了手，冷冷微笑着逼视着我的眼睛。然后他紧紧握住莫法斯的手。

“这个消息必须保密，沃顿先生。不要告诉任何无关的人。”

我一言未发就出了门。

17

我们开车行驶在威尼斯大道上，回沃茨。有轨电车已经停了，但街心上的路轨还在往前面延伸。电车停了，人人都得开车。

在底特律，此刻人们正喝着香槟。

“你想要我怎么跟他们说，罗林斯先生？”

“他打电话来问你就告诉他，这笔生意我们四六开。我们拿六成。”

“如果他不买账怎么办？”

“那去他妈的！我们就去美国银行，把德坎普尔给我们开出的价码开给他们。”

“我不知道，”莫法斯犹豫不决地说。

“你不知道什么？”

“一百万美元对你来说可是一大笔钱啊。我那百分之九的中介费就够可观的了。你干吗要变卦呢？”

“假如他们给我一百万，那他们就能赚三百万。如果他们能赚那么多，我也能赚那么多。”

“我想也是，”莫法斯嘴上说。但我不知道他心里是不是同意我的观点。

余下的路程我们一路沉默。莫法斯轻轻地咳嗽着。我梦想着成为全美国为数不多的几个百万富翁中的一员。这是一种莫名其妙的白日梦，因为每当我想起比弗利山庄里的哪个店老板朝我微笑时，我就会想到他在哄人，他心里实际上在恨我。即便是在梦中我也会被种族歧视所烦扰。

当我们回到办公室时我问：“柜上还有多少钱?”

“九百八十七块。”

“给我。”

平时我支取这么大一笔钱时莫法斯都会问我的，但在谈多了这种六七位数的大生意后，他眼睛都没眨一下。

他拎起摆在桌子跟前的那块地毯，下面有一扇普普通通的松木门。但是如果你将螺丝刀插进两块门板之间一撬，一扇小活门就会弹出来。我们的一部分现金就藏在那下面，这是我们的日常开支。

莫法斯拉出装现金的盒子，把里面所有的现金都给了我。

就在我楼梯下了一半时，莫法斯的电话响了。我猜想是杰克·德坎普尔来问莫法斯是不是有回音了。

“喂，亲爱的!”我透过车窗叫道。

瑞加娜穿着黄白相间的裙子显得干净利落。她正站在坦布尔医院的大门口。正好五点整。

她没有一点笑颜，只顾跑着穿过马路钻进了汽车。我们都尴尬地倾过身子吻了一下，道了声好。

她神态紧张，颇为不安。

“怎么了?”我问。

“就是上了一整天的班，现在想离开这里了。”

于是我将车从井栏里开了出来朝家驶去。

“你找到那个男孩了吗?”她问我。

“找到了。”

“他知道人是谁杀的吗?”

“可能他知道点什么吧，但我们还要调查。他只看到了一个留小胡子的大个子。然后他就被揍得满眼金星了。”

“你把这些告诉昆廷·内勒了吗?”

“当然说了，”我说。过了片刻我又道，“哎，亲爱的，我想跟你说个事。为什么不能让盖比·李留在家里照看埃德娜和杰瑟斯两天呢?”

“为什么啊?”

“这样我们可以去弗里斯科住两个晚上。”

“呃——明天不行，亲爱的，”她说，一边在找合适的话。

“这会儿我不能去。”

“是因为你要给你姨妈钱吗?”

“不，不是那个。我收到了安德鲁舅舅的信。他说姨夫能应付得了这一切。”

“那是为什么呢?”

“你爱我吗，易兹?”

我感到午后的太阳火一般的在烤着我的脸。就像是我在遭了暴打之后被一块烧得通红的烙铁扇了一记，这种感觉久久挥之不去。

“肯定——我是说，是，我当然爱你。”

“也许你并不爱。也许你只是觉得你爱。”

“别这样，瑞加娜。别逗我了。”

“我不是逗你玩的。我只是有这样的感觉。没别的。”

“什么感觉?”这时候坐着的我恨不得跪下去。

“你不跟我说话。我是说，你什么都不跟我说。”

“那我现在是在干啥?不是在跟你说话吗?”

“我姨妈叫什么名字?”

“什么?”

“今天是你第一次要我给你做事情，你知道吗，易兹?你从来不跟我说你做的事情。我是说，你说你给莫法斯打工，但你大多数时间在哪里我一无所知。”

“那你要我到你那里签到吗?”

“前些天你在看一本书，”她说，没有理会我的问题。

“是——”

“我不知道那是什么书。我不知道你妈妈的名字，不知道你的朋友是谁，都不知道。”

“是你不想知道他们，”我说。我轻轻笑了一下，摇了摇头。

“可是我想知道啊。如果你不知道一个男人交了些什么朋友，你怎么了解一个男人？”

“他们算不上真正的朋友，加娜。他们更像是生意上的伙伴。”我说，“我没有你说的那种真正的朋友了。我妈妈已经死了，所以也没什么好说的。”

我拐进第九十六街停了车。“……而且我是爱你的。”

我不知道自己心里希望她怎么理解这句话。她背对着车门，坐得尽可能离我远一点。她摇了摇她那精致的脑袋说：“我知道你对我有感情，但我不知道那是不是爱。”

“这话是什么意思？”

“有的时候你看着我的样子就像是一条狗在找肉吃。你看我的样子让我害怕，害怕你会对我做什么来着。”

“举个例子看？”

“比如前天晚上。”

这时我不知道该说什么好。我想起了她所谓的强暴。我觉得那并不是像有的男人对女人所做的那样，将女人从街上拖进屋施暴。但我明白，如果她不是心甘情愿，那我就是违背了她的意愿。我知道我错了，可我没有勇气承认错误。

我的沉默让她愤怒了。

“你想在这里干我吗?”她刻薄地说。

“好了，宝贝。别这么说。”

“是吗?我还不能说吗?你粗暴地干我的时候我就只有闭嘴的份了是吧?”

“对不起。”

“什么?”

“对不起。”

“你对不起?你还会说对不起?你强暴了我然后再说对不起?”

我转过头来看着她。我胳膊肘往后面一扫，撞碎了门上的玻璃。我的手臂疼痛难忍；可我心里却为这样能引开她的注意力而高兴。

“见鬼了，易兹你这是干啥呀?”瑞加娜尖叫了起来。声音里透着恐惧。

“我们得降降火，加娜。不要等闹到下不了台了再停。”我轻言细语、小心翼翼地说。

我发动了汽车继续往前开。她瞪着前方。我也望着窗外，看外面有没有什么东西能把我从车里的怒火中吸引开来。

吸引我眼神的是一溜棕榈树。它们高高耸立的侧影，宛如高得出奇又瘦骨嶙峋的姑娘。它们的头发乱作一团，身姿佝偻。

我试图去想象它们在想些什么，可就是想象不出来。

“你得跟我说，”瑞加娜说，“你也得听我说。”

“你想跟我说些什么呢？”

她望着窗外，但我觉得她什么东西也没看。“我要把连饭都吃不饱的十三个弟弟拉扯大，每天早上还得给我父亲准备好鸡蛋和威士忌。”

“这我知道。”

“你不知道！”

我从没听她这样大声跟我说过话。

“我说了，你不知道，”瑞加娜又说了一遍。我听得到她鼻孔里呼出来的气息。“我是说，你知道那些情况，但你不知道十四个男人问你要、冲你叫的滋味。所有的东西随时都问你讨，你有什么他们就讨什么。哪怕是你就剩一个铜子了他们也要，哪怕是星期六晚上他们也来要。可他们从来没有关心过我一句。他们一进屋要么是叫肚子饿，要么就是打人，要么就是喝醉了酒，什么都要我来收拾。”

我将车开到了家门口。当我抬起左手去开门时，只听到碎玻璃噼啪地掉落下来。

“可是他们都比你好，”瑞加娜说，“我是说，至少他们还有事要求我。也许你要的只是一个女人。也许你是要让我发疯让我发狂。可是假使我干了那个就爱上你了，你就会只管一到早晨就出门，不知跑到哪里去了。”

“人人都得工作啊，宝贝。”

“你不懂。我想要的是融为一体。我不像有的女孩那样只管要你的鸡巴然后给你生孩子。”

玛丽说这样的话能让我激动不已。可听到这样的话从我妻子的嘴里被说出来，我就恨不得把她的脑袋给拧下来。不过我忍着没发脾气。我知道她这样辱骂是我自找的。

她死死地瞪着前方，我也一言不发，看着仪表盘上的时钟。整整四分钟过去了，我说：“如果你要钱的话我弄到了。”

“我不要。”

“我会带你到我工作的那些地方，让你看看我做的是些什么事。”

“好啊——”她说。等我继续说下去。

“我们可以举办一个晚会，邀请一些我认识的人来。”

她身体转过来十五度，稍微温和了一点点。这时我闻到了一股炒秋葵的味道。我在为母亲守灵时他们就给我吃过炒秋葵。那时候我才刚刚七岁，我讨厌死了牧师的那双眼睛。

此后的二十九年中我再也没有吃过炒秋葵，但我时不时地闻到那气味，通常是在我对一个女人产生了强烈的感情而她却又可望不可及的时候。

“我真的爱你，易兹。”她说这句话时心在痛。

当我走下汽车时，玻璃从车窗里掉到了地上。我得把碎玻璃扫下来才能关上车门。

“你流血了，”瑞加娜说。一条红色的血痕顺着胳膊一直流到了我的小拇指端。

盖比正坐在沙发上看晚间新闻，埃德娜则盯着枕在这个大个子女人头下的小枕头上的荷叶边在看。

“等我们一会，李，”瑞加娜说。然后她领我进了卫生间，叫我脱下了衬衣。

“这里有玻璃进去了，”她手指摸上来时我痛得跳了起来。“很痛吗？”

“只有用力摸时才痛，”我抱怨说。

她清理好伤口后，血流得更多了。

她为我手臂包绷带时，我能从小柜子上的镜子里看到瑞加娜的脸。这疼痛让我开心。她触摸我的感觉也让我欣喜。

我们一起做了晚餐，然后跟孩子们一起玩。杰瑟斯把他的考试成绩给我们看了。写字课得了个“D”，但数学课得了个“A”。埃德娜在地板上来回奔跑尖叫。谁也没多说话。

九点左右电话铃响了。

“喂？”

“是罗林斯先生吗？”

“哪位？”我回答说。

“我叫弗农·加内特。今天你差点害我老婆心脏病发作了。”

“你是怎么弄到这个电话号码的，加内特先生？”

“我在市区工作，罗林斯先生。我想要的东西几乎都能弄到。”

“那行，先生。也许我不该对你太太说那么狠的话。但我是在配合警方调查，所以我觉得自己应该找到点什么线索。”

“警方说你只是在帮他们调查有色人种居住区里的事情。我家里的事并不关你的事。”

“你女儿是在我们这个地方，加内特先生。她在这里上班。”

“你别来干扰我的家人，罗林斯。你不要干涉我的生活。听明白了吗？”

“明白，先生。立即照办，先生。”

我搁下电话，可手还没离开话筒，电话又响了。加内特不可能这么快又打过来，所以我语气客气了点。

“哪位？”

“你出什么毛病了，罗林斯？”

“你是谁啊？”我又问了一遍，尽可能仔细点。

“我是贺拉斯·沃斯。谁允许你闯到那家人的家里，还去把证据留给他们的？”

“我想你是不想跟我一起干下去了，对吧？”

“我要你跟这个案子完全脱离干系。脱离得一干二净！”

我又挂了电话，然后拔掉电话线，直到十一点睡觉时才插上。

凌晨一点我起来换绷带。缠得太紧了，但我不想让瑞加娜觉得她帮了我忙而我却不识好歹。

我把伤口在金缕梅药液里清洗了之后，再用胶布和纱布松松垮垮地把伤口包住。我刚包扎完电话又响了。

只响了一声。

瑞加娜在门厅里等我。

“你的一个女朋友，”她告诉我说。

我跟在她后面进了卧室，拿起放在我枕头上的听筒。

“喂？”

“谢天谢地终于找到你了，易兹。他们把雷蒙德关到牢里去了。”

“你是哪位？”我第三次问了这句话。

“明妮·弗赖伊。”

她是耗子雷蒙德·亚历山大大多数时候的女朋友。

“没事的，明妮。别着急。谁抓的耗子？”

“是警——警察。”

“他死了吗？”

“他们把他关押起来了。他要我先给你打电话。”

“现在在七一七街吗？”

“嗯。你必须马上赶到那里去。”

“现在都快两点了……”

“你必须马上赶到那里去，易兹！雷蒙德就是这么说的。”

耗子不止一次为了我而面对上了膛的手枪。我们打小就是朋友，尽管雷蒙德经常很浑，但我知道除了我妻子和孩子外他是跟我们家关系最近的人了。

“那好吧，”我叹息道，“我会赶到那里的。”

“你马上就去吗?”明妮问。

“我刚才说过会的，不是吗?”

“那好吧。但你现在就得去。”

我们就这样来来回回地说了三四遍我才挂了电话。

我从柜子里拿了衣服。

“我给你包扎得不好吗?”我穿裤子时瑞加娜问。

“紧了一点点。我刚刚换了。”

“你这时候还去哪儿?”

“去警署。”

“你会不会在那里喝得大醉然后把那个女孩干了?”

“刚才打电话来的是明妮·弗赖伊，宝贝。那是耗子的女朋友。她说耗子被关进牢里去了。”

“那跟你有什么关系?”

“他是我朋友，瑞加娜。而且我能把他弄出来。”

“你不能等早上再去吗?”

“他不能等我那么久。”

瑞加娜倒吸一口气回到床上去了。走之前我俯身去吻她，可她打不起一点精神来。

18

当晚执勤的警官不相信我在为昆廷·内勒做事。不过他也不反对凌晨给他的顶头上司打个电话问个好。于是他去打电话了，我就在一边候着。

警署里的夜晚静悄悄的。

和我坐在一条长长木板凳上的一个老头半梦半醒地打着盹。他是个嗜酒的白人，这种人在我们那附近并不少见。他的外套本应是深黄色的，可现在好些部位都磨成了灰色。他身上散发出一股汗味，这让我喜欢上了他。我们对面坐着一个中年黑人妇女。她用一条蓝色的手帕边擦眼泪边哭。她的脸颊和鼻子像浅黑色的李子。我不知道他们两个人是什么原因到的这里。我的整个人生都是在旁观和漠视类似的小悲剧中度过的。

“罗林斯先生，”值班警察叫道。

“什么?”

“内勒警官说让你去看看那个人。你填一下这张表，我会叫人领你回来的。”他递给我一块上面夹着复写纸的记录板。

我填好自己的姓名、地址及与被监禁人的关系，又填了我的社保卡号码、电话号码和探视的原因。然后在末尾签了名，把记录板递给了警察。

他看都没看一眼就把登记表折成四折，塞进了身后的一个凹槽里。然后他拿起电话，按了一下桌子上的按钮。

“你出来一下，里弗斯，”他就朝话筒里说了这么一句。

不一会，从值班警察桌边的一扇门里出来一个身穿卡其布短袖警服的小个子白人。那男子面容憔悴，脸上斑斑点点。他的年龄很可能在三十五岁左右，可那张饱经风霜的脸，说有六十也有人相信。

“就是这个人?”

值班警察点点头。

“来吧，”那个饱经风霜的人说，“我他妈的忙死了。”

他领着我首先穿过一条粉刷成灰色的长长大厅。我们来到一扇白色的木门前，警察手里拿着开门的钥匙。这扇门打开后还有另一扇门，一扇布满邪恶栓子的铁门。他又打开了这扇门。接着我们穿过一个地面、墙壁和天花板都用铁格栅做成的厅。

我们来到一间用金属和玻璃制成的大房间里。房中央摆着一张桌子，桌子两边各摆一把椅子。桌子和椅子都用螺栓固定在了地板上。

我听到一个嗓音粗哑的男人在说话，另一个男人则在悲戚地抽泣。

“坐下，在这里等着，”小个子警察说。然后他进了一扇边门。

“我不想再跟你说第二遍了!”说话的是那个粗哑的声音。

一个男人应声呻吟了一下。接着又传来一阵响亮的撞击声和更多的哭叫声。然后我又听到有人在说话，但我听不清楚说些什么。

声音是从我右边的那扇铁门里传出来的。

我身后的那扇门开了，耗子戴着手铐脚镣一步一拖地出来了，后面跟着那个看守。

看到雷蒙德这副样子，我心里很不是滋味。在他心里，他是我所知道的唯一没被白人披枷带锁过的黑人。耗子生性鲁莽、狂放、肆无忌惮。他也许精神不正常，可是在美国敢于相信自己有自由的黑人都不得不精神失常。看着他戴手铐脚镣的样子，我不寒而栗。

里弗斯将耗子朝椅子推过来。雷蒙德刚坐下，那警察就用挂锁将他脚上的铁链锁在地上的两个铁圈上。然后他走到角落里的一个板凳上坐下，尽量给我们一点单独谈话的空间。

我还能听到从铁门后面传来的争吵声、呻吟声和抽打声，但是看守和耗子似乎都事不关己。

“你带了一把吗，易兹?”他轻声说。

“什么?”

“你带了一把枪吗?”

“没有，没有。我不会带枪到牢房里来的。”

“我必须从这里出去，”耗子慢慢地说，“他们想把我转移到弗尔瑟姆监狱去，我不允许这样的事情发生。”

“他们为什么把你关到这里来了，雷蒙德?”

“他们想诬陷是我杀了她们。他们需要一个人被绞死。”

“为什么是你?”

“我不知道，哥们。他们说那几个女孩中有两个我认识。也许我认识吧，你知道我总是在追那些娘儿们。但那并不意味着是我杀了她们啊。”

“所以你并没有干?”

“干什么?”

“他们所说的，哥们。杀那些姑娘。”

“什么？你以为我疯啦?”

是的，我心想。在他做的每一件事情里他都像疯子，像凶手。他是个体态纤小的男子，身高不过五英尺七英寸，镶着金牙，蓄着几根像是铅笔描出来的淡淡的胡须。警察还没有发给他囚衣，他穿着绿色的仿皮鞋，墨绿色的裤子，一件鲜艳的粉红色衬衫松松垮垮地垂落在手腕上，因为袖子上的链扣扣上了。

他曾在结婚时因为索要财产不成而杀了继父，就是在弥留之际他也会向上帝撒谎的。

“我只是想知道他们为什么把你关在这里，”我说，“没别的。”

“求你了，别，”一个叫声从后面的铁门里传出来。

我转过头去看了一眼那个看守，他却在看一本西部小说。

“我为什么到这里面来不重要，易兹，”耗子说，“重要的是你把我弄出去。”

铁门时不时地传来一声沉闷的撞击声。

“给我几个小时的时间。”

当那个小个子警察把我从那个地狱领出来时，我恨不得亲吻那里的地板。

当昆廷·内勒赶到时，我正坐在值班警察的桌边看晨报。当时是早上七点十六分。

他朝我打了个手势要我跟他去，我们便一起来到他办公室里。

我们坐下来，一边喝着咖啡一边抽烟。昆廷点着头问：“有什么要我效劳的？”

“你怎么把耗子弄到这儿来了，哥们？”

“亚历山大先生被怀疑对一桩杀人案知情不报，”他木着脸说。

“你从他身上屁的情况都了解不到。”

“那你知道人是谁杀的吗？”

“你觉得我跟你说过的那个留小胡子的怎么样？可能是他

杀的。”

“没有证据。阿热莎的店老板否认了那个事。”

“那么格雷戈里·朱厄尔呢?”

“他说他从没见过那个击打他的人的模样。”

“你相信吗?”

“你有什么事要跟我说吗，罗林斯？因为如果你没什么正事要说——”他朝门口努了努嘴，然后拿起一支铅笔在一本标准的白色拍纸簿上写起来。

“那么耗子怎么办?”

“他就待在牢里，等我们找到了更好的线索再说。”

“以什么理由指控他?”

内勒放下铅笔看着我。“没有指控。他在这里再待两天，然后就将他移送到好莱坞警署去。然后我们再把他转到市中心去。我们可以将他关上几个月，即使督查专员也找不到他。”

“你为此感到自豪?”

“你准备把那个杀人犯找出来吗?”

“我以为沃斯要我出局啊。”

“办这个案子的不只有他。维奥莱特想要你进来。他都想通过杀了你朋友的方式来让你就范。”

“放了耗子吧，”我说。

“不，那不行。”

“放了他吧，我们可以一起找到凶手。如果这个案子把我的时间全占了，我必须有一个帮手。”

“他是首要嫌疑犯，易兹。那些女孩待过的地方他都去过，甚至包括你那个辛迪·斯塔那里。”

“我认为不是他干的。”

“你怎么知道?”

“雷蒙德不会这样去杀害那些女孩子的。但是如果你们把他关在牢里，肯定还会死人的。不管怎么说吧，他说他跟这个案子没一点关系，他没有任何理由跟我撒谎。给我一个星期的时间跟雷蒙德待在一起，我们会把你们想要的东西找出来的。”

昆廷摇了摇头。“我不知道。”

“给维奥莱特打个电话。问问他，”我说，“你打电话时我到外面的板凳上等你。”

我等了一小时十五分，内勒才出来。他带着耗子一起出来了。耗子一边扣着衬衣链扣一边朝我微笑。他这种杀手的微笑几乎会让所有女士想到聪明可爱的孩子。

19

那时候耗子跟明妮·弗赖伊住在一起。他们在弗尔农有个单间小屋。

我们到那里时，她还在折叠床上睡觉。

“嗨，明妮！你家帅哥回来啦！”我们闯进屋里时耗子大声喊道。

我唯一能看到的是明妮露在外面的脑袋。她身体的其他部分和一床厚厚的粉红色的被子裹成了一团。可当耗子报出自己的名字时，她尖叫(我发誓是真的)了一声，“哦，我的乖乖!”然后一把将被子掀到了一边。她身上只穿了一条粉红色小短裤，可她一点也不在乎我在看着她。她跑到耗子跟前一把将他揽进丰满的怀中，就好像他是从死人堆里醒过来的天主。

“宝贝!”她叫道。她亲吻着他，搂抱着他。“宝贝!”

明妮比他高一个头，身体重了五十磅。她将他来来回回地晃动着，直到他松开抱着她的手，试图将她推开。

“别这样，明妮。你停下来送我去医院。”

可她只顾呢喃着、摇晃着。我想没有任何人像这个女人想念他一样地想念过我。在第二次世界大战期间我离开家好几年，可没有任何人这样在海滩上等待我，拥抱我。

“放我下来，丫头，”耗子求她说。可我却看见他在微笑。“羞不羞啊，正经点，易兹在这里呢。”

明妮似乎很大方，只要我们不提，她并不在乎把黑色的身体露给我们看，可是听他这么一说，她就连忙将手臂抱在胸前，低下头，从一把椅子上抓起一件衣服。她用衣服护着胸脯，踮起脚尖进了卫生间。

耗子在她后面微笑着。“她来劲吧，哈哈，易兹?”

不出两分钟明妮就从卫生间里出来了。她身上穿着一件简朴的蓝裙子，很可能是她上中学时在家政课上自己缝的。她肩膀上蓝色带子的接缝处都是歪歪扭扭的。这条裙子有点显小，因为自她拿到毕业证后的这两年里又长了好几磅肉。

“这地方都成猪圈了，”耗子说，厌恶地撅起了嘴唇。“我在牢房里只关了一天。你这是怎么搞的嘛?”

明妮一下子就蔫了。

耗子伸出手做了一个无可奈何的手势。“你说啥?”

“我啥也没说，宝贝。”

“那么你有什么要说的吗？我是说，我回到家里像个猪圈，你该不是只会当着易兹的面摇晃你的咪咪吧?”

我感觉得到明妮的难为情，可我无能为力，帮不了她。耗子的意思是我们有正经事要谈，只能跑到外面去了。但是他又不好直截了当地说，所以只好批评她不讲卫生，这样她搞卫生时他就好找借口出门了。

“现在我们要重新开始了，”耗子说，“我得跟易兹出去弄些早点吃……”

“我来给你们做吧，宝贝，”明妮打断他说。

“哦——哦，不用。我们去潘家馅饼店弄点东西吃就是了。我们回来时你正好把房间收拾好了。这样行吗？”

“嗯。不过我收拾起来很快的，雷蒙德……”

耗子摇着头皱起眉头。“我不想听，明妮。我们走啦。”

我们没有去潘家馅饼店。耗子要了烤面包、肉冻和热巧克力。我点了粗玉米粉、香肠还有土豆和洋葱炒蛋。刚开始时我们没有谈话，因为耗子的手在颤抖。这么多年来，我已熟知，只要耗子的手还在颤抖，他就能杀人不眨眼。每当他内心不安，暴力就是他最容易而且最先想到的发泄方式。这就是在他们屋里我没帮腔明妮的原因。如果他觉得自己的想法受到了质疑，就很可能会向她或者我发动攻击。

于是我们边吃饭边抽烟，等他由于进班房而产生的那阵内心激荡平息下去。

吃过饭后我们喝着柠檬茶，我说：“我们得把那个杀人的家伙找出来，雷蒙德。”

“好啊，叫上我。我正想宰了那个狗娘养的。我可不喜欢坐牢。”

“我们不能把他宰了，雷蒙德。我不想让法律来跟我们作对，而唯一的办法是给他们，让他们把他吊死。”

“我也许用不着把他宰了，不过你知道的，假如他是个大个子且不把我手里的枪放在眼里的话，我给他一枪也没什么大不了的。”

我没跟他争辩。如果耗子想伤害谁，那是没办法拦阻的。如果我想得到他的帮助，就只能接受他的疯狂和暴力。

我把我所知道的一切都告诉了他。我把阿热莎酒吧和妓院里的事告诉了他，我还把格雷戈里·朱厄尔和辛迪·斯塔的事也告诉了他。不到四十五分钟我所知道的一切他都知道了。

“这个白人女孩跟这件事有啥关系？”

“是不走运吧，我想。”

“不走运个屁。”

“什么意思？”

“我不知道，易兹。不过我们会弄清楚的。我们先找谁谈？你想拿那几个揍你的家伙开刀？”

“不是现在。他们只是爪牙。他们来追打我很可能是因为麦克斯以为这样能让我不去接近他们。经常有人来谈杀人的事会妨碍他们的生意。”

“格雷戈里·朱厄尔？”

"嗯。他啥都不知道。不。我们要去谈话的是查伦·马尔斯和韦斯特利。查伦告诉警察说她没看见什么人跟格雷戈里·朱厄尔作对。我不知道这是为什么，她对他们撒谎，也许是为了要他们去干她吧，不过我觉得她应该知道点什么。不然的话她知道什么就会如实告诉他们。"

"我觉得这听起来有道理。你现在想过去吗?"

"嗯。今晚，等他们打烊后去。"

耗子两眼放光了。"我两点在大门口跟你会合。"

我点点头跟他握了手。然后我把他送到了明妮的屋子里，好让他下午补偿补偿她。

我回到家，杰瑟斯的体育老师留下了一张条子。

杰瑟斯跟两个嘲弄他的男孩子打架了。体育老师试图劝架时，杰瑟斯打了老师的鼻子。

"别对他太凶了，易兹，"我看过便条后瑞加娜对我说，"你要知道，小孩子总是要欺负与众不同的孩子的。"

"他得学会克制怒火，"我回答说。瑞加娜对杰瑟斯的关心总让我高兴。她已经接受他了。

我跟她说话的声音本可以更严厉些，可杰瑟斯的罪过并没惹我发火。

尽管如此，我还是板起面孔进了孩子的房间。可是当我看到他时，他正屈膝蜷缩在床上，我知道用不着我教训，他已经吸取教训了。

我在他旁边坐下时他身体都发抖了。我拍了拍他肩膀，尽可能温和地朝他微笑。

“别担心，孩子，”我说，“早上我们会把这事情摆平的。”

杰瑟斯用恐惧的眼神看着我。他点点头，好像在说，“真的吗?”

“是的。我知道你是个好孩子，杰瑟斯。除非万不得已，你不会跟人家打架的。不过我要你向我保证，除非别人先打你或者准备动手，否则你以后再也不许打架了。”

他望着我的眼神中增添了一点信心。他微笑着点点头。

“因为你知道的，假如哪个人说几句屁话就能激起你跟他打架，那他就能把你抓得牢牢的了。”

杰瑟斯又点点头。

杰瑟斯伸出冰冷的双手搂住我的脖子，并在我鼻子的左边吻了一下。他抱住我时，我吃惊地发现他的脸蛋竟然滚烫。

“好了，我们去吃晚饭吧，”我说。

晚餐的时候我和瑞加娜隔着桌子坐着，免得看到对方的眼睛，就好像是两个不知道该不该说话的陌生人。

女儿和杰瑟斯都睡了以后，我将一个里面装有九百美元的厚厚信封给了她。

“你要的钱都在这里了，还有点多的，”我说。

她用清澈的眼睛严肃地看着我。我在等她跟我说点什么，却一直没听到有话说出来。不过她的脸色温和了下来，她把我拽倒在床上，压在她身上。

我们没有做爱，而是像两把勺子似的躺在那里，我把手伸到她背上抱着她。一点钟的时候我挪开身子穿好衣服。我离开时在门口回头望了她一眼。她眼睛睁得大大的，也在望着我。我将手指伸到嘴边，朝她摆了摆手。她只是一个劲地瞪着我。天知道她在想什么。

20

我在阿热莎酒吧的那个街区停好车。波恩街的居民或独自一人或成双成对地在街上晃悠。人行道上有叫嚷的，有亲嘴的，也有呕吐的。最后离开阿热莎的是那些脱衣舞女，一些大块头女人步履蹒跚地走在回家的路上，像是些从前线回来的疲倦士兵。

我看了看手表，时间是两点二十分，但我没烦没恼。我知道我需要耗子的时候他会来的。在我的一生中他总是在该出现的时候出现，笑眯眯的，随时准备两肋插刀。

当耗子慢悠悠地出现时，阿热莎的门还没开。他身穿一件鲜艳的双排扣黄色夹克衫，下面是一条深褐色的裤子。他蓝色的丝绸衬衫上印满了黄澄澄的三角形图案。他的小平头上没戴帽子。我猜耗子认为这样一身打扮的人是不会遭人杀害的。

他走到我站的窗边说："这会只剩他们两个了，易兹。你要的东西我已经弄到了，但我不想拿你来开涮取乐。"

“门开了?”我问。

“没。我离开时他们锁上了，不过我在后门上留了个楔子。你想进去时我们可以进去的。”

我们拐进那条跟波恩街平行的小弄堂里，通过一扇小门来到了酒吧的后门前。耗子径直走到门前，推开门进了一间黑洞洞的大房间。然后我们穿过门廊来到了另一扇门前。里面的灯光映出了门的轮廓。我听得见查伦和韦斯特利在门里面交谈。

耗子首先进了门。我听到查伦惊叫了一声，韦斯特利问了一声“怎么”，然后我就进去了。

他们坐在舞台前的一张小圆桌边。他们俩瞪着我们俩。空气中像充了电。韦斯特利的样子像是要破门而逃。

如果说查伦想砸什么的话，那就是砸我们的脑袋。“你们来这儿干吗?”这与其说是在提问还不如说是在警告。

“易兹有个事情想问问，”耗子以最友好的语气说。

“妈的给我出去，”查伦说，可立刻她就僵住了，我抬头一看，耗子已经拔出了手枪。

“我不是到这里来玩的，查伦。我们需要了解我们要了解的情况，你得实话实说，”耗子说。

“你们想要我们说什么?”韦斯特利问。他的眼睛躲躲闪闪地从一边瞟到另一边。我知道他想到了什么鬼点子，这让我有点害怕。我不是怕他伤害我们或者逃跑，我担心的是耗子会杀了可怜的韦斯特利，那样一来我得费九牛二虎之力把我自己从牢房里捞出来了。

“把那个人跟格雷戈里·朱厄尔打架的情况告诉我，”我赶紧说。也许这样我们能得到想要的东西而又不必让事情发展到无法控制的地步。

“我已经把我知道的告诉你了，易兹·罗林斯。”说话的是查伦。“然后你却想弄得我跟警察扯上关系，陷入麻烦。”

“我想知道那个人是谁，查伦。你要么就告诉我，要么就证明给我看你不知道。”

“如果我不说又怎么着?”这个大块头女人挑衅说。

耗子脸上的笑容就像一个男孩迎来了炎热的夏天。韦斯特利将双脚盘到座位上，双手抱着脚踝。他穿着红色的袜子，但我还看到了褐色的皮套。韦斯特利从裤筒里拔出了一把小手枪。我惊叫一声，“别!”然后猛的一把推开了耗子握着手枪的那条胳膊。查伦叫道，“啊，别!”大小不同的枪声把我耳朵都震聋了。我看到韦斯特利身子一歪便从椅子一边栽了下去。

查伦大叫一声:“韦斯特!”便朝他身边奔去。

耗子抡起枪管朝我头上砸来，可是我闪到了一边。“你他妈的怎么回事啊，易兹?”

我知道最好不要回答。耗子睁大眼瞪着我，而查伦则为韦斯特利的这一幕而惊慌绝望。酒保的胳膊上渗出血来。

耗子朝他们走过去，一把将查伦推开。他查看了一下酒保的伤口后又走开了，顺手拿走了他的手枪。

“他不会死的，”耗子说。

“快说，”我对查伦说。

耗子的扳机啪嗒一响。

“他叫桑德斯，”她用平稳、丧气的语气说，“他的坏名声从这儿波及到了圣路易斯。跟人打架，还动刀子。我可不想招惹他。”

“即使他杀了那些女孩你也不管？”我问。

“杀人的事我可啥都不知道。我看到别的男男女女几乎天天夜里像他那样对待格雷戈里·朱厄尔。”

我回想起了那次在德卡特酒吧，贾斯珀·菲拉格瑞特是如何遭人毒打的。

“他有朋友吗？”我问。

“有一次他带他的一个表兄弟到这里来过。一个叫阿伯内西的红头发的人。他跟我侄子逖尼一起在联邦肉铺干活。我就知道这些了。”

这时耗子变得友好起来。他从吧台后面拿来一块抹布递给了查伦。

“他只打中了肩膀，”耗子说，“易兹打了我一下，算他走运。”

出门之后耗子的笑容就没了。“以后再也不许你这么做了，易兹·罗林斯。”

“你差点把他打死了。”

“要不是我打中了他的肩膀，韦斯特利会把我们俩都干掉的。下次我连你一起收拾。”

他说的可不是假话。

说完之后，耗子心里的怒气渐渐消了。“我们的第一件事就是要找到这个肉铺里的男孩，易兹。我们甚至可以在他还没上班之前就埋伏在那里等他。”

“不行，我得晚点再去。”

“为啥?”

“我早上得跟杰瑟斯一起去学校。他跟一个老师闹出了点麻烦，我必须跟他一起去。”突然我觉得自己很累。就在我们说话的时候我差点打盹了。

“那好吧。办好那个事之后你到明妮那里怎么样?”

我同意了。我们道别之后我就开车回家。我在自家屋前停了车，可此时我却连开门的力气都没有了。

我想象着一个死了的女人坐在一棵树下。耗子在跟她说话。说啊，说啊。不管他说什么他都是照着一本黑色的小书念的，像一本电话簿。

她一动不动地坐在那里，安安静静地听他说。树上有上千只鸟聚到了一起。它们在静静地等耗子讲完，然后飞下来落在尸体上，把她的肉从骨头上啄下。

21

我听到响亮的鼾声，可我以前好像从没听到瑞加娜这么大声地打鼾。我抬手去推她，却碰到一样又硬又平滑的东西，原来是方向盘。我听到的是自己的呼吸声。透过挡风玻璃我抬头望着阴沉沉的天空，即使那么昏暗的光也刺得我眼睛疼。

我花了好几分钟才坐起来。

我屏住呼吸，迈着碎步，朝房子走去。瑞加娜还没睡醒。此时已是早上五点。我待在浴缸里一直泡着，直到听到她走动的声音为止。然后我刮了脸，用毛巾擦干了身体。

我在厨房喝咖啡时她进来了。她穿着一件宽松的花色长袍，左下方印着一只黄蓝相间的艳丽的金刚鹦鹉。

“你昨晚没回家啊，”她说。

我就像一个在街上走迷了路的剧中人。在我没念完台词之前谁都不让我离开舞台，但我却把台词忘了。

瑞加娜倒了满满一大杯咖啡跟我面对面在桌前坐下来。

“怎么?”

“警察要我去找一个线头。他们把耗子关在牢里，所以我只得跟他们说我愿意干。”

她一个劲地瞪着我。

“昨晚我跟耗子去阿热莎……”

“谁?”

“是一个酒吧。”

“在哪儿?”

“在波恩街。”我努力使自己的声音跟平时一样，可当我提到这个名字时声音还是小了。

“哦。”她点点头，然后闭上她漂亮的眼睛，那一刻她对我是眼不见为净。

“不是那样的，宝贝。我们不得不找人了解情况。发生了一场斗殴，打得非常厉害。我回家来了，可是我在车上睡着了。我不强求你相信我，宝贝。我知道你在想我的行为有多么疯狂，但我发誓情况会好起来的。我发誓。”

她放下咖啡杯，慢慢地站起身来。我坐在那里抬头望着她。

“你用不着对我发誓，易兹，”她说，“我不是你的监护人。”

“可是你知道最近对我来说真有点为难。”

“别担心。如果你有一个晚上不回家睡觉，不会有什么事情发生的。我不会为这个事烦恼的。我想知道的是发生什么事情了。也许你爱上什么人了，我只是问问。”

“我爱你。”

她端起咖啡转身去给杰瑟斯做午饭了。后来杰瑟斯出来了，坐在大门边。

瑞加娜给他拿来了午餐袋。她俯身帮他拉直了衬衫。她用一个手指在他脸颊上划了一下，他笑了；这种微微的痒痒让他感受到了更多的爱。瑞加娜站起身转过头来，我看到她眼里噙着眼泪。

瑞加娜进了我们的房间，迅速换上了衣服。她连再见都没说就离开了家。盖比·李过来把埃德娜带走了。

我开车跟杰瑟斯一起去了第八十九街的学校。那是一幢外面粉刷着蓝色石灰的大建筑。三层楼的教室，后面还有一个柏油大操场。操场的左侧是一幢平房，学生在一周中不同的时段会去那里做一小时的健身操。他们在那里做屈体跳、仰卧起坐、原地跑等。我了解这些是因为我问过杰瑟斯他每门课上都做些什么。其他课程他都拿出书来给我看，可是当问到体育课时他就做出各种动作来逗我和埃德娜开心。

教练阿内特先生正站在一群小男孩前面，孩子们正双手抱头仰卧在地上。他们奋力伸着脖子把身体拉起来。

“一、二，”阿内特先生说，“一、二。”

我不知道他在数什么。那些小脑袋和小肚皮在那里一个劲地往上拉啊拉的。

当阿内特先生看到我和杰瑟斯时大声说：“好了，同学们，去大操场上练球吧。”

孩子们全都跳了起来，开始尖叫。阿内特从身后的一个帆布袋里拿出一个白色的排球，扔进了一个高个子孩子张开的怀抱里。所有孩子全都去了一个巨大的白色操场上，开始相互扔球，看上去非常有趣。

“是罗林斯先生吧？”这就是阿内特，一个高个子白人，干草般的金黄色头发，脖子出奇的长，腆着个大肚子。当他走到我身边时我才注意到他还没我高，只是他那长脖子打远处看使他显得高了。

“阿内特先生，”我说，“看来我们遇到点小麻烦。”

他又将手伸进头上的干草里，摇了摇头，朝我苦笑了一下。

“你家孩子打得我鼻子出血，害得我弯着腰在洗涤池边冲了十五分钟，罗林斯。”

他这样直呼我的名字，还有他叫我名字的口气惹得我火了。我深深吸了一口气，试图克制住心中的怒气。

“他为这事真的感到非常抱歉，阿内特先生。他很后悔，我已经警告过他以后再也不许这样打架了。”

这位体育老师又摇了下头，把手伸进了口袋里。他舌头啧了一声，给人的印象是我没有通过这场考试。

“杰瑟斯是你的亲生儿子吗？”他问。

我朝杰瑟斯转过身去，只见他正愁眉苦脸地专注地看着我们。“你去上课吧，宝贝，”我说，“我和阿内特先生还要聊一会。”

他立即转忧为喜，朝那幢蓝色的大房子跑去。

“他是个漂亮的孩子，”我说。

“他是你的吗？”阿内特先生又问。

那个白人的眼睛大部分是黄的，但结着一些灰色的小斑点又让它们看上去是绿的。那是一双谨慎的小眼睛。

“是，”我说，“他是我的孩子。”

“你妻子是墨西哥人吗？”

我知道接下来会是什么。杰瑟斯跟了我好几年，但他不是我的亲生儿子。他是一个被绑架起来满足一个富人邪恶的欲望的可怜孩子。我将杰瑟斯从那一切中拯救了出来，最终我认他做了我儿子。阿内特先生想拿这个来找麻烦。也许是因为他被杰瑟斯羞辱了，也许是因为他是一个假慈悲的人。

“你喜欢你的工作吗，阿内特先生？”我问。

这个问题问得他不知所措。他说，“什么？”

“我问这个是因为我知道如果一个人喜欢自己的工作，无论遇到什么事他都会勇于面对而且值得依靠。我是说，就拿我和杰瑟斯来说吧，他是我的孩子，我爱他。今天早晨我是好不容易才赶到这里来的，因为我还要上班，昨天晚上还干活干到很晚。可是你知道，我还是从床上爬起来到这里来了，看看究竟是怎么回事。我爱杰瑟斯。如果有人想伤害他，不管是谁，我不知道我会做出什么来。”

我正视着阿内特先生的眼睛，然后摇了摇头。“不。不，不仅如此。如果有谁敢伤害我的孩子，我会宰了那个狗杂种。因为你看得出我一心扑在他身上了。我爱他。他是我儿子。”

我说这话时那教练的脸都有点白了。我说完后他吞了口口水润润声带，我知道他下面说的话才是重点。

“我理解你的心情，罗林斯先生，”他说，“如今难得有父母这样为自己的孩子操心了。现在我知道了，杰瑟斯会变好的。”

“如果他不好你就给我打电话，”我说，“我希望杰瑟斯健康成长。”

我又望了他眼睛一会儿。他变得不安起来，双手握在了一起。

“好吧，很高兴见到你，罗林斯先生。”他伸出手来，我握了一下。“我得回去给孩子们上课了。”

他拿出一只警用口哨朝孩子们吹了一声，然后大声说，“都有了！列队！”然后他朝那个白色的大操场跑去。

我悄悄地走出了学校操场，脑子里一阵抽痛，心也跳得很快。任何事情都举步维艰。

我在一个电话亭里给昆廷·内勒打了电话。我告诉他那个打了格雷戈里并跟朱丽·勒瓦一道出去的人叫桑德斯。

等我回到家里时，盖比·李转告了我一个电话留言，说如果想要得到如何抓获那个凶手的线索就得悬赏一万五千美元，还说那个留着小胡子的桑德斯是首要嫌疑犯。

22

十一点十五分我去跟耗子会面。明妮在她上班的美容院里，不过那里还有另一个女子，马克辛·科恩，耗子的另一个女朋友。

我到达那里的时候他们正坐在床上喝啤酒。耗子给我也来了一瓶，我接了。

我喝到第三瓶时耗子说，“待会我们男孩子要去吃午饭。”

我把酒瓶放在地上站起身来。

“你们去哪?”马克辛问。她皮肤很黑，身材瘦削，齐肩的粗糙头发笔直往后面梳着垂下来。

“我们有活要干，马克辛。你回家吧，我待会给你打电话，”耗子嘱咐她说。

我觉得我们又会有一场架打。我看得到马克辛紧咬牙关，眼睛眯得像炮塔。不过她保持着沉默，事实上她再也没说过一句话。她从墙上的钉子上取下一件毛衣，在我们之前走了出去。

我和耗子走到我车边，我对马克辛说，“要我开车送你一段吗?”

她对我们俩都不理睬，只顾在人行道上往前走。我想她从那以后就再也没跟耗子说过话。四个月后她就嫁给了比利·泰勒。

耗子在女人之间游走就像一个孩子在圣诞节的早晨在玩具之间穿梭一样。对耗子来说，整整一年都是圣诞节；他的整个一生都是。

联邦肉铺位于二十世纪四十年代后期我经常去的一幢房子里。那里主要是一家肉铺的库房，但以前在三楼有一家小酒吧。乔皮酒吧。

乔皮是我多年的朋友。早在休斯敦第五区的时候就是老朋友了，后来在二十世纪四十年代中期当我初到洛杉矶时他又与我交往频繁。可后来他做起了不正当的生意，结果死于非命。我一生中留下过悲惨的记忆，能让人回想起的东西遍及洛杉矶的各个地方。

午饭时间到了，我们去了，却不见任何红头发的黑人。我去了一家酒类零售店，买了半品脱的西格雷姆威士忌和两个塑料杯。

到了下午，我眼睛都睁不开了。

“去睡吧，易兹，”耗子说。

当汽车的声音变得越来越响，灯光在我眼皮上晃来晃去的时候，我醒来了。一些男子从联邦肉铺的双扇大门里走出来，有些身上还穿着血迹斑斑的白大褂。我想联邦肉铺里大概没有洗衣房，这些人身上的血迹只得自己去洗。

“他来了，”耗子说。

一个身穿褐色衬衫及裤子，样子引人注目的男子快步走在中央大道上。他头发颜色很浅，淡黄的细发亮闪闪的。他身材高挑，体形优美，浅褐色的脸庞轮廓鲜明。他就从我们车前走过。耗子发动汽车掉头跟上。

当他在一百一十街停下脚步等红灯时我们停好了车开始步行跟踪。

他径直走到一百二十五街才拐弯。接着他又顺着那个街区走了一半来到一幢公寓房前，那房子正是按照我制订的马格诺利亚街的公寓房计划建起来的。我们等他进去以后再去查明信箱上的姓名。

他叫兰德尔·阿伯内西，住在顶楼的3C房间。

“回家去，雷蒙德，”我说。

“什么?”

“我想单独跟他谈。”

耗子肯定还有别的事要做，因为他一句都没跟我顶。我很高兴他没有。我需要静下来仔细想想，改变一下策略。

我敲响了3C房间的门，听到房间里有脚步声朝门走来，接着又安静了一会。

“哪位?”一个声音小心翼翼地问。

“是罗杰·斯多克顿，”我用空洞的声音大声说，我有时候用这样的声音说话。

“我不认识什么罗杰。”

“我是圣塔安娜市星牌肉食包装公司的，阿伯内西先生。我那儿有个工作机会想跟你谈谈。”

穷人总是用得着找工作。也许他已经有了工作，而且工作还不错，但他绝不能指望那份工作是铁饭碗。老板也许一时疯狂，第二天就把他开除了。也许他母亲生病了，他需要赚点外快。

我不敢肯定阿伯内西是不是出身于穷人之家，但他还是打开了门。

我笑脸相迎，假如我是白人，这笑脸有可能让我成为上帝的选民。

“阿伯内西先生好!”我握起他的手抽水似的上下摇晃。“太好了，终于有幸跟你会面了。”

兰德尔困惑地咧着嘴唇微笑了一下，尽量对我也热情一点。不过接着他又皱了一下眉头，往后面缩回去了一点。就在此时我看到了他挂在脖子上的锡镴十字架，我闻到了自己嘴里呼出来的酒味。

“我就开门见山了，阿伯内西兄弟，因为我不想打搅你在家里的生活。我那儿有个工作机会，星牌公司需要招一个主刀屠夫，我认为你就是我要招的人。”

“什么?”

“我能不能进来一会跟你谈谈这个事?”

我一瘸一拐地从他跟前走过，来到屋子中间。公寓里的布局我清楚，因为那是我自己盖的房子。那是一套简洁实用的房子。房间大小适中，床摆在一个不显眼的角落，厨房在一个凹室里，旁边是一间小浴室。

看房内的布置就知道阿伯内西是个孤单之人。里面只有一张桌子、一把椅子和一个五斗橱。地板上没铺地毯，是用扫把扫的，从来没有用拖把拖过。

我迈开左脚，走到那把直背椅子前缓缓地、轻轻地坐下。

“你受伤了?”阿伯内西问。

我面前的桌子上摆着一本打开的《圣经》。书页上一半的诗句用蓝墨水划过线。

“什么?你是说我的脚吗?”

阿伯内西矗立在我跟前，我已准备好怎么跟他说谎话了。

“某种意义上说，那场战争是我到你这里来的原因。我这条腿里的弹片比骨头还多。”

阿伯内西在他那铺得整洁的床边坐下来。

“……我听到那蠢货来了，连忙往最近的坑里跳……可是被那个叫托马斯的白人男孩挡住了路，于是我一把将他推倒压在他身上，结果腿就受伤了。”

我轻轻做了一鬼脸，摸了一下想象中的伤口。

兰德尔问，“这就是你到这里来的原因?”

“这个叫托马斯的男孩不知道他是挡住了我的路。他还以为我是有意救他的。”我眨眨眼说，“他觉得他欠我一条命。”

“如果你救了他，那他的确欠你，”阿伯内西说。他仍然摸不着头脑，不知道我讲这个故事是为了什么，可他又想装着他知道接下来会讲些什么。

“我也觉得是这样的。所以当他爸爸告诉他，要他接管他们的家族企业时，尤金——我救的那个白人男孩就叫这名字——就径直找到我这里来，要我给他当经理。”

“那家企业是叫星牌肉食包装公司吗?”

我满脸堆笑，会心地点点头。

“这还不能说明你到这里来的原因啊，斯多克顿先生，”那屠夫说。

“这个嘛，”我环顾了一下四周，显得有点不自在。“我看得出来你是个信教的人，兄弟，不过我不能对你说假话。我以前去过一家酒吧，我记不得酒吧的名字了，只记得它在斯洛森街上。这么说吧，我就是在那里遇到这个人的。我把刚才给你讲的事情告诉过他，你的名字就是他告诉我的。他跟我说你是个顶呱呱的屠夫，可是对黑人来说，如果他的东家是白人，那就半点奔头都没有了。我跟好几个人聊起过你，他们都说你是个好伙计，对杀猪卖肉可在行了。”

“那个人是谁啊?”

我克制住自己不让声音把激动的心情露了出来，说道，“我记不得他名了，只记得酒吧里的伙计在叫他桑德斯先生。”

兰德尔霎时站起身来，那起来的速度比坐到了火红的炭火上还要快。

“是大个子吗?”

“还蓄着大胡子，”我点头回答。

“你啥时候跟他说这个事的?”

我耸了耸肩膀。“我不记得了。两个星期前吧，也许三个星期。”

“那你为啥这时候才来找我啊?”阿伯内西心里恼火不已。

“我告诉你了。尤金让我在星牌公司当了经理了。你知道不，他们叫我又是学用电锯，又是学用天平，还教我怎么辨认牛肉上的黑色纹理。我跟你说吧，我以前从不知道切牛肉还有这么多的学问。三个星期后拜访你有什么不妥吗?”

“没啥，我就是不明白桑德斯为啥总是动不动就在旁人面前吹嘘我。”

“听你这么一说，还真觉得他的行为有点怪了。可是我还以为他是喝酒喝高了，他嘴里还在不停地唠叨着女人。”

“女人啊，”阿伯内西说话就像是在诅咒，“这个人就是毁在女人手里。”他那口气越说越像是圣灵附体的牧师。

“我觉得他样子还算不错啊。”

“可是他已经烂到芯子里去了。自作孽不可活啊。天网恢恢，他躲不掉上帝的惩罚的。心里没有信仰，那些磺胺药百无一用。梅毒就是上帝对奸淫的惩罚。”

他脸上涨得通红，嘴唇也在颤动。桑德斯家里出了什么荒唐事，这明摆着。

“可是，至少他还跟我谈起过你，”我说，“我们干嘛不谈谈你离开这里去星牌公司的事？”

我把关于星牌公司的情况全跟他说了，还告诉他我是多么需要一个我信得过的主刀屠夫。我们把会谈的时间定在两周之后，约他出来去跟尤金·托马斯会面。我给了他一个假号码和假地址。

等我们把话谈完时，兰德尔心里喜滋滋的。他将来工资会翻一倍，还有机会成为公司的合伙人。

“我去哪里可以找到你表哥呢？”我走到门边时问。

“J.T.吗？为啥？”

“我不知道。他对我很好。给我拿来了些饮料，把你的名字告诉了我。我觉得这够得上道谢了。”

“他走了。”

“走了？去哪了？”

“北边。”

“弗里斯科吗?”

“他家里人住在奥克兰。他们住在那边，但我从来没有去过。”

瑞加娜、杰瑟斯和埃德娜都在前门廊里。杰瑟斯横躺在瑞加娜的腿上，埃德娜则在一边玩一个红蓝相间的球。当我走上门前的四级台阶时他们全都看着我。

“嗨，亲爱的，”瑞加娜说。她的声音里透着快乐，但却不看我的眼睛。

埃德娜尖叫着把球扔给了我。

“嗨，大家好。”

埃德娜想从椅子里出来，却被杰瑟斯一把抓住了，杰瑟斯挠她痒痒免得她哭。

“杰瑟斯，”我说，“你带埃德娜进屋里去玩一会骑马。”

杰瑟斯和埃德娜喜欢玩骑马游戏。他们都双脚双手趴在地上，东碰西撞。瑞加娜从来不让他们玩，但在我想一个人待一会时我会让他们玩。

我吻了吻妻子，牵着她的手来到前面院子里的栅栏边。不知哪个绿化城市的傻花匠在人行道上没铺水泥的地方种了一棵橡树。树长大了，一边的树根搭在人行道上，另一边的则搭在街上。树干上长满瘤节，阴翳蔽日。

“你能给我说说梅毒吗?”我问。

“为什么啊？”瑞加娜手都僵了，从我手里挣脱了出去。

“不是因为我，宝贝，”我说，“但那个凶手可能得了。我听说他一直在服用磺胺。”

“他得了多久了？”

“确切情况我不知道。但他们说他已经病得很厉害了。”

“如果严重的话那身上哪里都会出问题。性病能让人精神失常。”

“他们对服用这种药物的人有记录吗？”我问，“我知道在得克萨斯那边有专科医院的。”

“我可能能找得到吧。”

“他叫桑德斯，J·T·桑德斯。他先前接受过治疗，后来他们给他注射了青霉素。”

我们散步回家时轻轻吻了吻，但之后她便跟我拉开了距离。杰瑟斯和埃德娜撞倒了一张桌子，弄得一地是水。

23

第二天早上我把自己各个地方的房产检查了一遍。在奎格利街有一个来自危地马拉的木匠在给一套公寓铺地板，我还跟一个六周都没给我割草地的花匠聊了会儿天。我在各个地方看了看，捡捡垃圾，并记下一些不合规矩的地方好叫莫法斯去纠正。

然后我便开车去莫法斯的办公室。

我看到他正对着一大块黄色的破布咳嗽，把肺都快咳出来了。我走进房间时他还在咳，一边咳一边告诉我德坎普尔他们那帮人已经答应了我的条件。

“德坎普尔先生亲自给我打的电话，”莫法斯呼哧呼哧地说。

“这才有点公正的样。”

话一出口我就后悔了，因为这句话让莫法斯又一阵更为剧烈地咳嗽。他咳得整个身躯都抽动了起来，眼泪水都差点出来了。

咳了好一阵，莫法斯终于把痰咳出来后，便用刺耳的声音问道，“那你打算跟他们签合同吗?”

我不敢把实情告诉他，我怕如果我当时拒绝了他非得猝死不可。

我说，“这个嘛，让我再会会他们，看他们合同上都写了些什么。”

我可不想让这些小偷把属于我的东西偷走。如果真有一条大马路从我那片地上穿过，那我可以跟银行做买卖，把我的财产百分之百地保住。

“我要用一下你的电话，”我说。

“我得回家去了，”他说，“这天气冻得我够呛。”

我看着他穿上大衣戴上帽子，那厚重的衣服好像快要把他拽到地板上去了。我目送他出了门，然后听着他的咳嗽声渐渐下了楼梯。

我坐下来拨通了那个我最熟悉的号码。

“坦布尔医院，”一个瓮声瓮气的白种女人回应我说。

“请转六楼产科病房。”

稍微停了一下，然后就传来了咔嗒声和嘟嘟声。最后，一个圆润一些的声音说话了，“护士站。”

“请找一下瑞加娜·罗林斯。”

“她这会有点忙。你哪位?”

“是路易丝啊，”我说，“麻烦你帮我找一下我老婆好吗?”

“是易兹吗?”

“你还好吗，路易丝？瑞加娜说你又在上班了。”

“很好的，亲爱的。”听她的声音我就能想得到她咧嘴笑的样子。“我好想你呢。”

“瑞加娜这会在吗?”

“嗯。爱她爱得跟我说句好听的话都不行了啊?”

“哪个男人也不敢在你这样漂亮的女人身上赌运气啊，路易丝。”

“行。这句够好听的了。”

又等了好一会我妻子终于来接电话了。

“嗨，亲爱的，”她说。

“宝贝。”

“他是在奥克斯纳德的一家医院里检查的。那是一家公立医院，但隶属海军。他是一个壮实的海员，在一个商船队里，他的治疗费是他们出的。”

“他现在还去那里治疗吗?”

“好久不去了。他最后一次去看病是在 1938 年。他只去治了三个月。那里的接待员说如果他没有在别的地方治疗，那么到现在他的病情已经很严重了。”

“有地址吗?”

“只有他那时候留的地址。加利福尼亚州奥克兰市斯托卡德街二四八九号。电话是阿克明尼斯特区二八五四。”

我把所有内容都记在莫法斯放在桌子上的一本便签纸上了。

“如果你能叫盖比·李照看孩子的话我带你去吃牛排，”我说。

“我今晚不行，亲爱的。”听她那口气有点为之气恼，“我为你这玩意花掉太多时间了，我只得答应巴特勒小姐晚点走。”

“你明天做不行吗?”

“我得去了，亲爱的。好运。”

我搁下电话，觉得心里非常孤独。我所拥有的一切都不为人知，我所做的一切都是悄悄进行的。谁都不知道真实的我。也许耗子和莫法斯知道一点，但他们都不是掏心掏肺的朋友。

我想也许瑞加娜是对的。可是一想到把一切都告诉她我就不由得冒出冷汗；这种汗是只有你在命悬一线时才会冒出来的。

当我打去电话时，昆廷·内勒正坐在办公桌边。“怎么样了，罗林斯?”

“那笔赏钱我也能拿吗?”

“如果你逮住他就行啊。”

“如果他不在本市怎么办?”

“他在哪儿?”

“北面。”

“奥克兰吗?”

“你怎么这么问？我是说，你为什么不认为他在旧金山?”

“你发现什么了，罗林斯?”昆廷用警察的腔调说。

“我把阿热莎酒吧和格雷戈里·朱厄尔的情况告诉你们了，可你们无所作为啊，警官。现在我得亲自去把他找出来。”

也许对这个案子他还有什么话要说，但我没听他说下去，因为我已经把电话挂了。

我给耗子打电话告诉了他赏金的事。他说要我在早上四点去明妮家的门前跟他会面。

“你为什么一定要去那里啊?”瑞加娜问。当时我正在为这次为期两三天的旅行收拾一个小旅行包。

“我告诉过你的。他们要悬赏一万五千美元将他捉拿归案。那可是一大笔钱。”

“可是你已经告诉他们他在哪里了。现在如果他们抓住了他你也一样能得到那笔钱啊。”

我能说什么呢?她说得没错。可是这就是我承担的工作，我觉得我必须保证它能得到执行。不管怎么说，在把事情理顺之前我必须待在家里，这对我来说是一种折磨。我需要点时间才脱得了身。

“你根本就不明白，”我无力地说。

“哦，我明白，全明白。你就跟那个耗子一样是个骗子。你喜欢罪犯，喜欢在街上晃。”

“你都说些什么呀?”

“你以为我还不了解你吗？你心里是不是这样想的？你的生活没有任何秘密，易兹。你跟小福奈、乔皮·夏戈、托恩牧师之间的那些事我都听说过。我自己有眼睛，看得出来你说的你在给莫法斯打工却没有为他干活。宝贝，你在自己家里什么东西都藏不住的。”

“我得动身了，这个事先说到这里吧，”我说，“其他事情都等我回来以后再说。”

瑞加娜将手贴在我胸脯上，然后将手指捏在一起，直到指尖全顶在我身上。

我一动没动地站了一会，她的指甲顶着我心窝。

我想对她说我爱她，但是我知道这不是她想听到的。

“你应该让女人看到你柔弱的一面，易兹。她想看到你需要她的力量。女人不是你向她扔钱的一样东西。她不能仅仅是你孩子他妈。”

“我会让……”她指甲使劲顶着我，我说到这里就再也说不下去了。

“嘘，”她对我嘘了一声，“现在让我说。女人除了你需要她的爱以外其他什么都不在乎。你知道，我有工作，可你从来没有问我要过一分钱。所以我干吗要工作呢？你给孩子换洗衣服，你给草坪浇水，你甚至缝补自己的衣服。你知道你什么东西都没问我要过，易兹。什么鬼东西都没有。”

我一直以为如果你为别人做了事，别人就会喜欢你；甚至可能会爱你。一个男人哭鼻子没有人会在乎。我母亲死后我哭过；我父亲离去之后我哭过；却没见任何人因此而爱我。我知道许多嘴上强硬的男人晚上回到家里会在妻子面前哭诉他们的生活是多么的艰难。我从来就搞不懂为什么女人坚持要男人那样。

24

耗子坐在我旁边的副驾驶位置上睡觉。加利福尼亚海岸上的砂石悬崖在刚刚从后面升起的太阳的映衬下若隐若现。我们左侧的大洋从灰蒙蒙的昏睡中醒来，变成了湛蓝的奇幻世界。

我观看着燕鸥和海鸥在缕缕晨曦中笨拙地盘旋。仙人掌以各种稀奇古怪的姿势生长着，就好像是在从山坡上翻滚下来的时候落地生根的。鲜艳的紫色小花在路边液汁丰富的藤上绽放着。

我的克莱斯勒是太平洋海岸公路上能看到的唯一一辆汽车。我觉得兴致勃勃，浑身是劲，准备把所有事情都安排得妥妥帖帖。

发动机的轰鸣声进入了我骨髓里。我好像能永无休止地开下去。

“嗨，易兹，”耗子粗声叫道。

“你醒啦?”

“你干吗那样傻笑啊，哥们?”

“活着真幸福啊，雷蒙德。活着太幸福了。”

他调直了座椅打着哈欠。“这么一大早就这样傻笑下去你会疯的。我操，这时候去办这鸟事太早了。”

“后面座位上的保温瓶里有咖啡，还有面包和果冻三明治。”

耗子开始向面包进攻，还给我倒了一杯咖啡。太阳从山顶上爬了起来，水面上波光粼粼。一个星期以来这还是头一次我没有借助威士忌就兴奋起来的。可一想到那个我就想喝酒了。

我们开车驶过了奥克斯纳德、文图拉和圣巴巴拉。一号公路一会儿在内陆，一会儿在海岸上蜿蜒。在这条弯弯曲曲的路上行驶的大多数是小车，因为一〇一公路是从洛杉矶通往旧金山的更直的路线。

我们开了几个小时之后才开始谈话。看到风景我觉得高兴，而耗子的性格则更适合夜晚。

当我们顺着海岸开了两百英里时耗子问，“北面发生啥事了?”

“J·T·桑德斯在奥克兰。我只知道这么多了。”

“我们找到他的话你准备怎么办?”耗子问。

“我对他一无所知，雷蒙德。他也许是个不走运的花花公子，在错误的时间出现在错误的地方。我们要做的就是监视他，把他的地址告诉警方。”

“假使他逃跑呢?”

“他不会逃跑的。”

“你凭什么这么说？”

“他不会看见我们的，所以他不会跑。”

耗子点点头，又耸耸肩膀。“我们走着瞧吧，”他说。

十二点时我们已经过了圣何塞，开始进入圣克鲁兹山区。

“你知道有谁服用过磺胺药物治疗梅毒吗？”我问。

“我。”

“什么？”

“我。我去那个鬼地方待了六个月。他们要我去治五年。”

“你没有去？”

“当然了。我操！我讨厌死了那狗屁玩意。你知道，你一走进那个地方他们就给你打针，接下来，你知道，你嘴里就会有一种恶心的味道。狗屁！一想到这个我就讨厌死了。”

“雷蒙德，你应该去看医生。”

“为啥？”

“因为梅毒会全部进入你的身体里，以后会出来的。”

“我得的不是梅毒。”

“可你刚才说……”

“……我是说我进去做治疗。那时候我还是个孩子，我鸡鸡上长了小脓包。我找了克洛维斯那个女孩，她说她不跟我干了，所以我就去看了医生。他看了一眼我鸡鸡说，‘梅毒’。然后他们要我每个星期去打那个针。”

“也许他只要看一眼就分得清的。”可是我并不相信这话。

“嗯。我知道，因为有一天晚上我喝醉了，打算第二天早上跟乔·戴克斯特一块去登记参军。就在要走了的时候我得意洋洋地告诉他们说，他们不能收我了，因为我有梅毒。可是那个大个子老白人告诉我说检验结果没一点事。我没有得那个。”

白人医生以前认为几乎所有黑人都得了流行性性病。我能够相信他们才不会在意一个检验呢。

“那么，”我问，“你为什么没去参军呢？”

“他们在同一天得到了我坐牢的记录。他们说等仗打得更猛的时候再来吧。可是仗一直没打到猛得让他们要我去参军的程度。”

过去几年我在朗伯德街上的银河宾馆住过。只要十美元一晚，那里的那对老夫妇——赖利夫妇——认识我。他们是一对爱尔兰老夫妻，父母是移民。他们操一口悦耳的方言，笑容和蔼。

“你好啊，易兹，”我走进那间玻璃墙办公室时赖利先生招呼我说，“好长时间不见你了。”

墙上的酒瓶架上摆着地图、轮渡时刻表以及这个城市部分地区的导游手册。

“那边的工作太忙了。太忙了。”

“太太还好吗？”

“挺好的。赖利太太好吗?”

“在家里带外孙。去年六月塞西莉生了一对双胞胎。”

我为我们两人订了一间带电视机的双人房。

我让赖利先生通过总机拨通了阿克明尼斯特二八五四分机的电话。卡尔·本德接的电话。他不认识一个叫J·T·桑德斯的人，他也不认识我。我试图套出来他用这个号码和地址多久了，可他对我根本不予理睬。

“现在怎么办?”耗子问。

“我也不知道。我有一个他二十年前的地址。”

“二十年啊！伙计，我二十年里住过的地方超过一百个。”

“但是每个地方的人都记得你。”

耗子那孩子般咧嘴笑的样子着实招人喜欢。这并不是说他需要这样；我亲眼看到过在他得意的时候他曾让不止一个荷枪实弹的人命丧黄泉。

外面开始黑了。朗伯德街上的车灯排成了长队。我们隔壁房间里住着两个妓女，这时开始做买卖了。耗子和我哈哈大笑，因为她们只需要五分钟就能把一个嫖客拉进来然后打发出去。墙壁就像一张纸一样薄，所以我们听得一清二楚。

“嗯哼，先给钱，”其中一个女孩说。你还听得见男人喘息的声音，然后就是脱衣服的窸窣声。

“啊!”他还没来得及进入她身体她就叫了起来，接着她又叫，“使劲!”然后男人会突然尖叫起来，或者哼哼，或者呻吟。

他的语气总是带着些许的遗憾，就像狂欢节上的乡巴佬，击中了垒起来的牛奶瓶的尖顶正中心却无法把它打倒一样。

“你打算怎么办，易兹?”大约八点钟的时候耗子问，“因为你要知道我总得找点事情做，不然我会把钱都交给隔壁的女孩子的。”

“我们去奥克兰吧，去看看这个J·T·桑德斯以前住过的地方，”我说。

“加油!”隔壁的一个女孩回应道。

25

我们在底层桥面上穿过了海湾大桥。当时是星期五晚上，上万辆汽车跟在我们后面。我在后视镜里能看到高速行驶的车流上方旧金山的万家灯火在闪烁。

奥克兰的温度比旧金山整整高了十五度。我们从一个气温舒适宜人的地方来到了一个不得不敞开衬衣领口的地方。

斯托卡德街二四八九号是一座三层楼的公寓房。上面的油漆很久以前就已经剥落，木头墙板在风吹日晒之下已经变成了灰色。

一个胖女人坐在门廊里用纸扇扇着风。两个手拿木板的小男孩在围着她奔跑。

“乒乒乒乒乒乒，”一个男孩说。

“轰隆，轰隆，”另一个孩子一声一声发出低沉的声音，模仿着大炮的响声。

那女人对身边发生的这场战争视而不见。她肤色很深，头发已经灰白，面容却还年轻。

“夫人?”我招呼说。我上了两级台阶。孩子们霎时停了下来，把手里的木头枪忘得一干二净。

那女人不停地扇着。她正聚精会神地看着街对面的什么东西。

我又上了一级台阶叫了一声，“夫人?”

孩子们的嘴巴张得老大，就像我母亲以前所说的捕蝇器。

“什么事?”她的眼神仍旧紧紧地粘在街对面。

我朝那个方向望去。我唯一能看到的东西就是对面窗户里闪烁的电视机。我看不清图像。我怀疑她也看不清。

“干吗?”那女人问。

“有一家姓桑德斯的是不是住在这个附近?”

“没有。”她身子前倾以示她正忙着看电视。

“乓乓乓。”

“有没有一户姓这个姓的以前在这里住过?”

“也许有吧，先生。我怎么知道呢?”

那个开大炮的男孩用我做掩护。他用他的木板大炮接连朝上开炮，而他的敌人则躲在那个年轻的老女人身后。

我看见耗子正坐在汽车引擎盖上吸着烟。

我就站在那里看着她看电视。

过了一会，那女人转头伸长脖子叫道，“奈特!”

楼上的一扇窗户打开了，一个粗声粗气的声音说，“啥事?”

“这里有人想知道是不是有个叫……”她朝我转过头来问，“他叫什么来着？”

我告诉了她。

“桑德斯！”她大声说，“在这里住过吗？”

“上来吧，”那个沙哑的声音说，“二十七号。”

“先生？”我隔着他家闩好的前门纱门叫道。

奈特（管他叫什么呢）就住在客厅里。他房里有一张床，桌子上摆着一个电炉和一个烤面包机。屋里还有一个双层书架，上面的小册子摞得高高的。

那老头拄着两根拐棍慢慢从床边的椅子上站起来，慢慢地朝门口走来。他单是把拐杖从左手移到右手就花了整整一分钟。我真担心他有没有力气打开门上的闩子。

“晚上好，年轻人，”他招呼道。

我们走了好长一段才来到他窗前的椅子边。

“外面很热，对吧？”他问。

我点点头。“你前门上怎么装了纱门？这房子里有苍蝇吗？”

“我喜欢敞着门，可是那些可恶的孩子有时趁我打盹就进来偷我的蛋糕。”

“哦。”

“你对桑德斯一家感兴趣，对吗？”

“你知道他们吗？”

“纳撒尼尔·布莱，”他说。

我愣了一下，然后才明白他是在自报家门。

“文森特·查尔斯，”我回答。

“这么多年过去了，你怎么还在找他们，查尔斯先生？”

“我认识他们的儿子，J.T.。”

他点点头，我的心跳得有点厉害。“我们在商船队里干过一段时间。这里是我能找到他的唯一地址。”

奈特坐在那里朝我点着头。他脸上露出一丝忧郁的微笑，好像我提到的事情让他回忆起了什么。

“我甚至不知道他们家现在是不是还有人活着，”他说，“他爸爸在他们还没搬家之前就死了。你知道维奥拉付不起这么大一套房子的房租。我真不明白为什么有人喜欢那么大的房子。我喜欢把自己身边的东西弄得工工整整。不过我的房租是孩子付的，所以我才住在这里。他们家就住在那下面，你知道。威利住在莫顿街，贝蒂住在十七号。威利在旧金山当汽车修理工，贝蒂在餐馆做事。许多人都说在餐馆里做事是打杂，他们对这个工作嗤之以鼻，但贝蒂的买卖做得可好了。去年她还赚了一万多美元呢……”

“她小的时候跟J.T.一块玩过吗？”

这个问题让他没有回过神来。他都忘了我是来这里找人的。

“没有，”他说，“威利和贝蒂比J.T.和斯夸尔小了两岁。”

“斯夸尔？”

“我想你说过你是J. T.的哥们吧？你怎么会不知道他的兄弟呢？”

我笑了一下表示同意。“我们是在同一条船上，伙计。J. T.没跟我谈起过他家里人，只告诉我这个地址了，我也没问过。”

“他是有点与别人不一样，”奈特摇了摇头，“总是折磨小动物，还经常打我家孩子。”

“你是说J. T.吗？”

“斯夸尔。J. T.是个腼腆的小男孩。他还是个小孩子的时候就有点胆小，什么东西都怕——尤其怕臭虫。我是说，他就是在路上看到蚂蚁都怕。斯夸尔时常去外面抓起一只死蜻蜓，然后追着J. T.跑。当维奥拉出面时斯夸尔就说，‘我想给他个漂亮玩意嘛。’又可爱又可恶。就像个来自地狱的天使。

“有一次我在地下室里碰上了他们。斯夸尔拿着一根橡胶管在揍J. T.。他嘴里不停地说，‘照我说的做！照我说的做！’J. T.哭着捡起一只半死的蟑螂，放在自己的裤裆上让它爬了下去。你知道吧，那个可怜的孩子摔倒在地上，拼命地哭。斯夸尔就像个巫婆一样围着他跳舞。像个巫婆。”

“那你为啥不阻止他，奈特？”

奈特打量了我一眼。“你从哪里来的，小伙子？”

“得克萨斯。得克萨斯和路易斯安那。”

“这么大老远的来了回去不容易吧？”他问。

我点着头讪讪地笑了一下。

“我以前认为黑奴就是黑人。黑人在这个艰难的世界上要活下去就得坚强。我总是担心如果孩子看到我为他做得好好的，他长大了就会认为这个世界上什么都是现成的。我带大孩子可不容易。他们现在给我付房租，给我买好东西，可他们从来没有时间陪我聊聊。我知道他们以为我吝啬。”

“可是他们表现得不错啊，”我说。

“当我看到斯夸尔折磨J. T.时我就想，男孩子就得学会打架。可是你知道，当那个孩子在受折磨时我的心却在随着斯夸尔跳舞。那简直是在风暴中跳舞。”

说完之后他望着窗外。

过了一会我问，“你知道维奥拉·桑德斯现在住在哪里吗？”

“我不知道。”

我走下楼时那两个孩子正端着一个装冰牛奶的罐子在吃东西，那个女人还在目不转睛地盯着街对面。

他们谁都没有抬头看我离去。

26

电话簿里有维奥拉·桑德斯的地址：安妮女王巷三八六弄四号。

安妮女王巷是一条很短的路，只有一个街区长，挤满了公寓房。马路的一侧是一块巨大的空地，另一侧则是依山而建的八座巨大的公寓房。

我们在这个街区来来回回地找了几遍，可就是找不到三八六弄四号。最后我们走进三八六弄，敲响了底楼一户装着纱门的人家的门。这套公寓里正开着电视机，我们看得见影影绰绰的亮光映入了长长的阴暗的走廊里。

一个小男孩，几乎还是婴儿，从走廊上跑过来。他在纱门前停住脚步，抬头望着我们。

“哇!”他惊叫了一声。

他身上只穿了一件条纹T恤衫，短得连鼓鼓囊囊的肚皮上的纽扣都没有盖住。

"阿诺德!"一个女人从里屋尖叫了一声。她一手抱着一个婴儿沿着过道走来，裙子后面还跟着另外两个孩子。

这个女人中等身材，姿态迷人。她穿着一件夏威夷穆穆袍，领口比大多数人的都开得低，因为出汗的缘故裙子都粘在了身上。她嘴唇慵倦，衬托得她的眼神和浅色肌肤更加的漫不经心。她的这些孩子各个肤色不同。我们最先看到的那个孩子的肤色跟他母亲的一样浅，但她怀里抱的那对双胞胎都是黑人。一个约莫五岁的小女孩站在妈妈的右腿后面偷偷看着我们，她的肤色却是深褐色的。她那个站在另一边的小妹妹几乎完全是白人，一头脏兮兮的金黄色头发，眼睛是绿色的。从他们的眼睛看得出来，他们全是兄弟姐妹。他们全都长着跟母亲一样的无神而游离闪烁的眼睛。

这位年轻的母亲匆匆扫了我一眼，然后便看着耗子。他穿着一件深蓝色的尖领衬衫，罩在宽松的灰色裤子上。他脚上穿的是灰色仿麂皮鞋子。他满面微笑着，露出了钻石般的门牙。

"有事?"她慢慢地、意味深长地问耗子。

他微笑着，几乎难以察觉地鞠躬道，"我们在找一个叫J·T·桑德斯的人。你认识吗?"

"嗯哼,"她说。她对此也满不在乎。

一个婴儿开始哭起来，这位母亲说，"瓦内萨，蒂芬妮，接着,"她弯下腰将那个哭了的孩子和他温顺的兄弟递给两个小女孩。"带亨利和他们回大房间里去。"

两个小女孩都快被沉甸甸的弟弟压倒了，随后抱着他们步履蹒跚地回那间闪烁着电视机模糊亮光的房间里去了。

小阿诺德待着没动，直到他们快到拐角了才跑过去追他们。

“你想进来吗?”她问耗子。她拉开纱门上的门闩，我们跟她进了大厅。我们走到放电视的地方，然后朝对面拐了进去。

那是一间小厨房，里面亮着一个还不到60瓦的灯泡。墙是黄色的，沾满了油渍。地上铺着麻面油毡。黄色的瓷砖洗碗槽里碗碟堆得高高的。双眼灶上摆着一大锅脏兮兮的米饭，硬邦邦的，没盖锅盖。白色的天花板被油烟熏黑了。

不过我是唯一注意到了屋子里脏乱的人。我们的女主人已经从她的小冰箱里拿出了一瓶啤酒递给了耗子。他们没有说话，但他们在用眼神交换着期望。

“你知道三八六弄四号在哪里吗?”他们还没来得及拥抱时我问道。

“嗯?”她问。

“你叫什么名字?”耗子问她。

“玛伦。”

“我们在找三八六弄四号，”耗子说。他本来会赞美她的眼睛吧，也许是她的胸脯。

玛伦朝洗碗槽上方的一个小窗户外指了指。

“在那上面，”她说，“就是当中的一户。”

透过窗户我看到一条水泥小路经过三八六弄通向一群依山

而建的房子，缩在公寓大楼的后面。

阿诺德站在门边望着我们。他左边的鼻孔里一股绿莹莹的黏液朝外涌出来。

耗子则使劲地盯着玛伦。

我朝门边走去。当我在大厅里走了一半时耗子从后面追了上来。

“等一下，易兹。你不能不管我自己一个人走，”他说。

“我以为你在忙呢。”

玛伦一直跟在我们后面到了门口。耗子在门口停了一下，意味深长地看了她一眼，“你晚些时候做什么呢？”

“没事做。”

“你介意我再来吗？”

“呵呵，我就在这里。”

那条水泥路黑黢黢的，但天上有半轮明月。小路的左侧竖着没刷油漆的尖桩围栏，以防行人从六十英尺高的坡上落到玛伦那座公寓房的后院中。

坡很陡，当我们爬到顶上时耗子和我都已气喘吁吁。

这里一共有七幢小屋子，上面标着各式各样的牌号。

三八六弄四号里亮着一盏灯。

在走上通到大门口前的那段肮脏不堪的小路前耗子和我相互看了一眼对方。耗子解开了衬衣的下面两颗纽扣，耸了一下肩膀，以便需要时可以轻易掏出手枪。我先他一步来到门前。

这次来开门的又是个女的。她高高的个子，仪态庄严，椒盐色的头发用一条红紫相间的发带高高地挽在头顶上，使她显得更加高贵。她身穿一条长长的珊瑚色红睡裙，这把她皮肤衬托得有如岛上的居民。

“有事?”她的声音优美而深沉。

“J. T. 在吗?”我能感觉到身后的耗子有点紧张。

“你是谁?”她问。

“马丁，”我说，“马丁·格里尔。这位是我表弟赛米，”我挪到一边指着耗子说。他微笑致意。

“嗯！你们来这里有什么事吗?”

“我们从洛杉矶来。阿伯内西让我们到这里时一定要看看J. T.。”

“兰德尔·阿伯内西吗?”

“是的，兰迪。”

“他压根儿就不喜欢我们。”

“他没跟我说过这样的话。事实上，他说J. T. 帮他找到了工作。是的，兰迪说J. T. 可会开玩笑了。”

“那么你呢?”她问耗子，“你是来做什么的?”

“嗯……呃……”耗子在她面前目瞪口呆。有一种女人偏偏就是唬得住他。就算她朝他脸上扫一耳光，他也会道歉说伤到了她的手。

“你来做什么的?”维奥拉·桑德斯又问了一遍。她年纪比我们大，六十开外，相貌威严。

“我们可以进去吗?”我问。

她瞪着我看了一会。我尽力摆出一副坦率的神色，好让她知道我对她是诚实的。然后，等进了她屋里我就可以撒谎了。

维奥拉打开门，这时我感到有人碰了一下我的肩膀。

“我只能在外面等着，易兹，”耗子在我耳边轻声道。

她领我来到一间大房间里，但房间里没什么空地方，因为都被家具挤满了。书架上整整齐齐地摆满了装饰品和书籍。两张沙发，三把软椅，一张核桃色咖啡桌，一张樱桃色餐桌和一架钢琴安放在这里。墨绿色的地毯很厚实，走在上面不会发出任何声响。墙也是绿色的。

“坐吧，格里尔先生。”

“谢谢，太太。你家房子真不错。”

“你找我儿子有什么事吗?”她在钢琴旁坐下。

“没什么特别的事。我只是听说他知道奥克兰哪里好玩……”

“别跟我说谎话，小伙子。詹姆斯对你做什么了?”

我身上的肌肉放松了，我撒谎的本事一下子消弭殆尽。

“不是我个人的事，桑德斯太太。不过他几个星期前曾跟一个女孩在一起，他可能知道一些关于她的事情。”

“她怀孕了？”

“她死了。”

维奥拉·桑德斯就像毒蛇咬人前一样将脖子朝后一仰。她目光呆滞，双肩耸起。

“她怎么死的？”

“有人把她杀了。不止她一个。”

“你认为是詹姆斯干的？”

“我只知道有人看见他跟她在一起，而且还打架了。”

这个来自岛上的优雅女人闭上了眼睛。她的嘴唇轻轻地翕合着，脖子微微地颤抖。

“詹姆斯是住在这里吗，太太？”

“他是个孝顺儿子，格里尔先生。他每次出去时都会给我带东西回来。他总是给我带东西回来的。”

整个房子都显得空荡，安静而悲伤。

“他是个孝顺儿子，”她重复说，“可是现在他变了。就好像他不是自己了。有时候他怒气冲冲的，我好担心。有时候我锁上门不许他进屋。这可是我自已的儿子。”

我知道只要我要她说，她什么事情都会告诉我。

“你会伤害我儿子吗，格里尔先生？”她叫着我的假名施压于我，此情此景，即便是一句谎言都让人难以消受。

“不会的，太太。”

“那么你的朋友呢？”

“我们只是想跟他谈谈，没别的。”

“他从来都是一个温顺的孩子。”

“你知道我们在哪里可以找到他吗？”

“我不想因为我的帮助却让你们伤害了我的儿子，格里尔先生。”

“我只想问问他到底发生了什么事。”

“那姑娘很年轻吗？”

“是的，有人看到她跟你儿子在一起，但没人说是他杀了她。我只想问他几个问题。”

虽然桑德斯太太信任我，可她还是很担心。

“如果我把这个情况告诉他，他会当心的，桑德斯太太。这样他就会知道自己是最后一个跟她在一起的人了。”

“你在逖尼·布兰德夜总会找得到他。就在梅里特湖边的奇诺街上。他星期五会去那里找那些妓女的。”

维奥拉陪我走到了房前的院子里。

“你别去招惹我儿子，小流氓，”她对耗子说。

耗子脚尖踮在人行道上，眼睛看着地上。“好的，太太。”

“看着我，”维奥拉要求道。

耗子看着她的眼睛；看到他害怕的样子着实让我吃惊。

“别伤害我儿子。”

“知道了。”耗子点点头转身离开。

她回到屋里后耗子又放松了。我们走下坡道朝街上走去时，他已经完全镇定下来。

“你觉得玛伦会跟我们一起去吗?”我们来到汽车旁边时他问。

“我觉得她有五个孩子，他们需要跟妈妈待在一起，雷蒙德。”

他挠着下巴说，“是的，你说得对。”接着他又微微一笑，“等孩子们睡觉以后我再回去。”

27

宽大的红色霓虹灯映衬着“逖尼·布兰德夜总会”几个大字。这招牌在夜总会前面的玻璃墙后闪闪发光。

一辆接一辆的汽车开过来，身穿裘皮和丝绸衣服的时髦黑人男女从车里出来。女人们打扮得珠光宝气，挎着软皮手袋，很是俗气。

街对面的酒鬼们东倒西歪，骨瘦如柴的少年在游玩。两个身穿T恤和牛仔裤的年轻人靠在一辆旧雪佛兰车上，闷闷不乐地瞪着那些光顾逖尼·布兰德夜总会的顾客。这种目光好像在说，“我想操你，要不就杀了你，要不就吃了你。”也许三者兼有。

不过那些去夜总会的人并没有因此而不安。他们照样有说有笑。两个星期的血汗钱一个夜晚在逖尼·布兰德就花得精光。

一个身穿金色西服的高个子黑人站在大门口。他招徕顾客，同时也将任何不受欢迎却又试图混进去的人挡在外面。

一个负责泊车的年轻人站在门卫的后面叫号。他身穿深蓝色制服，裤腿两侧缝着金黄色的缎带。他满嘴都是“好的，先生”，“好的，太太”。他的牙齿比那些满脸微笑的女人的都要多。他口袋里装满了赏给他的小费，他还在不停扭动着身子期待着别人行赏。

“这地方我们怎么进去呢?”我问耗子，“我想我们要找的那男孩不会来这种地方吧?”

耗子耸耸肩。“就从大门口走进去啊，哥们，像其他人一样。”

“我们衣着不得体呢，雷蒙德。”

但耗子没有理会我。他走到了门前划的一条短线上。我跟他站在一起，心里很高兴我们会被拒之门外。我冷静了一下，觉得我们还是保持一段距离跟踪桑德斯为好。我们可以站在街对面的那些酒鬼和拦路抢劫的人当中跟踪我们的目标，找到他的住所。

门卫正站在那条线上让一对男女进去。男的是一个略显黯亚的黑人，剪个小平头，女伴则是个金发碧眼的白种人。站在这条线上的人都被放了进去。

当门卫的眼神落在我身上时，停了下来。

我穿着一条赭色的便裤，上身灰色衬衫口袋处还有两个香烟烧的小窟窿。

他看着这两个窟窿，就好像这是瘟疫似的湿疣，问道，

“喂，你想干吗?”

“我想进去。你们这里面有空调的对吧?”

“有也不关你的事，因为你进不来。”他朝我肩后看了一眼，言下之意是他要让下一位申请者进去。

“打开门，伙计，不然就把你的头塞进去。”说话的是耗子。

此前他没有注意到耗子。也许他把这个矮个子当作是我丑陋的女伴了吧。

还好，他总算朝下面看了一眼说，“什么?”

“你听到我说话了，伦纳德，我说打开那扇门。”

耗子咧着嘴盈盈笑着。那个穿金色西装的男子也盈盈笑着。

“是耗子啊。”

“你应该叫耗子先生才对。”他们握着手哈哈一笑。

接着耗子问，“哥们，他们要你穿的这是什么衣服啊?”

伦纳德抬起一只大手摆在自己金灿灿的胸前，羞怯地低头看了一眼。

“他们付给我工资就是要我穿这身衣服啊，兄弟，”他说。

“我明白了，”耗子阴阳怪气地说。

他招手让我们进了门。

表演台上的主持人是个黑人女子。跟招待一样，乐手都在台子后方，大多数老顾客也是。

耗子想要一张桌子，但我打断他说我们就在吧台边站一会。

我点了三杯威士忌。耗子点了啤酒。

“地方不错吧，呵呵，易兹?”

他笑盈盈地朝屋里四处打量。那是一间大房子，天花板压得低低的，地板往上都刷着黑漆。女招待们穿着白色的缎子长裙，男招待则穿着无燕尾礼服。

屋子里的人挺多，越来越多。乐队演奏着弱音拍的爵士乐，与利普斯·麦吉夜总会里充满宗教色彩的副歌不相同。吊在屋子中央的一个水晶球投下一块块炫目的灯光，使得里面的一切看上去都有点不真实。也许逖尼·布兰德夜总会就是值得花上两个星期的工钱吧。

“你是怎么认识那个哥们的?”我问耗子。

“我在这里晃悠过一阵。”

“什么时候?”

“特里·彼得斯被杀的时候。”

原来耗子因为两千美元与特里发生了争执，就在街上把他杀了。

“你在这儿待了多久?”

“待到后来又有别人被杀了，警察开始去关心那个案子去了。”

吧台长长的，黑色油漆亮闪闪的。离我们几英尺远的地方，那个小平头一边喝酒一边在给他的白人女伴讲故事。

她却在朝坐在他们附近的另一个男子暗递秋波。

我不知道那个女人是不是想招惹是非，但她调情调得正上路呢。她使眼色的那个男子中等个儿，但你一看他那样子就知道他是个很强壮很暴力的主儿。他头发蓬松，蓄着稀疏的络腮胡子。即使在他直瞪着那个白人女子时，他的眼神也是阴沉和漂浮不定的。但是这些特征与他脖子上那道深深的疤痕相比根本就算不了什么。在他喉咙处有一道很宽的锯齿形伤疤，出奇的难看，与他棕色的皮肤相比，那道疤痕的颜色要浅一些，实际上是淡黄色的。

我真搞不懂什么样的事故或者战争能够造成这样的灾难性后果。不论是这个壮实的家伙，还是什么别人，经历了这样的伤痛和流血还能活下来，真令我敬畏不已。

但是他一个劲地跟那个白人女子微笑着调情，而那个小平头还在讲他是怎么在他的庞蒂亚克轿车上安装短波收音机呢。

"易兹，"耗子说。我转过头去看着他。他正在朝屋子里四处打量。

"啥事?"

"他没在这里，哥们。"

"我们连看都还没好好看呢，雷蒙德。"

"我看过了。"

"你的意思是说你要回那个脏兮兮的女人的屋子里去吧。你就是这个意思。"

耗子面露悦色地捋了一下胡子。"我知道家里有什么在等着我，哥们。"

“如果她有哪个男朋友十二点的时候来了咋办？到时候你打算咋办?”

“该怎么做就怎么做，易兹。你知道我做得挺好的。”

“喂，伙计，往后退，”一个人在我后面大声说。那话语里怒冲冲的，我立即转过身去，退了一步。

那个黄脸汉子正将他女伴的手从那个伤疤汉子的抚摸中拉出来。伤疤汉伸出双手，手掌朝上，像耗子那样微笑着。我感到有三股力量一齐打在我手上；我的手感到软弱无力。

我前面的女人被搡了出去，可惜我出手太慢没扶住她。伤疤汉挥起右手攥成拳头径直砸在小平头脸上。接下来我所知道的是自己的胸口被黄脸人的后背给狠狠地撞了一下。他的短发直抵我的下巴。他一把将我推开，又回身和他的仇敌干了起来。

他犯了一个致命的错误。

此时他躺在地板上口鼻冒血，这两人四周被围成了一个圈。那一刻所有人都一动未动。那个黄脸人仰面躺在地上喘着气，用两只胳膊肘支起身体。那伤疤汉则蹲在一边，漠然的脸上没有一丝表情。我最后一次看到这样的表情还是在布尔吉战役中。那时一个德国士兵想把我送到地狱去，他当时就是这副神情。

伤疤汉抓起了自己的灰色外套。

黄脸人则微微一笑。

伤疤汉掏出一把刀锋厚厚的短匕首上前一步。

有人失声叫了起来。

黄脸人则掏出一把手枪瞄准了对方。

我看到那个拿着刀的人眼色变了。他认输了，杀人的心思一下子没了；也许他甚至放下刀来。

但我永远也不会知道，因为那个面带微笑的黄脸人已经开枪了。第一枪后伤疤汉跪倒在地。砰！——头一下子垂了下去。砰！——下巴低下去遮住了疤痕。到第六枪时他才顺着膝盖俯伏着倒在地上。

那个黄脸人一直没有停止过微笑。

屋里的人要不就是慌忙往外跑，要不就是趴倒在地。一个身穿天蓝色巨大长袍的肥胖女人拼命将身子挤进一个角落里。我看到那个黄脸汉子的女伴跑到门外去了，可她的男友却纹丝不动。

过了一会儿他才站起身来，像举行仪式似的掸掉身上的灰尘，轻轻地拍了拍手臂和膝盖。他将手枪收进口袋里，在吧台边坐了下来。此时屋子里几乎空无一人了。

"好了，伙计，我们出去吧，"耗子在我身边说，"警察随时可能会来。我可不想回答什么讯问，我还不如去陪玛伦呢。"

目睹一场谋杀对兰德尔·阿伯内西来说就像看到死了一头母牛，而对耗子来说就更加不值一提了。从我们孩提时代起，我们这些来自南方的穷黑人全都生活在死亡之中，呼吸着死亡的空气，不过耗子不同——他接受了。对他来说死亡就像下雨一样自然。

我同意我们应该离开，可这场谋杀让我感到困惑。所有事情都合乎逻辑。我是说，一个男人为了女人而杀了另一个男人，这种事情千万年来一直在发生。可是他为什么连他的女伴都不去寻找呢？为什么他连逃都不逃呢？

我们来到了街对面的人群中。我还以为我们有可能看到桑德斯一眼。

不到十分钟救护车就到了。而警察在此之前已经到了。他们推搡着杀人犯走了出来。我不敢肯定，但那个黄脸人的手似乎还是自由的。没有戴手铐。

耗子在跟那个门卫谈话，而我却在四处走动，寻找那个蓄小胡子的人。可我哪里也找不到他。

先前瞅着夜总会的那两个小流氓我倒是看到了。此时他们正在跟从夜总会里出来的人交谈。一想到他们也许知道这场谋杀为什么这么不同寻常，我就走到了他们旁边去听他们谈话。

一开始是一个身穿线呢西装的大汉在说话。

他说，“是的。那个短头发的哥们看到你说的那个人在拉着那个女孩的手。你可知道，他正直勾勾地往她的裙子下面看呢，一边还舔着嘴唇……”

“是的，是的，”一个个子矮一点，脸像野狗似的男子说，“换了我也会把他宰了。你们看到了吗？那家伙说：‘放开我女友！’这时——这时他竟然踢他的屁股。这不对啊。”

“我说，伙计啊，”其中一个穿T恤衫的说，“桑德和他们永远都像这个样子，喜欢这样。狗屎！他搞了我堂妹，还差点把鲍比·李给杀了。”

“你说的那个人是谁？”我问那男孩。

他瞪着我，因为我的口音不同。也许他以为我是个闲荡的警官吧。

“桑德，”他说道，几乎把那个词都给吞了下去。

“他以前是不是留着小胡子？”我抬手放到下巴下面向他表明我的意思。

“是。”

“他是哪里人？”

“哥们，你他妈的是谁啊？”另一个男孩大声问。

那野狗脸男子和他朋友走了。我想起他们都是些狡猾的家伙。我当时想以后再也不会干这种活了。

接着我又想到了跟这些小青年打架。他们大概十七八岁吧，有一个也许大一点。左边的那个在路灯的照耀下显得胳膊轮廓分明。但我还算年轻，对付他们不在话下。我也许会被打得鼻子流血，但这些小青年的小命可拽在我手里了。

他们看着我的手和眼睛，走开了。也许他们是靠干这一行为生的吧。更有可能是为了好玩。

我将手伸进口袋掏出两张五美元的钞票，给了他们俩一人一张。

“你们告诉我那个叫桑德斯的是哪里人？我是说他是哪里出

生的?”我问。

“他说起话来挺好玩,”第一个男孩说。他边说边跟他伙伴一样把钱拽了过去。

“是啊,”另一个男孩说,“他老是说‘喝们’,而不是‘哥们’。”

“他离开这里有一阵子了吗?”我问他们。可他们既然已经从我手里拿到钱了,他们就该开溜了。这一点我从他们眼神里看得出来。

“该死的家伙,没有给我钱要我去监视那个狗娘养的疯子啊。我操!”

说完他们俩都走了。

28

我正考虑自己该说什么的时候电话铃响起了。隔壁的那两个女孩正在跟两个男人举行晚会，透过薄如纱布的窗帘，汽车旅馆招牌上的霓虹灯射进来的光线分外耀眼。

耗子在玛伦的家里。我让他去那里的。

“喂?”昆廷的声音挺浑厚。

“抱歉，打扰你了，伙计，不过我找到了一点线索。”

“你在哪里打的电话?”

“旧金山。”

“你找到桑德斯了?”

“是的，找到了。”

“很晚了，易兹。我没时间跟你闹着玩。”

当昆廷还刚刚开始学习当警察时他父亲可能说过同样的话。

“他死了。”

“在哪儿?”

“大概是在奥克兰的停尸房里。”

“你肯定？”

“非常肯定。我亲眼看到他被枪打死的。我看见他们抬着他出去的，脸上还盖着白布。”

“谁杀的他？”

“我不认识。凶手也被警察抓住了。”

电话的那头一阵沉默。也许我根本用不着担心我在另一个城市里查找的人怎么会在我眼皮子底下被人给杀了的。

“你明天中午去一趟奥克兰警察总署。你现在在哪儿？”

我把这个汽车旅馆的门牌号给了他。

“你中午就在警察总署等着，除非我另行通知。”

“行，昆廷。好的，伙计。我会去的。不过如果这就是那个家伙我就要问你们要赏钱了，而且我要你们那些人给我滚远点，再也别来骚扰我。”

“中午见，”他说完就挂了电话。

“喂，”她的声音是那么的温柔、甜美和招人喜欢。

“嗨，亲爱的，我把你吵醒了吧？”

“是易兹吗？”

“是的，亲爱的。”

“你什么时候回家？”

“很可能要到后天。大概吃晚饭的时候。我害得你从床上爬起来了吧?”

“没有。”

“你深更半夜还没睡?”

“我睡不着所以在厨房里搞卫生。”

“我爱你，亲爱的。你知道我有好多话想跟你说，等我回家吧。”

“好的,”她的声音很轻，我几乎都听不见。

“你知道我有钱，亲爱的，但那也是你的。我从来没有……”

“等你回来再说吧，易兹。”

“我们现在不能说吗?”

“我不想这样说，在电话里。你回家吧，易兹,”她轻轻地回答。

“我爱你,”我说。

“等你回家我们聊聊吧,”她轻声回道。

第二天早上我来到了玛伦的公寓房门口。

“妈妈和他在卧室里,”那个脏兮兮的金发女孩告诉我。她声音里有一种女人的轻蔑。她这么小小年纪就学会仇恨男人的冷漠，痛惜她母亲的背叛了。

“你帮我告诉那个叫耗子的男人一点事情好吗?”

她只是瞪着地板。

我从口袋里掏出一枚五毛钱的硬币递给她。

她脸上一直愁眉不展，但她眼睛睁大了，她接了硬币。她准备跑，但我碰了一下她的手臂。

“你告诉他我四点钟再回来，好吗?”

“好,”她对着我腰边说。然后她使劲地朝里屋跑去，边跑边叫着她姐姐的名字。

“以西结·罗林斯,”这是我对克兰肖小姐说的第三遍了。

“你这名字怎么拼写?”这位头发灰白，腰粗体胖的老秘书问。

“我不知道。”

“什么?”

“我从没上过学，我所有的文件通常都是我妈妈代我签名的。从来没人硬要我拼写自己的名字，真的。你是头一个。”

我一直站在那里，身上穿着我最体面的棕色西装，淡黄色衬衣，纯金链扣，棕色半统靴，还有菱形花袜。我系了一条手工绘制的真丝领带，为了显得完美还打了双节。这个女人谁都叫过了，唯独不叫我。我就在她跟前的椅子里，整整等了一个多小时。

我操着我能说出的最好的白种人的英语告诉她，“烦劳您帮我向总长的办公室通报一声。我知道这个请求有点不同寻常，可这是洛杉矶的一位警官——昆廷·内勒——要我来这里拜见总长的，事由是洛杉矶的一个案子跟你们可爱的城市里的一个案子重合了。”

“你应该去你们自己那个辖区，把情况向那里汇报，先生，”她说完便打开一个抽屉在里面找东西，给我一个下台的机会。

我坚持不走。

她问了我名字。

我告诉了她，并且拼了一遍，她叫助手打电话接通了我们辖区的警长。

她告诉我说警察从没听说过我的名字。

我又把前面的话说了一遍。

她问了我叫什么名字。

我们差点要仇恨起对方来了，幸亏总长助理等到了通知获悉洛杉矶一位警官的确与总长约好了。此时他们正在等候从洛杉矶来的线人。

克兰肖小姐为了给我打通这个电话气得胆汁都差点吐出来了。她紧咬牙关，我觉得她牙齿都快要咬碎了。

这大概是她头一次为一个黑人提供服务吧。我正在为这种进步而努力。

“这就是你们洛杉矶正在查找的那个人吗?”韦兰·T·哈格罗夫总长问我说。

我们来到了奥克兰市停尸所，站在一张上面摆着J·T·桑德斯遗体的实验台前。他全身赤裸，尸身上长出了斑点。他身上散发出一股霉味，就像蔬菜放久了快要长出霉菌时所发出的那种味道一样。

他眼睛睁着，头稍微偏向左边。人死以后那道疤痕没那么触目惊心了。

“我想就是他，长官，”我说，“他肯定就是我看到的中枪的那个人。我还看到了那个朝他开枪的人。我不知道这应该叫正当防卫还是什么。”

“那个用不着你管了，”州长办公厅来的督察员伯格曼说。他是在我们之后几分钟来到奥克兰停尸所的。“我们想要知道的是在南湾镇杀害那几个女人的是不是这个人。”

“你是说洛杉矶吧。”

“不是，易兹，”昆廷·内勒说，“去年在这里发生了三起谋杀案。这个人是嫌疑人之一。”

“黑种女人吗?”

“全都是，”昆廷直瞪着我眼睛。他是要我保持沉默，我知道为什么。他得对发生在洛杉矶的那几起谋杀案负责，不能让歇斯底里的情绪侵蚀掉他回那里工作的能力。韦兰·T·哈格罗夫所带来的麻烦，尤其是伯格曼的麻烦是他摆在最后要考虑的问题。

可是我怒不可遏。“什么?”

哈格罗夫总长抬起头看着满脸义愤的我。他身穿灰色细条子衣服，满头蓝灰色的头发。

“这个人十五年来一直是湾区的一个麻烦，”哈格罗夫的话不是对特定的人说的，“五年来他因为杀人一直在外逃窜。他被怀疑谋杀了他的第一任妻子，可是没有证据。我们甚至还因为其中的一桩杀人毁尸案而把他关起来过，可是……”

“你的意思是说在这里也有人被用同样的方式谋杀却没有任何人知道？”

“这正是州长派我去洛杉矶的原因，罗林斯先生，”伯格曼先生说，“我们知道在奥克兰发生的谋杀事件，可是当谋杀案开始在洛杉矶发生时，我们有点紧张了。”

“尤其是开始在白人女孩身上发生的时候，”我讥笑道。

“在案件调查阶段保守机密，罗林斯先生，是出于谨慎起见。我们没有任何确凿的证据证明这是单独作案。”

我用最后的一丝意志力屏住呼吸，保持安静，否则我真想把他们的脑袋从那些肩膀上给拧下来。

“我们理解，”罗兰·霍布斯说，“我们想做的是提取这个人的指纹，好与我们在司各特一案中提取的指纹进行比对。”

“当然，”总长说，“当然。”

“那么杀害这个人的那个家伙呢？”我问。

“那是奥克兰警方的职责，”伯格曼说。

“我亲眼看到了，伙计。我亲眼看到了，我觉得那就像是预先安排好了的。”

“注意点，易兹，”内勒压低声音说，“你在这里只是个客人。”

“你们这些人来这里不是为了破案和阻止谋杀发生的吗？假如那个家伙也是一伙的怎么办？”

“他不是，”督察员说。

“你怎么知道不是？”

“他是警察。”

他就像是抡起长柄大锤给了我当头一击。我脑子里成了一团糨糊。我胸中的心脏几乎停止了跳动。

伯格曼边说边用说不清是哪种颜色的眼睛在冲我微笑。

“警察？”

总长清了清嗓子。“我希望你们几位在这里满载而归，”他说，“如果有什么事情需要我效劳，请吩咐。请代我向沃斯先生和维奥莱特巡官问好。”

说完他转身走了，随行的还有两个便衣保镖，两个穿制服的警察和他的助理。伯格曼这个搪瓷般精美的魔鬼也随他们走了。昆廷·内勒、罗兰·霍布斯和我跟一个穿白大褂的停尸所助理留了下来，还来了一个刚从高尔夫球场赶来监督验尸的矮小医生。

“你们需要的材料都有了吗？”小个子医生问昆廷。

“嗯，”昆廷回答，他带着马上就要呕吐的神情看着尸体。

“我来做吧，”罗兰·霍布斯说。

他开始从随身携带的一个黄褐色的小箱子里取出提取指纹

的装备。昆廷碰了一下我的胳膊说，“我们出去聊一会吧。”

来到停尸所的走廊里昆廷的脸上才有了一丝血色。只要不让他去触摸，他就没那么害怕死人了。

“已经结束了，易兹，”他在这个宽敞的绿色大厅里说。

“是吗?”

“对你来说是。也许还有些问题。也许还要对枪杀桑德斯一事做些调查。但是你的工作已经完成了。你高兴的话可以留在这里，但我想你是不受欢迎的。我觉得你一点也不受欢迎。”

我想起了玛伦打开门迎接耗子时的情形。她是欢迎他的。

“那笔赏钱怎么办?”

“还有待核实，但如果调查证明就是这个家伙，钱就归你。”

“归我和耗子。他一直在跟我一起查找。”

昆廷皱起了眉头。“他在哪儿?”

“该在哪儿就在哪儿吧。我也不好说。”

“那么，”昆廷不愿意看我紧逼的眼睛，躲闪道，“办好这件事我们就走了。你们要订机票飞回家去吗?”

“我有车，而且还有一些不受欢迎的问题要问。”

“你待在这里他们会杀了你的，易兹。就这么简单。”

“是谁派那个人去的，昆廷?”

“我不知道。我打电话问过维奥莱特，他打电话问过沃斯和伯格曼。后来他们在市政厅开了个会，给奥克兰打了个电话。谁都没有问过我一句话。”

29

安妮女王巷在白天显得丑陋不堪。人们坐在自己的公寓前瞪着我。假如我没有在这里出现他们就相互瞪着。孩子们在巷子里空旷的地方尖叫奔跑着。男孩子们在玩打仗，小女孩们则在一旁观看，眼睛里一半是嫉妒，一半是茫然。

我来到玛伦住的那幢公寓房前，正准备进去时我想起了我们来到这个地方的首要原因。所以我没有回到那住满脏孩子的公寓里去，而是爬上了那条狭窄的水泥小路来到我们前一天寻找的那幢房子跟前。

门开着，一个老妇人坐在门前的一把草坪躺椅里。我看到在她身后有一些人，主要是妇女，在静悄悄地来回走动。

“有事儿?”那个老妇人说。

“嗨，”我微笑着在胸前抱起了双臂。“我来找桑德斯太太的。”

“找她干啥?”

我想起了那位腰粗体阔的克兰肖小姐。她是白人，而这个是黑人，可是她们待我的态度如出一辙。

“昨晚我在这里，她派我去给詹姆斯送过信。可是我还没来得及跟他说话就看到他被人打死了。”

灰色的头发与毛糙的白发在这个女人的额头上交缠着。在靠近她头顶处有一块地方的头发都脱落了。

“你叫什么名字?”

那一刻我人都僵了，完全忘记了我前面用过的假名。不过接着我又记起来了，我微笑着说，“格里尔。马丁·格里尔。”

“难道你连自己的名字都不知道?”那老妇人问。我心里在想，她在照料她小弟弟的时候她母亲是不是也招待过一个像耗子一样的男人呢?

我想了又想，可就是找不到答案。最后那妇人起了身回里屋去了。她把椅子也搬了进去，关上了大门。

当门再次打开时我觉得羞愧难当。前一天晚上见过的那个女人穿一件昂贵的黑色裙子，赤着脚走了下来。她全身上下腿部最为结实。她双眼浮肿，充满忧伤。

我是一个不受欢迎的人。

“有事儿?”她说着，昂起了下巴。

“我昨天晚上来过这里。”

“我记得，格里尔先生。可是现在他已经死了。现在我不能叫你去找他了。”假使她恸哭起来，我只能逃之夭夭。我没法安慰这个女人。

“我知道,”我说,“我看到了。我全看到了。”

“你为什么不采取点行动呢?”她的泪水仍然噙在眼睛里。

“当时太快了……”

她点点头。

“当时就像……就像……我不知道……”

她伸出手来,我躲开了。

“告诉我发生什么事了,”她轻声地说。

我把事情都告诉了她。我一边说一边又在想这个优雅女人心中的痛苦是不是真的由我引起的。

“可是你不是说他手里有枪,他正拿着枪对着詹姆斯·托马斯吗?”

“是的。”

“可是他为什么要朝他开枪?”

“我不知道。”

“不。不,”她重复着说。

“今天我去警察局做了陈述。他们说他们一直在寻找 J. T.,说他跟南湾地区几个女人的死有关。”

她只是看着我。

“他们还说洛杉矶那几个女孩子就是他杀的,”我说。

我把最近几次谋杀的时间告诉了她。

“这不可能。”

“他在这里吗?”

“不是所有的时间他都在这里，但你说的最后那次他在。那一天他跟我一起待在这里。全天都是。”

“你肯定?”

“他就在这里跟我一道。”

玛伦热烈地和耗子吻别，我感觉那激情充满了整个屋子。耗子有办法让别人把心中的爱表达出来，那是因为在他心里没有廉耻。对我们所有人心中那绝望的灵魂来说，耗子是一个拯救者。他能让你实现在婴儿时就有的梦想。他能让你再次相信魔法。他是那种能让你心甘情愿把自己的灵魂出卖给他的魔鬼，而且你绝不后悔做这笔交易。

我们回到旅馆，从一个叫“胖子查理”的摊子上买来了炸鸡和烤排骨。那是星期天晚上，所以电视上正在播放《埃德·沙利文秀》[①]。

那些食物吃在嘴里味同嚼蜡，那些故事和节目简直是胡闹。

“你出什么问题了，易兹?”我们吃完之后耗子问我。

隔壁的那两个女人还在干活，只是速度慢了点，因为是安息日。墙那边传来温和的呻吟声和矫揉造作的叫声，“哦，哦，

① 《埃德·沙利文秀》是美国电视史上播放时间最久的综艺节目之一。

哦，宝贝。”

“没什么问题。”

“没有？那你为什么像刚刚断了奶的小狗一样没精打采？”

“他们把他杀了，哥们。”

“把谁杀了？”

“桑德斯。他们利用我设了一个局来谋害他。”

“谁干的？”

“我真的不清楚。也许是昆廷，也许是他带到我家里的那些人中的一个。也许是他们所有人。很可能是。可是有人把他杀了。他们从我这里知道了他的名字然后杀了他。”

“哦？”耗子已经有点不耐烦谈我的问题了。

“这样一来就是我的过错了。的确是。”

“他杀了那几个女孩，对吧？”耗子叹息道，“一想到这儿，要是换了我也会把他杀了的。”

“可是他应该上法庭受到审判。这里有男人杀害女人，这里的人应该把他找出来啊，可是谁都一无所知。这很可能就是他们把他杀了的原因。他们不想进行公审，免得让人们知道有杀人犯逍遥法外却没有一个人知道这回事。”

“他已经死了，易兹。结束了，哥们。”

“可是这样不对。”

“是，是不对。从来就没有对过，易兹。黑人是不会有什么事情能得到伸冤的，就等他们把他埋到肮脏的六尺深的土里去吧。在这些个地方到处都是这么个理儿。”

“看来你是说我应该放弃了?”

“除此以外你还能怎么着?”

“你被关在牢里的时候我可没有放弃，雷蒙德。我把你从那里面捞出来了。”

“呵呵。那个事我还得谢谢你。可是你知道，我们是搭档啊，兄弟。屁话！你最好别自寻烦恼了我的伙计，不然我会把你也撂倒的。”

没有什么好争的了。耗子不懂什么罪和抽象的责任。为了保护我，保护他的前妻埃塔美或者他们的儿子拉马克，就是面对一大帮人他也会奋起抗争。为了他自己的人就是对警察他也会拔枪就打的，但是耗子的脑子里没什么道德观念。跟他解释是非观念就像跟一个天生的瞎子解释什么是红色一样。

但不管怎么说他说得没错。我尽到自己最大的努力了，我做的是我认为正确的事。我找到了那个杀害黑种女人的人。我全做到了。

我不能与警察对着干。我再也不愿意给他们卖力了，可是我只能这么做。我有自己的妻儿要照顾。毕竟桑德斯是个杀人犯，从我看到他的第一眼起我就知道。

我们早早地睡了，但是耗子半夜里起来了，他坐在他的单人床的床头抽烟。我听到了他的呼吸声，听到隔壁两个女人聊天的声音从隔壁传了过来。

过了一会耗子出了门。过了一会我听到一个女人的声音说，“谁啊？”

“是你们的邻居，”耗子说，“我买了一瓶金槟威士忌。”

门打开了，女士们哈哈大笑。他们尽情欢乐到早上六点。临了，两个女人要睡觉了。最后她们把耗子打发回家来到了我身边。

30

我们顺着沿海公路一路南下，途中风景优美，而耗子几乎一路上都在睡觉。

在马达的轰鸣声和吹进车窗的海风的作用下，我为J·T·桑德斯之死而难受的心情有所好转。毕竟他是杀人犯，而且我也得回到我的生活中去。警方将这些谋杀案掩盖起来是不对的，但我改变不了这个世界。

下午起风了。深蓝色的大海上掀起了一片片的碎白布。来到文图拉一带时响起了一阵爆音。耗子瞬间被惊醒了。

“这是什么啊？”他问。

“没什么。你肯定是做梦了。”

他咧开大嘴笑着说，“知道我要做什么，易兹？”

“什么？”

“拿到那笔钱后我要做的第一件事就是给自己买一辆57年款的雷鸟。”

我没有跟他争论。耗子知道怎么享受生活。

我五点左右到的家。还没看见瑞加娜的车停在门口。也没看见盖比·李和埃德娜。杰瑟斯的踏板车侧身放在花园边。一切看上去都很好。

这幢房子我已经拥有十多年了，但是自从瑞加娜搬进来之后，它才越来越像一个家。

我至今还记得我遇到她的那一天。那是在康普顿的一个俱乐部里。我当时正受一名准岳父的委托而跟踪他的准女婿埃迪森·普林。老头子托尼·斯皮格斯确定埃迪森有一个女朋友，他要我查到她叫什么名字。斯皮格斯是个爱猜忌的老头，他想让自己的独生女儿在家待得越久越好。斯皮格斯还是莫法斯偏爱的木匠，我想我帮他这么大一个忙他肯定会给我干一手好木工活的。

埃迪森和另外一男一女坐在一张小桌子边。在他们旁边的桌子单独坐着一个女人。那女子穿一条简约的裙子，她面前摆着一杯喝得只剩渣滓的鲜红色饮料，里面插着一根吸管。

“我可以坐这儿吗？”我正正经经地问她。

她抬头看着我，眼睛里露出笑意。就这样我堕入了爱河。她眼里含着笑意，嘴角上却没有露出笑容。然后她环顾了整个屋子。还有好些桌子是空的，因为当时临近傍晚时分，大多数顾客还没来巨嘴鸟俱乐部。

“我就喜欢这张，”我回应她凝视的目光说。

她将眼睛转向一边，我便坐了下来。

埃迪森将手搭在他桌子上那个女人的手上。一个服务生过来领走了我点的威士忌单子。

瑞加娜并不回避我的脸，但她只是直视前方，面朝我那个方向却不看我。

“不，南希，”埃迪森说，“我不会忘记你的。我买了票子，就在我口袋里。”

那女人是丰胸女子中的范本，身穿方格套裙，哈哈一笑。我想起了埃迪森的未婚妻。艾奥纳·斯皮格斯是个长相漂亮但沉默寡言的女孩。她喜欢把家里打扫得干干净净，星期天都去教堂做礼拜。

南希却喜欢把一双手弄得脏脏的。当她侧过身去吻埃迪森时，连同脸上的笑容都是在演戏。

我摇摇头叹了口气。

我的假女伴瞟了我一眼，但没有更多的表示。

我喝了一口酒。

南希的舌头拖把似的舔着埃迪森的嘴巴。

我招招手叫服务生过来。当他站到我跟前时我问我未来的妻子，“你想喝点别的吗?”

她朝她的空杯子点点头，服务生就走开了。

我又叹息了一声。

“你该怎么办呢?”我问我的杯子。

“什么?”

“假如你有一个朋友，他的女儿快要嫁给那边那个男人了，你该怎么办?”我朝埃迪森的方向摆了一下头。

那双眼睛又笑了。

“他现在吻的是你朋友的女儿吗?”

“几乎不是。”

这一次她真的笑了。对女人来说这种笑恰到好处。她将头向后仰着，嘴巴张得大大的。然后她往前面低下头，用剪得短短的、没涂油彩的指甲在桌子上弹了起来。

我也笑了。不过嘴没张那么大。服务生给我们端来了饮料。

“我觉得你啥也不该做，”瑞加娜说。

“为什么不?”我问。

“她挑了那个男的。也许她有连自己都不知道的原因。”

“但是如果他伤了她的心怎么办?”

“她跟她爸爸住在一起吗?”

“是的。”

“那么她至少不用受人牵制。也许那正是她所需要的。”

杰瑟斯坐在厨房里的餐桌前。他双手摆在桌子上，眼前既没有食物，也没有任何别的东西。我抚摸他的头发时他抬头望着我。

“到外面蹦去。去玩，孩子。你不应该待在屋子里，”我说。

我很高兴瑞加娜和埃德娜还没回来。不管怎么样，她们都跟我在一起。我喜欢她们在屋子里的那种感觉。埃德娜总是在上面蹦蹦跳跳的那张沙发。瑞加娜每天晚上都在那里洗刷的洗涤池。

“我是一个可怜的女人，家里有一长串又傲又穷的亲人，”那天晚上她对我说。我告诉托尼·斯皮格斯说我找不到埃迪森的任何情况。

瑞加娜不是一个有创意的恋人。她不会要什么诡计，不会大喊大叫，也不会畏缩不前。可是当我们在一起时，就好像她的一切都是属于我的。她就像海浪来到海滩上一样来到我身边。她坚贞而坚强。

电视机上有一张折叠的纸条。纸条下放着我给她的九百美元。看到这些钱的时候我知道我失去了她。

亲爱的易兹，

叫你亲爱的我叫不出口了，可是我已经找到了我爱的男人。我要跟他一起走了。你知道我努力过，可是我再也待不下去了。

你很出色，易兹，我需要的是我们无法拥有的东西。我爱你。我真的爱你，可是我不得不离开。

我把埃德娜带走了，别恨我。她需要妈妈。

再见。

字典摆在咖啡桌上。不会写的字她是在字典里查的。泪水涌了上来，我膝盖一弯便坐在地上。过了好久当我抬起头时我看到杰瑟斯蹲坐在那里。他正蹲在那里望着我。

31

第二天早晨我去西夫韦[①]超市，买了一加仑的伏特加和同等分量的葡萄柚苏打水。杰瑟斯悄悄地溜出去上学了，我就开始喝酒。我不慌不忙地喝，就好像这就是我的工作。

将手举到嘴边抿一小口，吞下去，再抿一口，将杯子放到桌上但手不离杯。这样连抿二十一次之后，再将酒杯斟满。

下午我在睡觉。

三点半左右杰瑟斯回家了。他砰的一声打开大门跑进自己的房间，一边跑一边扔书和衣服。当他回到厅里时，我一把抓住他的胳膊把他拎到了空中。

"你他妈以为这是什么地方，小子，猪圈吗?"

打那以后他就躲着我。我觉得自己做错了，不该那样对待他，可每当我觉得心烦时就喝得更多。

四点钟时电话铃响了。杰瑟斯从大门口跑了进来。他忧心忡忡地瞪着电话。我丝毫没有改变我的喝酒规程。抿两口，电话响一声，抿两口，响一声。最后电话终于不响了，可是酒还在往肚子里淌。

杰瑟斯热了两罐意大利面给我们当晚饭。我坐在桌边，可那味道使我肚子里翻江倒海。我把身子侧向一边躲开那股气味。

我脑海里唱响了一首歌，“我从水滨来”。我正哼着歌词，一抬头却看到了耗子。他好像是变魔术似的出现在我的小餐桌边。

“嗨，易兹，”耗子招呼道。

杰瑟斯从椅子上跳了起来，一把抱住了这个杀人狂。

“耗子，”我回应道。实际上我并没有看到重影，可是耗子的面貌却有点晃动。我的声音，还有他的，都有点像是回音室里听到的。

“最好坐直，哥们。黑脚惠特尼就是这样死的。”

“什么?”

“坐在椅子上喝醉了，朝后面仰着，结果有一天仰得太厉害把脖子都拧断了。”

“她走了，哥们。”

“是。我知道。”

“你知道？你怎么发现的?”

难得有几次耗子的脸色是一本正经的。仅有几次看见他表

---

① 西夫韦是财富500强的公司之一，总部在美国，主要经营零售。

情严肃是在他准备去从事犯罪活动的时候。所以他一脸严肃地瞪着我使我心生疑惑，几乎忘记了悲伤。

“是杜普雷，”他说。

我感到自己的眼皮在跳动。我的心脏也在跳。我试图想象出她在那个大汉怀中的样子。我尽力不去想她跟我在一起的情形。

“他一直在医院里追她。你知道他一直都在恶毒地攻击加利福尼亚……”

“你怎么知道的?”

“索菲说的。她都疯掉了，自己的兄弟竟然做出了这样对不起朋友的事。她告诉我了，我才能告诉你。”

直到那一刻之前瑞加娜仍然跟我在一起。我仍然爱着她并且希望她回来。我本来计划根据她给我的第一封信去寻找她，乞求她回到我身边来。可是一想到她在杜普雷·伯查德的怀里就刺伤了我的神经。我们此前共有过的一切都有一股气味和一种丑陋的色彩。我觉得恶心。

杰瑟斯坐在我身边，用他那细瘦的胳膊搂着我的脖子。他把脸贴在我的脸颊上。

“介意我给自己调一杯吗，易兹?”耗子问。他已经在开始倒酒了。

我点点头弯下了腰。我老婆离开我了，带走了我的孩子，跟我的朋友跑了。收音机里找不到这么愚蠢的歌来抒发我的心情。

那天夜里我的脑子仍然是迷迷糊糊的。我记得耗子曾经带我出去看了他那辆淡黄色的57年款的雷鸟车。从下线的那天起，这款车就成了经典。

他告诉我是一个放高利贷的借钱给他的；他迫不及待想拿到那笔赏钱把车买下来。

我记得女人的奶子只隔着一层宽松的罩衫挺在我眼前，以及看到这情形时我心中是如何的恶心。

我记得震耳欲聋的音乐和疯狂的舞蹈让我身上的衣服被汗水浸湿。

我记得一个男人满眼泪水地手里拿着一把菜刀。他朝我走来。我挪动了一下想把胳膊伸出来，却发现自己的胳膊正搂着一个女人。她在我耳边大叫，“德里克！住手！”

还有一些其他印象，可它们更加模糊不清，前后不搭。在车里我看到耗子坐在我旁边微笑着。他把车开得飞快，夜风吹过我的脸。我也哈哈大笑。

“哦哦哦哦，老爹，”一个女人的声音传来，“啊，啊，啊。”

每叫一声都震得一阵疼痛穿进我脑子深处。我睁开眼睛，看到一个女人正躺在我的胸脯上。她深色的脸埋在拉直了的蓬松金发下几乎完全看不见了。但我看得出她正在熟睡之中。

“哦，好，好，”那声音又传来了。床在摇晃跳动。我往左边一看，看见一个我从未见过的女人。她的脸是丑是美我看不出来，因为在一阵剧烈的高潮中都已经扭曲变形了。她侧卧着，眼睛直视着我的眼睛，但我觉得自己对她丝毫没印象。在她左肩上方耗子正像猎狗似的龇牙咧嘴。他的眼神死死地盯着她的形体，她在呻吟，而他的整个身体都在有节奏地起伏着。

我将躺在我身上的女人推开，坐了起来。我爬到床脚那边，穿过凌乱不堪的房间朝门边走去。

“哦，耶，”耗子叫着。

那女人也叫了一句什么，但我听不懂，也许是外国话。

在门外，在凌晨的熹微中我看到一个卫生间。

就连小便都让我觉得恶心。我能感觉到我皱褶不平的胃里的每一次蠕动，甚至连呼吸都让我想吐唾沫。

卫生间门边有一个箱子。离开厕所时我轻轻踢了一下。碰到任何东西都引发一阵疼痛从我脑袋里滚滚而下传遍全身。我抬手揉了揉眼睛，一个婴儿开始啼哭起来。婴儿就睡在地板上的那个纸板箱里。

我抱起这个比我自己的孩子还要小的婴儿。我踢开门来到卧室里大声嚷道，“谁把这个婴儿放在地上的?”

耗子和他那个女孩仍然扣合在一起，不过平静下来了。当另一个女人听到孩子的哭声时，立即弹了起来，用手和膝盖撑在床上瞪着我。

她说，“谁?”

“这个孩子是你的?”我不怎么客气地问。

她跑到我身边将孩子夺走。“操你妈的!”她声音有点含糊不清，但仇恨却明白无误。

“你干吗把孩子放在地板上，在厕所里?”我大声叫道。

她左旋右转地寻找着放孩子的地方。

“狗杂种!”她大叫道，“老娘杀了你!”

我们都一丝不挂，都差不多喝高了。

“他们应该把孩子从你这里带走啊，”我尖叫道。

这个年轻妈妈的面部表情无法辨别出来。她的嘴唇和眼睛在蠕动、在抖动，整个身体都在颤抖，孩子嚎啕大哭。

耗子径直来到我身边。他怀里抱着我们俩的衣服。他和我身体撞在了一起，我一个趔趄出了房门。他砰的一声把两个女人关在里面，把我的衣服扔给了我。

“穿上，易兹。”

隔着门我能听到孩子还在啼哭。我绝不会让自己的孩子受到这样的伤害。

来到车里耗子一声不吭地开了几个街区。就算我想说什么我也说不出来了。

可是开到克伦肖时他在路边停下车来。当时还不到五点半，街上的车辆还很稀少。

“易兹，我得跟你谈谈，哥们。”

我一声叹息。

“你不能这样下去了，哥们。这样一个劲地喝酒和自悲自叹，我是说，已经结束了，哥们。那男人已经死了，那女人已经走了。”

我想起了伯妮塔·爱德华兹平静地躺在树下的情景。耗子开车上路，送我回家。

我一句话都没说，他也没说别的。

在进屋之前我在大门口站了一会。

杰瑟斯正在沙发上睡觉。他旁边的地板上摆着一些埃德娜的玩具。他把她的一个婴儿枕头枕在自己头下。

32

我眼睛睁得大大地躺在床上。至少当时是那种感觉。不过我肯定是在做梦，因为人们在我房间里进进出出，说着我的坏话。瑞加娜来了，还有桑德斯和昆廷·内勒。他们人人都有话说，可我却说不出话来反驳。

我看到窗玻璃从白天变成了黑夜。

我小肚子上压着一块又重又大的石头，我的手指全都麻木了。

我时睡时醒地度过了那一夜。有一次我醒来去看了一下杰瑟斯。

我感到屋子里有一股邪恶的魔力。我看了一眼钟，上面指着五点五分，这时电话铃响了。它响啊响啊。

等我到客厅里去接电话时杰瑟斯已经在那里了。他正坐在电话机旁边，双手合十放在胸前，像是在祈祷。

我让它再响了两声后才拿起听筒。

我把所有想跟她说的话都想了一遍。一会儿我想象着自己在尖叫，“婊子!”再过一会儿我又垮了，要她回来。我感到一股巨大的力量，并带着宽慰拿起了听筒。

我拿起话筒搁在耳边。我要等她先开口。听了她的话后我就能决定跟她说些什么了。

“罗林斯先生吗?”一个男人的声音说，“喂?有人在听吗?”

“哪一位?”

“我是弗农·加内特。罗宾的父亲。”

“这么一大早给我打电话有什么事吗?”

“抱歉。非常抱歉。我们非常担心，所以就……”

桑德斯的死以及相牵连的那几件谋杀案已经在报纸上和新闻里报道过了。他们说桑德斯是在奥克兰的一次酒吧斗殴中出于正当防卫而被打死的。由于这个人特别严重的暴力本性，由于昆廷·内勒出色的侦破工作，通过将这个人的指纹与维拉·司各特谋杀现场提取的指纹进行比对，确定桑德斯就是凶手。奥克兰的那几件谋杀案却只字未提。

他们知道了是谁杀害了他们的女儿，他们也知道凶手死了。不管怎么说，这个人还是个检察官。我怎么知道他就查不出来呢?

“有什么不对吗?”我问。

“我去过罗宾住过的那家旅馆。我去查找她到底发生什么事了。去查找原因。”

我为这个人感到难过。想到一个人去看自己的女儿堕落到好莱坞街那么肮脏的地方就让我难过。更让我难过的是因为我知道失去孩子的滋味。

“罗林斯先生?”

“我在听呢，加内特先生。我为你感到难过，不过这还是够不上你想跟我说话的原因啊。”

“罗宾有了一个孩子。至少我们认为她有了。”

“什么?”

“住在那儿的一个，呃，一个人说她怀孕了。”

“他问你要过钱吗?”

“我不是傻子，罗林斯。”

“这不是我问题的答案。”

“他说给他二十美元他就把她的情况告诉我，可我告诉他说如果他不告诉我是什么情况，我一个子都不会给他。”

“他就说她有孩子了?”

“他就告诉了我她去的那家医院的名字。他带她去的。”

“啊——嗬，”我捂住了打哈欠的嘴。

“我们去了那家医院。他们没听说过她，不过……”他犹豫了一下，“……不过他们给一个叫辛迪·斯尔的做过检查。”

“不是假的吧?”

“那是三个月前的事了。她就在那里生的。我看到出生证了。我外孙女的名字叫费瑟·斯塔。”

我感到酒精在我毛孔里挥发。一股寒意爬上我的肩膀，这是我第一次记得自己完完全全清醒了过来。

“你拿到那张出生证了吗?”

“就在这儿，就在我手里。”

“你为什么要给我打电话呢?”

“我不知道如何是好，罗林斯先生。警方说他们会调查的。我们去见过那个叫沃斯的。可是他告诉我们说机会很小。他说我们应该抱有希望，可是机会不大。我妻子把所有希望都寄托在这孩子身上了，罗林斯先生。”

“那么你认为警察帮不上忙的地方我帮得上啰?”

“是你找到我们的。他们说杀害我们女儿的那个凶手也是你找到的。”

“警察是这样跟你说的?”

“是的。”

“他们要你给我打电话的?”

“不是。我们商量过了。如果可以的话我们想出钱聘请你。”

“聘请我做什么呢?”

“找到我们的外孙女，罗林斯先生。罗宾就只剩下她了。”

我想好好考虑一下。可是没法考虑。我只知道我嘴一张，话就说出来了。我打定主意，无论我说出来的是什么就是我应该做的。“我十点钟左右会到的，加内特先生。我不能许诺你什么。我什么都不能许诺，但是我会来的。”

我在八点来到了莫法斯的办公室。他正在吃油炸面饼拌果冻，尽管还没到很热的时候他却汗流浃背。

他没说什么客套话就直截了当地问，“你做好要我去会见他们的准备了吗，罗林斯先生？”

“哦，是的，准备好了。”

“时间定在三点三十分。”

“我告诉你吧，莫法斯。”

“什么？”

“你去告诉那帮伙计们我们不需要他们了。”

“什么？”

“你听见我说的了。告诉他们，他们想得到的东西我屁都不会给。如果我们用那些地皮造什么东西那也是我们自己造。”

“罗林斯先生，你的地产该怎么处理轮不到我说什么，不过……”

“那就对了，伙计。这个事情你啥都不要说了。那是我的钱、我的命。”

“可是我已经答应过他们了，罗林斯先生。我告诉过他们我能把合伙人召集起来做出肯定的回答的。你告诉过我你会同意的。”

“我从来没有说过这种话。”

莫法斯咬着自己的下嘴唇，就是我拿手枪指着他脑袋他也没做过这种事情。

“他们给我五千美元，”他说。

“那又怎么样?”

“那钱不在手上了，罗林斯先生。我已经花掉了。我原以为你会同意的。”

他的呼吸更加急促了。

“那不是我的问题，威廉。”

“但我是为了你才拿的。我是为了我们公司才拿的。”

“屁话，”我就说了这么一句。

我撇下他在转椅里上气不接下气地咳嗽，转身就走了。

房子跟原来几乎还是一模一样的。凯迪拉克轿车仍旧停在房前的车道上，但是自行车不见了。我没有找到机会按门铃——门前那段小路我还没走到一半他们就已经把门打开了。

他们两口子都出来迎接我了。加内特先生跟我握了手。他甚至还微笑着。

“那天我对不起了，罗林斯先生。可是当我回到家时莎拉连话都不能说了。米洛坐在旁边握着她的手哭着。”

“看来该说对不起的是我了。”我说这话时眼睛看着她。

“咖啡，罗林斯先生?”加内特太太问。

“行，行，”我说。

我们又一次在客厅里坐下。两口子肩并肩手握手地坐在沙发上。我努力回忆我和瑞加娜最后一次这样坐着是什么时候。

“你喜欢加奶油吗？”加内特太太问。

“不用。”我又看了他们片刻。这男人生得孔武有力，但有点犹豫。他一边拍着妻子的手一边瞪着地板。她身上的力气都快到崩溃的边缘了。她那棕色头发已经有些变灰。她蓝灰色的眼睛看着我的眼睛，但同时也在注意着别的地方。

“你能帮帮我们吗？”她问。

“看看你拿到的那东西。”

丈夫把出生证放在一个放公函的信封里。信封上的玻璃纸框口里露出一张黑色的纸，上面有匆匆忙忙写下的潦草字迹。

费瑟·斯塔生于八月十二日。上面没写父亲的名字。在那个时候出生证上是要写明种族的。上面有一个小方框注明“种族”。在费瑟的那个小方框里填的是一个小小的“白”字。

“看上去没错，”我说，“不过我记得报纸上说罗宾，或者说辛迪(不管你们叫她什么)那时候在欧洲啊。”

“她离家六个月了，”弗农说，“我们不想承认。丢人啊。”

“你们去报过警吗？”我问。

“她已经二十一岁了，罗林斯先生。她告诉我们她退学了。警察也无能为力。现在重要的是我们有个外孙女，可不知道她在哪儿。”加内特先生的声音都要哭了，“这就意味着我们的孩子还没有完全丢失。”

“是的，可能吧。”

“你这话是什么意思?”加内特太太问。她说话的声音告诉我她再也经受不住别的打击了。可是有些话我仍得说清楚。

“谁知道这样的女孩会把一个婴儿怎么弄呢?”

“什么样的女孩?”那父亲问。

“你是检察官，伙计，”我正视着他的眼睛说，“你知道是什么样的。对她们女孩子来说钱就在她们的咪咪和大腿里。”我觉得自己在讥讽。每个字都像干草机一样在抽打着他。他畏缩到椅子里去了。“女人去了好莱坞街就会剃光身上的汗毛让男人看。他看了就要出钱。不管用什么方式他都得出钱，要么是她在酒吧里跳舞时男人出钱买威士忌，要么就是先交钱后进门。”

我一边说一边朝座椅边挪动。加内特先生则双手抱在胸前往后退——他甚至松开了他妻子的手。

“你为什么要这么做?”加内特太太说，“你为什么要折磨他?”

她暴躁地冲我嚷了起来。我朝后靠着椅背理了理头绪。

“我只是想把自己的想法说清楚，没别的。”

“什么想法?”

“住在好莱坞街的女孩子是靠她们的身体来谋生的。每一样有每一样的目的，每一样有每一样的价格。”

她听不懂我所说的话的意思，但是我非常肯定她丈夫是听得明白的。

“婴儿同样也是一件，”我说。

“什么?”

“婴儿也是贴了价签的。如果找得到合适的市场，婴儿的价格可高了。”

“你是说罗宾可能已经把她自己的孩子给卖了?”加内特先生那充满威胁的语气就好像他快要对我拳脚相加了。

“我亲眼看见过一个男人付给一个女人五美元，为的就是把头靠在她肩上。”

加内特先生一跃而起。不过我没有退缩。我没有退缩是因为我口袋里有一支上了膛的点二五口径的手枪。

“滚出我家里!”他大叫道，“滚!”

我尽可能挺直身子站起来，可是弗农仍然比我高了一两英寸。

“好啊，”我说，“不过这正是我要这样说话的原因。”

加内特太太站起身来问道，“你什么意思?”

“你们家姑娘这件事是件丑事，你们可能并不真的想陷进去。你们可能会查出各种各样的事情。你们有可能会在什么地方发现一个死婴。你们有可能发现你们的外孙女被拉皮条的卖给了拉斯维加斯的色魔。你们就像打开了一个装满虫子的罐子，里面什么都可能有。假如你们承受不了，那么最好现在就知道真相。”

我很同情他们。我知道瑞加娜至少会照顾好我的孩子。他们已经死了一个孩子，另一个也可能已经死了，甚至可能更糟。

“你用不着为我担忧，罗林斯，”加内特先生说，“该我承受的我什么都承受得了。”

我相信了他。加内特是个大个子，相貌粗犷。他的眼神说不上坚毅，但也看不出有什么畏惧。就像医生看到濒死之人的眼神；照样是新的一天。

我们都站着，我也不想再坐下了。我生怕还要坐下。如果我再待下去，我觉得这个女人的忧伤会把我淹没掉。

“行，行，”我说，“如果还找得到我会把这个孩子找到的。”

“多少钱？”加内特先生问。

“五百美元，外加差旅费，我把孩子交到你们手上的那天付吧。”

加内特太太送我到了门口。她将手搭在我的手臂上看着我的眼睛，她的眼睛是蓝灰色的。即使在我盯着的时候这双眼睛也在左右顾盼间流露出不同的色泽。

“我们什么时候可以跟你联系？”她问。

“等着吧。我知道了什么情况你们也会知道的。”

“我就把希望寄托在你身上了，罗林斯先生。幸亏弗农打听到了有这个孩子，不然我简直活不下去了。我太想找到她了。”

她的眼睛里充满了感激之情。有感激，也许还有希望跟我一起走的愿望。

“我会打电话的，”我边说边走下了那段屋前小径。

33

周林洗衣店里那位掉了牙齿的老太立即记起我是谁来了。她微笑着拖出一个用黄纸包着、用白线扎着的包裹。我给了她一块七毛五分钱，她高兴地露出了牙龈。

挽歌由忧伤到高亢，然后变成了喉音，几乎是人的呻吟声。我一边听一边爬上楼梯，穿过大厅。

利普斯坐在桌子边，光着膀子赤着脚。他用小号吹出来的曲子能让任何人都爱上爵士乐。

这音乐就像二战期间诺曼底登陆后第一场战斗即将结束时的硝烟一样，弥漫在我周围。空气中没有弹片横飞。身边到处是死者的尸体和破碎的肢体，可是我真的无法因为自己还活着就为他们哀伤。我没有倒下纯属运气。我活得稍微长一点，为的是让自己受苦多一点。

这是一份甜蜜的痛苦。

我坐在窗边听他吹了好长时间。我看着汽车与行人来来往往，而利普斯却表达出了他们生活的真谛。

一个面容娇美的年轻女子正穿过马路，后面跟着一个鸭梨形的男人。他一边大声交谈着，一边打着手势。过了半个街区后她停下脚步，然后微微一笑。他也微笑了一下。然后他们肩并肩走在了一起。我不知道他们以前是不是见过面，然后我又想他们是不是结婚了。

“这次你又需要什么?”利普斯问。我甚至没有意识到他已经停止了吹奏。

“你知道她那个婴儿吗?”

“谁的婴儿?”

“辛迪的。”我转过身去看到了他呆滞的眼睛。

“这是她消失的原因，”他最后说。

“你不知道?”

“不。我不知道，哥们。住在这里的人一直都是搬进搬出的。她们死了的可能性比怀孕的可能性还大。”

“还有些什么人跟她非常熟悉，她可能告诉她们呢?”

“西尔维亚。”

“她是什么人?”

“我已经跟你说起过她了。另一个白人姑娘。也是演员。她们都叫她西尔维亚·布莱德。不过我不知道她现在在哪里。”

“没别的了?”

“还有住在大厅对面房间里的那男孩。叫普兰瑟。”

“一个留着胡子的小个子？”

“嗯哼，他们是好朋友。”

我放了二十美元在桌子上，在我买的一本很小的螺旋记事本上写了一张便条。

门没有做过任何修饰。我敲了好长时间才听到里面有声音响起。他开了门，穿着条纹的拳击短裤和一双棕色的拖鞋。他光滑的头发被弄得乱糟糟的，一双眼睛因为缺少睡眠而充血了。他打量了我好长时间，试图回想起来我是谁。

“找谁？”他说，最后还是想不出来。

“你是普兰瑟吗？”

“你是谁？”

“我可以进来吗？”

他在门边站了片刻，然后他退了一步，把我让进了房间。

我不知道我在期待什么，但是这房间让我吃了一惊。里面非常整洁，除了床之外其他的家具都是老式的。床上有一块木质床头板，喷着蓝色的油漆，两边的顶端画着小天使像。咖啡桌边也摆着一把椅子和一张沙发。咖啡桌上摆满了各式各样的杂志，大多是电影杂志。

墙上唯一的装饰品是一张詹姆斯·迪恩的电影海报，样子饱受折磨，不堪一击。

我在椅子上坐下，普兰瑟则站在我跟前揉着眼睛。他身体还像个十来岁的孩子，但年龄肯定已经二十好几了，甚至可能三十了。

“我们认识吗？”他问。

“前些天我去了辛迪的房间。当时你还要赶我走呢。”

“你就是那个警察，”他猛然清醒了过来说，一点也不显得开心。

“只是个老百姓，”我尽可能冷静地说，“来找点东西。”

“找什么？”

“他们说辛迪生过一个孩子。”

“谁说的？”

“你告诉她父亲的。”

普兰瑟不再说话了。他只是瞪着我，右手捧着胸脯左侧，假如他是女人的话那应该是左边的乳房。

“他们去了你送她去的那家医院。他们查出辛迪·斯塔是在那里生的孩子。”

他不愿承认地咧嘴笑着，身子左右摇晃着。“我没有对他们撒谎。”

“你知道那孩子现在在哪里吗？”

他像甩掉头发上的水似的摇着头。

“你知道怎样能帮我找到她的线索吗？”

“为啥？”

“外公外婆想要这个孩子。他们只剩下这点骨肉了。”

那一刻普兰瑟那张孩子气的不以为意的脸上露出了感情。

“是个女孩?”他问。

我点点头。

“听着，哥们，”他说。他脸上又恢复了漠然，“我同情她们，她们母女，但是你要知道我还得交房租呢。如果我有什么东西把你吸引到这里来，那么你知道他们就得给这人一点钱。”

“我口袋里有三十美元，小伙子。就这么简单。我们成交?”

当我把六张五美元的钞票放到他手里时，普兰瑟确确实实舔了舔嘴唇。

“在哪里?”

“你认识布尔·豪克吗?”

这倒是个问题，没有地址，不过这正是我需要的。实际上还要多得多。也许太多了。

34

布尔·豪克在离市区很远的南郊开着一家排骨鸡肉店。那是他和他兄弟拥有的一幢旧平房。他们把房子建在一块空地上，这块空地是从一个因杀人而入狱的朋友那里租来的。

布尔是个大块头的汉子，样子有点像罗丹雕刻的巴尔扎克雕像。他壮硕的身体暗示出他四肢有力，心胸健康。他硕大的肚子就像一个捏紧的拳头，肉鼓鼓的脸颊看上去犹如一口就能咬断一根雪茄。

他色彩斑驳的皮肤就像是精美的亚洲木制品。在他那张宽大的、河马似的脸上，皮肤绷得紧紧的。

“哪个西尔维亚?”他说，他将脑袋压到一个非常低的角度，左耳都快与地板平行了。

我们坐在这家低级酒馆的后院里。厨师是一个叫贝里的刑满释放的老头，此刻正在柜台后面炸面粉和短排条。

布尔从密西西比搬到芝加哥，最后在洛杉矶安家落户，因为他非常讨厌那边的寒冷天气；我也一样。不过布尔先生的喜好总是有一个价签挂在前面。有时候是钞票，有时候是比钞票更值钱的东西。

他的业务很多，因为什么事情他都愿意做，从寻找二流的订婚戒指到杀掉你不共戴天的仇敌。

“西尔维亚·布莱德，”我说，“那很可能是她的艺名。她是跳脱衣舞的。”

“不认识，”他微笑着说。他小心地看了一下房子四周，然后从椅子下面拿出一瓶还剩下五分之一的红色饮料。“喝吗？”

我摇头说不。

“不介意我喝一口吧？”

“你肯定不认识她？”我再问了一遍。

“就跟这个里面是酒一样肯定。”他向后仰着头为他的健康干了一口。顿时飘来一股强烈的杏仁味。

“警方正在疯狂地寻找她。”

这个皮肤像蜥蜴的小丑在我面前变成一个青铜斗士。他的拳头捏紧了，牙关咬紧了。他的眼神是那样的呆滞，甚至跟他脸上的其他部分无法区分了。

“说啥？”他吸了口气。

“警察正在寻找这个女孩，这个西尔维亚。”

“咋啦？”

“如果我不能确定她的去向，他们就会顺着我的路线出动查找。在这个案子里我们是在一起合作。”

布尔是个彪形大汉。我想除非我有一支大口径的枪，否则我是没有机会赢得了他的。当他看着我时我就想自己死定了。他一只眼睛(左眼)眯得快要闭上了，而另一只眼睛则睁得大大的。

我做好了仓皇而逃的准备。

接着他上嘴唇的右侧翘了起来，露出一颗样子特别凶残的犬牙。接着他的其他牙齿慢慢地露了出来，这时我才略微宽慰地看到布尔是在微笑。

“你是到我的地盘上来威胁我吗，易兹·罗林斯?”

“我没有威胁任何人。但我也不会怕你。我在查找这个女孩时听到了你的名字。就这样。警方要捉拿她。这不是威胁——是事实。”

布尔又倒了一口烈性酒然后喝了下去。

我们以前从来没有发生过争执。我对他的害怕并不比对任何人多。问题不在于人，而在于死亡。

死亡好像在追踪我。他就在布尔·豪克平静的面容里；他就在奥克兰的一块墓碑上；他就在离我家几个街区外的地方倚坐在一棵树下。

“如果我告诉你我不认识这个女孩，那么我要说的就只有这么一句，”布尔说。

“如果我告诉你有人悬赏一千美元来寻找他们失去的一样东

西，而西尔维亚找得到，那么你还是不愿意帮助我吗，嗯？”

布尔只是瞪大眼睛。

我把我的电话号码写在他那张赛马新闻报的边角。然后我就从他那里走了出来，进入到洛杉矶的烟雾与阳光之中。

我回到家时杰瑟斯还没放学。他把所有酒瓶里的酒都倒光了。每一瓶都倒进下水道里，然后把它们整整齐齐地摆在窗台上，甚至包括我那瓶一百美元的阿马尼亚克酒。

我脱了衣服上了床。

我梦里有一个孩子在哭泣。

35

早上我醒来时发现杰瑟斯正睡在我床脚边。他身子蜷缩成了一个小球，衣服一件没脱，嘴巴张得大大的。他还是一个小孩子，可这个世界已经风暴似的在他周围旋转开来。

我从不知道杰瑟斯是从哪里来的。他跟我朋友普莱默在西班牙语区住了好长时间。可后来普莱默离开了一段时间，杰瑟斯便过来跟我住在一起了。

我是他所有认识的人中最接近于父亲的人了，而自从瑞加娜走了以后我甚至连家都不常回了。

我起了床，把我儿子倒光了的那些酒瓶扔了出去，然后就做了早餐。我们吃的是煎饼和熏肉。杰瑟斯没说话但吃得很开心。

“别担心，孩子，”我告诉他，“以前那么多难关我们都渡过了，这一关一样会渡过的。”

杰瑟斯严肃地点点头。我在他腰上挠痒痒，他笑得从椅子上滚了下来倒在地上。

他去上学之后我给昆廷·内勒打了电话。

“喂?”耳边传来了他的声音。

“喂，伙计。你是警察还是什么?”

“是罗林斯吗?”

“罗宾·加内特，也就是辛迪·斯塔——不管你叫她什么——三个月前生过一个孩子。她从来没有去过欧洲，她从加州大学洛杉矶分校辍学了。”

他沉默了一会后说，“说下去。”

“维奥拉·桑德斯说罗宾被杀的时候J.T.在她那里。”

“她只是在试图保护他，证明不了什么。”

我把普兰瑟和西尔维亚的情况告诉了他。

“我们已经找到凶手了，易兹。”

“你们屁都没找到。你们只是想把脑袋扎进烂泥巴里，装着好像是万事大吉了。”

昆廷把我的电话挂了，我坐回了椅子里。

我想喝酒了。我又想起了瑞加娜，便狠狠拍了自己脑袋一巴掌。

然后我又想起了我们埋葬掉母亲的那一天的情景。那是在路易斯安那州新伊比利亚郊外四英里处的圣艾维斯公墓。我父亲穿着一身黑色西服，打着黑色领带。他一只手拿着一枝金银花，另一只手牵着我。我姨妈和她的孩子们也去了。天空晴朗，空气又闷又热。牧师说了很多话，而我父亲一直牵着我的手。他一直没有松开。

后来，才过了一周，他就上密西西比伐木去了。此后他再也没有回来过。谁也不知道发生了什么事。谁都一无所知。也许他死了。也许他找了一个新老婆搬走了。也许他在哪天夜里跟别人打架打死了人，被捕，在我的少年时期他一直在坐牢。

我坐在厨房的餐桌边看太阳西下。我看着地板，直到看不清瑞加娜最后一次拖地留下的痕迹为止。

后来，我哭了。我为儿童时期遭受过的苦难而哭了。我涕泗横流。我还感到我父亲攥紧我的手和一个老太太在我身后徘徊，为我的伤逝而哭泣。

我嚎啕大哭，砰砰地捶着桌子。每当我感受到这种失落带来的痛苦时我对死亡就毫无畏惧。我有点恨他。我希望他来到我门外跟我见面，我要把他的眼珠子抠出来。

当这种情绪过去之后我对瑞加娜的情感也消失了。至少她们没有在我眼前叫喊。我仍旧像怀念我自己的童年一样怀念埃德娜，亲情依旧啊。

正当我的呼吸平静下来时电话铃响了。铃声就像一个信号。

“喂?”我说。我知道不是瑞加娜。我知道我再也不会听到她的声音了。

“是罗林斯先生吗?”

“是我。”

“我是西尔维亚·布莱德。”

“嗯。”

“如果我能把那个女孩给你，你能给我点什么呢?”

“谁的女孩?”

“我操!”

“这个话等于白说。我不想欺骗什么人。如果你能证明给我看，我也许能给你点什么。他们也有可能。”

她沉默了一会。我听到宁静之中一个婴儿在呢喃。

“你知道贝尔丁湾吗?”

“知道。”那是第六十三街上的一幢公寓房。

“一个小时后到那里见我。”

“哪套公寓?”

“你去了就知道了，”她说完就把电话挂了。

我随意地穿上衣服去跟她会面。褐色的全棉便裤，蓝绿相间的尖领衬衫。我穿了凉鞋，没穿袜子。一支点三八口径的手枪挂在裤腰带上，一支点二五口径的揣在口袋里。

我刚出门电话铃就响了，但我没有理会它。没有什么重要的事情这么迫不及待，让他去等吧。

我正好在一小时之内赶到了贝尔丁湾。我在门口的大厅里查看了一下信箱，但不见西尔维亚·布莱德的名字。

我正站在那里等待时一个小男孩跑着上了台阶。他长得矮墩墩的。他走起路来左摇右摆，男孩子觉得自己有要事在身时大都会这样的。他环顾四周似乎在为自己的所作所为邀功请赏。

他在我面前停下来。“你是在等一位女士吗？”

“什么？”我问。

“她说如果我给你带路你会给我一美元的。”

我给了他一美元，他便开始跑出门去，边跑边回过头来说，“她在公园里。”

“哪个公园？”

他挥了挥右手指明方向说，“就在那边。”就好像他在跟一个傻乎乎的小兄弟说话。

街区的尽头就是贝尔丁公园。公园大多数地方都是水泥地。四棵松树散乱地矗立在一小块光秃秃的草地上。西尔维亚·布莱德就坐在一条板凳上。

她穿一条红色的丝绸裤，脚踝处扎得紧紧的，上身穿一件红色的中国式罩衫，脚上穿着浅灰蓝的鞋子，头发好像很费了一番工夫打理好的。头发没洗，俏丽地朝后面梳着。她抽的是幸运牌香烟。腿上摆着一个烟盒，里面还剩一半的香烟。

“婴儿在哪里？”我站在她跟前说。

“坐下。”她挺安静，几乎矜持。

我坐下来问她，“孩子在哪儿？”

她从幸运牌香烟盒的锡纸里取出一张照片递给我。照片上是辛迪·斯塔和一个黄皮肤的小婴儿。

“我有一整部她们照片的影集。随便哪个瞎了眼的傻瓜都看得出来她们是母女。我还有她的日记。她记下了一页又一页关于费瑟的情况。”

“是每天都记的吗?”

“嗯?”

“是天天都写的日记还是只记了关于孩子的情况?”

“哦，不。辛迪真聪明。她上过大学，你知道的。她每天都写诗和她感受到的……”

“一直写到了她被杀的那一天吗?”

“我不知道。我没看过。我是说那是她私人的。”

“可是……”我欲言又止。没有理由让她意识到那本日记有什么值钱的。

“我要两千美元。我要你把钱交到我手里，然后那个孩子、日记和影集都归你。”

我将手伸向口袋。“你让我想想，你是要十块的还是二十块的?”

她朝我笑了一下。要是在另一个世界我可能会喜欢西尔维亚·布莱德的吧。

“我们可以换。但必须是个安全的地方。而且我要两千。”

“我会尽量弄到你要的那笔钱的。我们可以在动物园或者海滩上交换。我不在乎什么地方。不过在你看到那笔钱之前我的人必须看到你手里的东西。如果他们确认了，我们就交易。”

西尔维亚用尖利的细牙齿咬着红嘴唇。“行，”她说，“我的号码在那张照片背后，你发现了什么就给我打电话。”

“你走之前告诉我一点事情。”

“什么?”

“辛迪是谁杀的?”

她摸出了一根香烟。我给她点上了。

“我不知道。是一个疯子，对吗?”

“我认为不是。这根本就讲不通。”

“每个人都喜爱她。她太棒了。”

“布尔·豪克也是她的朋友吗?”

“她怀孕期间他让她住在他雷党诺附近的家里。不过仅此而已。”

“他是孩子的父亲吗?”

“天知道孩子的父亲是谁，罗林斯先生。”

“她不能工作的时候是怎么活命的?”

“她从布尔那里借的钱。但他没干那事。她还准备还他三千美元呢。”

“钱从哪儿来?”

“我不知道，亲爱的。她说她准备去找个男人弄点钱来。”

“白人吗?”

“她从来没说过。我是说……”西尔维亚停下话来，头朝一个方向转了一下。

“她说，”西尔维亚继续说，“她并不喜欢什么人，但他们必须出钱。”

我们说到这里就没再说下去，她起身准备走了。

“你为什么会来见我，西尔维亚？”我说。

“是你来见我的。你主动的。”

“但你可以跟那个女孩的父母打电话啊。你现在就可以打。”

“我才不想跟白人说这样的事呢，”她说。

我经常听到这样的话。一半的黑人宁愿多走半英里的路也不愿意当面跟白人接触。白人之间互不信任我一点也不感到吃惊。我不能信任他们，他们为什么要相互信任呢？

西尔维亚穿过马路顺着那条街走了下去。走到那条街的尽头时她钻进了一辆新福特轿车的后排座位。我想我知道那个开车的人是谁。

36

我跟杰瑟斯一块去佩科·鲍勃的烧烤天堂吃了晚饭。他吃了两份肋排。然后我们去了圣莫尼卡码头的游乐场。他玩了角子机游戏，骑了旋转木马，其乐无穷。

我买了一瓶啤酒但没有喝。杰瑟斯吃了棉花糖和焦糖玉米棒子，不过还算不错，应该让他感到了快乐。我们回家时游乐场里炫目的红色灯光和铃声都已经让我们觉得头昏目眩了。

第二天早晨他动作有点迟缓，不过至少他是在自己床上睡的。我看着他身影越来越小地朝学校走去。他在街对面跟两个小女孩会了面。我还从不知道杰瑟斯有一块去上学的小伙伴的。

加内特太太在家里。

“两千美元?”她气呼呼地说。

“她是这么说的。不过首先你得看看日记和相册里辛——罗宾和她孩子的所有的照片。”

我没有提起那个孩子是黑人。很多时候刚出生的黑人小婴儿看上去都像白人。颜色是后来才开始变的。我觉得应该让这种种族带来的震撼降临到他们身上，而用不着我去让它变得柔和一些。说到底，一个黑人婴儿并不会让我觉得烦恼。

“我不知道。我得跟我丈夫说说。”

“行。我今天晚上给你们打电话。不过如果他说可以，那么你们要多久才能把钱筹齐呢?”

“我不知道他会不会同意。”

“但是如果他同意了呢?”

她犹豫了一会但后来还是说了，“也许后天吧。”

那一天我在家里打扫卫生。我把瑞加娜的东西都扔了。她把衣服、饰物，还有一些小玩意扔得满屋子全是。我把那些东西全扔了。埃德娜的玩具和毯子，那些没有带走的我全收好摆在她的婴儿床里。我将那些东西用一张大毯子全部盖起来放在客厅里。

那天下午我读了杜波伊斯写的《黑人的灵魂》。这本书是几年前杰克逊·布鲁跟我提起的。

杰瑟斯三点半左右回了家，然后我们玩游戏一直玩到六点。晚饭我们吃了猪排、土豆泥炒洋葱和罐装芦笋，然后杰瑟斯将一块糖掰成两半跟我一起分着吃了，我要他去洗盘子。

八点钟电话响了。

“喂。”

“罗林斯先生，我太太告诉我说你已经找到我们家的婴儿了。”

“也许是的，先生。我不肯定。一个女人拿着一张你女儿和一个婴儿的照片。她说她有满满一本照片足以向任何人证明那就是你们的外孙女。”

“这个女人叫什么名字，她跟罗宾是什么关系？”

“她是罗宾的朋友。她叫西尔维亚。”

“西尔维亚什么？”

“你在任何电话簿里都找不到她的，加内特先生。”

“也许我认识她。如果她是我女儿的朋友我也许认识的。”

“布莱德，”我说，“西尔维亚·布莱德。”

“没有，我以前从没听说过这个名字。你说她要两千美元？”

“她是这么说的。”

“是真是假我们都不敢肯定，两千块太多了。”

“听我说，”我说，“我会给她打电话要她安排个地方把那个本子给你看的。如果你认为照片里的那个孩子是你们女儿的，你们可以交换。你不必把钱带过去。把钱给你的律师。看过之后我再给她打电话安排明天下午四点在市中心大图书馆前面的楼梯处见面。行吗？”

“我太太还跟我说有一本日记。”

“是的。看来她写了许多关于费瑟的东西。西尔维亚认为这有利于确认婴儿的身份。”我停了片刻。

“听我说，加内特先生。我认为并不是那个疯子杀了你们的女儿。”

“什么?”

“这会儿我一句两句说不清楚，但我觉得是另外有人杀了她，然后制造了她是被那个疯子杀掉的假象。”

“可是在她死之前从来没有人听说过那个疯子。”

“我们这儿附近的人都知道。他们当中有些人甚至还可能发现了那几处烫伤。”

“这听起来不大可能，罗林斯先生。事情相当复杂了。”

“她被杀的前一天晚上有人见过她跟一个男人在一起。西尔维亚告诉我说有个什么人准备给辛迪一笔什么钱。也许那本日记会告诉我们那个人是谁。”

“我的上帝，”加内特说。听起来他心都碎了，我觉得跟他说了实话挺对不起他的。他生活中的痛苦已经够多了。

过了好一会他才说，“我希望是你弄错了。我希望……唉，除了见那个女人看看她手里的东西，也没有别的办法了。”

“你现在可以确定吗?”

“是的，是的，我确定。”

“好的。那么我给她打电话安排好一个时间见面。如果情况有变我会给你打电话的，行吗?”

他深深吸了一口气然后说，“好吧。”

西尔维亚一开始还有点不高兴。不过我跟她说她不必把孩子带到那里去。她只需把那些照片和日记带过去就行了。图书馆是个安全的公共场所，可以放心去。

杰瑟斯睡得早，早上我还没起床他就上学去了。

正午时分我正在花园里干活，昆廷·内勒和罗兰·霍布斯开车来到了我家门口。他们肩并肩地走过来，两个人都态度暧昧地瞪了我一眼。

“以西结·罗林斯……”罗兰·霍布斯先开了腔。

“等一下，伙计，”我说，“在你们把我拿下之前让我打个电话。我老婆走了，我那个小男孩又是个哑巴。在你们把我押上车之前让我叫个人来。”

霍布斯和内勒交换了下眼色。两个人都一言未发。最后内勒点点头，霍布斯陪我来到电话机旁。

“浩拉，”弗罗尔说。她的声音就像南美洲的热带雨林一样深沉而幽暗。听她说说话就能让人联想起黑色的树枝上开出了一朵朵硕大的百合的画面。我能听到孩子们在后面说话的声音。在杰瑟斯到我这里来住之前他就叫他们哥哥姐姐的。

我要她叫她丈夫普莱默过来把孩子接过去。我告诉她说我要坐牢去了。她友好地对我伤心地叹了一口气，说好的。一想到我在这个世界上还有一个朋友，我心中不由轻松了些许。

我挂了电话，罗兰·霍布斯说，“以西结·罗林斯，你被捕了。”

他们没对我做任何说明。只是铐上我的手，开车把我带到了警署。

他们把我关在一间拘留室里，一直把我关到第二天早上七点半。这不大像一间牢房，更像是一间顶壁很高的会议室，里面有一把椅子和简易的固定装置。这里既没有窗户，也没有铁栏杆，只有一间灰色的房间和一把椅子。他们把我的香烟也拿走了，所以我心烦意乱。

灰色的铁门上有一个窥视孔。好像每过一会那外面就暗了一下，似乎有人在外面朝里面看我。

来了两个身穿制服的警察送我去法庭。在法官席前我见到了法庭给我指定的律师。我没听清楚他的名字，他也没跟我握手。

然后我的律师和原告走到法官席前跟法官交谈了一会。他们就我的命运进行了三十秒钟的讨论后，我的律师就回到了我站立的地方。

他是一个头发沙色的矮个子男人，两只耳朵直挺挺地朝外竖着。他虽是个瘦骨嶙峋的中年人，可依旧姿态不雅，连燕尾都翘在裤子外面。

“这到底是怎么回事啊?”我问他。

他将那些卷宗胡乱收集在一起，便从桌边走开了。法官说，“下一个案子。”就像在电视里见到的一样，法庭保卫便开始将我往外面推搡。

我一把抓住律师的夹克衫。

“让我跟我的律师说几句话，”我恳求道。

“你想要什么，罗林斯先生?”那个我不知道名字的小个子律师问。

“为什么把我弄到这里来了？发生了什么事啊?”

“你是因为敲诈勒索而被抓来的，罗林斯先生，你现在就要被送到监狱里去，直到有人交来二万五千美元为止，否则你将会受到审判。”

律师转身就走了，我被拖到了一间里面还睡着四个人的房间里。半小时之后，睡着的那几个人被法庭保卫叫了起来。

我们被推进了一辆客车，车窗上到处围着铁丝网，一扇小门将我们与司机分隔开来。其实他用不着这样的保护，因为每个囚犯都戴着手铐，手铐被锁在座位下面的螺栓上。

我们被送到了接近南郊的一幢平房里。

我们来到的这所房子原本不是监狱。以前可能是造轴承滚珠的，也有可能是造杏梅酱的。墙是混凝土筑的，很可能还加了钢筋。

囚犯们被带进了一间大房间，足有半个足球场大。在这个大房子的中央，州里搭建了一个铁笼子，就像老式动物园里的笼子一样。里面有四十五到五十个牢房，大约一半里面已经有人了。

每间牢房里关了一个人。每间牢房长宽高各八英尺，里面有个小吊床。地面上摆着两个水桶，一个里面有个喝水用的杯子，另一桶水是用来放松的。

我用离开家时藏在掌心里的一张五美元钞票从另一个囚犯那里买了一包香烟。狱警走了，我被安安稳稳地锁了起来后，便点燃了香烟。

我仍然记得香烟的味道是那么美。即使在那些我命运急转直下的日子里，我仍然记得那是我一生中最美好的时刻。

过了一会，新进来的囚犯就跟老囚犯说话了。我问我隔壁牢房里的那个家伙，“这是什么牢房啊?”

“临时的，”那个面色阴郁的老白人说，“他们在建一个新监狱，关不下的就关这儿了。”

我递给他一支烟，并给他点上。

“谢了，”他说。

后来狱警叫我们安静。

有的人可能不相信发生在我身上的事。他们可能会说在美国囚犯没有不知道自己被起诉的罪状的。他们可能会说任何人都有权聘请个好律师，至少可以打个电话。

要是换了以前我也会说，白人是有这些权利的，但有色人种就没有了。可是随着时间的推移，我开始懂得，我们离一个无名的坟墓都只有一步之遥。在任何地方任何时候你都有可能会遭到暗杀，不信就去问J·T·桑德斯好了。

今天警察就可能跑到你房子里来把你从床上拖起来。他们可能将你毒打得让你牙齿掉了往肚里吞，然后把你锁在一个洞里好几个月。

所有这一切我都了如指掌，但我将它远远地抛在脑后。我只顾躺在吊床上品着香烟。

37

我被关在单人牢房里，但我并不孤单。内勒、沃斯、维奥莱特，还有霍布斯都在那里陪着我。

内勒说，“你并不是想去帮一个黑人女人，你去找白人妓女了。”

“我亲眼看见你跟她在一起。”霍布斯说。

沃斯则只是摇摇头啐了一口。

接着维奥莱特从皮套里取出手枪。他将扳机往后一扳，手枪发出了吱的一声，而不是砰的一声。

后来我从梦中醒来，并听到一个声音说，“留神点，小伙子!”接着我感到一股冷水喷到了我脸上。另一个声音发出一声诅咒，此时我已经从吊床上坐了起来。

一个人正从我跟前走过，将手里的刀一下捅进了我的床垫里，而不是我身上。他身体高过了我，我顺势朝他腹股沟给了一记上勾拳，就算是个暴徒也无法前行了。

这个攻击我的家伙倒在地上，恼怒地咳嗽着。这是一个穿着灰色囚服的白人。我往他的肋骨踹了一脚，然后一脚踩住了他的右手。我打着赤脚，所以能感觉到他的手指在我脚跟下痛楚地断裂了。

我把他的手打断了，所以我用不着再杀了他。但我总得有所作为吧。我觉得我有这个权利把一个企图要杀我的人给杀了。不过我只是废了他。

我抓起他的手，顺着铁笼之间的过道将他拖了出去，把他扔在通往狱警电话亭的那扇门前。等我朝自己那间牢房走回去的时候，醒过来的囚犯们开始骚动起来。待我锁上门将自己隔绝开来时，已经有七个狱警因为被那个企图杀人的家伙绊倒在地了。

他伸着那只废手捂在小肚子上咳嗽着。狱警们疑惑地四处打量。

我意识到有一股强烈的酸味，我不知道我闻到的是不是我自己的恐惧。

“他有钥匙!”其中一个狱警大叫。

“咻!”

当他们将那人从地上拖起来时他痛得哇哇叫。我摸了一下脚趾，意识到我很可能把他的肋骨也踢断了。

“咻!”说话的是我旁边那个白人老头。

我看着他，他微笑了一下。他上下的牙齿有的都掉了。

“希望我那泡尿没弄湿你的香烟。”

他笑得嘴都咧开了，我意识到提醒我的人原来是他，是他把冷水——尿——撒在我脸上。

他格格地笑着说，“还好尿里没大便。”

这事情太有趣了，我忍不住想笑了，但我又不能笑，因为这样会引起狱警的注意，他们正在找人准备施暴呢。

我坐在那里，眼泪水都出来了，横膈膜在不停撞击着胸口。当狱警从我牢房前面走过时，我用毯子盖住了自己，免得他们闻出罪证来。那股恶臭真让我难以忍受。

过了一会，狱警们便将那个呻吟着的杀手带走了。

“你什么地方有个好朋友，”那个老白人说。他穿的也是灰色的囚衣。

“你什么意思？”

“有人想方设法要杀你。”他朝我眨了一下眼睛，“除非你能把那个家伙给找出来。”

我给了我的救命恩人五支香烟。

“你叫什么名字？”我问他。

“阿拉莫。阿拉莫·魏尔。”他朝我眨眨眼睛，我给他点上了香烟。

我躺回狗窝里开始思考起来。我从昆廷·内勒开车到我家门口，然后开车将我送到犯罪现场开始想起。

第二天早上他们给我配发了灰色的囚衣。我们全部去了一间里面摆着一张长桌子的大房间，就着开水冲的牛奶吃了粗糙的燕麦片。中午时分我们从牢房里被放出来散步放风。那段时间阿拉莫和白人囚犯黏在一起，而我则跟那些黑人兄弟一块行动。

我们回到各自的牢房后我被带到了一个房间里，安东尼·维奥莱特正在那里等着我。

“很高兴看到你还活着，罗林斯。”他朝我微笑了一下。

我说不出一句话来。一个警长要我死，我不得不死。

“你就不能再高明些？也许你可以给我去弄瓶啤酒来。”

“我没做过任何对你不利的事情，伙计，”我说。

“没错。你他妈没做过任何事情。我是个警官，我只是在履行自己的职责。”

“凭什么把我关到这里来？”

“诈骗。”维奥莱特皮笑肉不笑的，他觉得在我这里受到了巨大的侮辱。一个黑人居然当着他上司的面跟他顶嘴；也许光这一点就足以置我于死地了。

“我没有诈骗过任何人。”

“弗农·加内特可不是这么说的。”

“他杀了她。”这句话直接从我嘴里蹦了出来。这话出来得那么迅速那么自然，以至于维奥莱特脸上的微笑一下子消失得无影无踪了。

“什么?”

“他杀了自己的女儿，现在又用你和我来掩盖他的罪恶行径。”

“听着，罗林斯……”

“不。你听我说。弗农原准备昨天下午和我在大图书馆见面的。有个女人知道辛迪的女儿，她准备带着证据去证明那孩子就是辛迪的。”

“什么样的证据？什么孩子?”警察不由自主地问。

“一些照片和一本有可能证明凶手身份的日记，他还准备给她三千美元。”

“你当你是谁啊？神探陈查理啊?”

“他说了我什么?”

“说了你做过的事。你威胁要把他女儿的事捅到报社去，你还要曝光她在沃茨的生活。”

“我敢肯定那就是她的真实生活。我敢肯定她准备把她的生活和她的女儿告诉她家里人的。不错，他已经知道那个婴儿了。”

“你疯了吧，罗林斯。她没有孩子。在你跟弗农说之前他不知道她的生活。”

“她真的生了个孩子。她离家出走了，并在布尔·豪克的一处住所里生的。”

在我提到豪克的名字之前我说的话他一个字都不信。

“你打算在哪里跟这个女孩见面?”现在这个警察负起责任来了。

我把我的经历又跟他说了一遍。他什么都没有告诉我。我一说完他立即站起身来，急匆匆地要走。

“我怎么办?”我问他。

“拿保释金来。”

“可是我什么都没诈骗啊。”

“那是你说的。也许你该看看报纸了。咱们走着瞧吧。”

“听我说，警官，”我说话的声音很大，足以留住他一会儿。“这里有人要杀我。”

笑容又回到了突然来访的维奥莱特的脸上。“他不会杀了你的，罗林斯。他只准备在你肩膀上扎一下而已。没别的。你知道的，你需要吸取一点点教训。”

阿拉莫和我一块分享了他弄到的几根香烟，坐了一个通宵。他是一个职业杀手。如果他说的不错的话，那么从小偷小摸到一级谋杀，他什么都干。

他出生在艾奥瓦州的一个小镇上，第一次世界大战结束他离开部队后就走上了这条道了。

“打那以后从来就没对劲过。全是那些战死了的伙计，”阿拉莫告诉我。他摇着头，真的很悔恨。“他们那些人全都无法感知生命了，他们好像全都懂得了生活似的。见鬼吧。我拿走了他们的钱，或者拿走了他们的命。他们甚至感觉不到东西没了。”

他有点疯疯癫癫，不过他倒是给了我安慰。毕竟，把我关进监狱的是那些不疯的人。

第二天狱警进来把我从牢房里带了出去。前一晚阿拉莫给了我一把磨尖了的汤匙，我把它藏在了灰色囚衣衬衫的长袖子里。我们走过那张大餐桌，出了通向车库的双重大门。

狱警叫我拿起角落里的一个盒子。我往里面一看，原来装的是我自己的衣服。

“穿上吧，”这个胖乎乎、剃着平头的白人说。

我当着他的面脱了衣服，小心翼翼地把汤匙裹在袖子里不让它露出来。换上我平日穿的衣服后，我把监狱里穿的那破衣裳扔进角落里，只留下了我那件武器。

另一个狱警走了过来，他们陪我走到了工厂前的车道上。那里停着一辆警车，车上有两个警察，他们下车给我戴上了脚镣手铐。

“送我去哪儿?”我问道。

那警察只是笑。

我坐在后排座位上，车子朝市中心开去。一分一秒都那么珍贵。我望着里面摆着时装模特的橱窗，不禁想哭了。我看到一个人在朝左转，就想象着是自己在打方向盘。我想起了我的宝贝女儿，觉得五脏俱焚。

车子开到市中心肯定是要一个小时的，可我觉得好像只有短暂的一瞬间。他们推着我下了车，然后又将我关进了另一个拘留所。我敢肯定有人想要杀我。我将那把勺子藏在口袋里。我并不是觉得拿着这把勺子我就能斗得过拿枪的，但我可以抓一个人做人质；至少这一点我能办到。

下午他们将我带出了拘留所，来到一个围着铁丝网的电话亭，一个年轻的警察塞给我一个用马尼拉纸做的巨大信封。我一看，里面装着我的钱包和钥匙，这几样简单的物件把我吓坏了，我开始颤抖起来。我知道要开始杀人了。

我从市政厅旁边的市政大楼的正门走了出来，弓着背，低着头。

“易兹！”他大声叫道。

我抬起头，正要做好打架的准备，却见雷蒙德·亚历山大光彩照人地站在面前。他上身穿一件紧身的华丽方格夹克，下身穿一条黑色喇叭裤，脚上是一双乳白色的皮鞋，头戴一顶窄边帽。耗子笑容满面。

“你脸色很糟糕啊，”他说。

“你在这里干吗，雷蒙德？”

“我来给你交了保释金，易兹。我把你捞出来了。”

“什么？”

“别介，伙计，我们离开这地方吧。待久了他们警察会以为我们在这里游手好闲呢。”

来到车上，我们驶过洛杉矶五十年代的那些低矮的房屋，往沃茨方向开去。

“你想去哪里，易兹?”过了一会耗子问道。

“你给我出的保释金?”

“嗯呐。”

“两千五百美元?”

“哈，两万五千美元。就算赎奴隶也要不了这么多。”

“你上哪儿弄来的这么多钱?你找过莫法斯了?”

“本想去找他的，可他住医院了。”

“医院?”

“是的。一帮白人男孩把他绑起来了。他要我告诉你，那些跟你做买卖的人都疯掉了，什么下作的事都做出来了。”

“卑鄙。你是从哪里弄到钱的?”

“你真想知道吗?”他微笑着。

“哪里嘛?”

“加迪纳有个私下开扑克牌赌场的。我把它给抢了。”

“他们有那么多钱吗?”

“除此之外还有别的。”

“你杀人了吗?”

“朝那个家伙开了一枪，但我觉得他死不了。只不过可能有一阵子走路的姿势会不大好看。”

38

布尔·豪克的尸体是在圣佩德罗的一条小巷子里找到的。他胸口中了七枪。警方认为他是在别的地方被杀的，然后被抛尸在那里的。他正是在我准备跟西尔维亚和弗农在图书馆碰面的那天晚上的八点被找到的。

报纸上说有迹象表明发生过斗殴，但至于是什么迹象则没作过多解释。

普莱默和弗罗尔见到我们很开心。杰瑟斯更是乐不可支，我甚至觉得他快要开口说话了。他跑过来伸开双手抱着我，怎么也不肯松开。我只得让他搂着一起走，坐下来时就让他坐在我腿上。

莫法斯躺在病床上，看上去气色很好。这段时间的修养使他恢复了一点力气，而且病房里是不允许吸烟的。他现在的问题是手上的一处破裂和左脚上的三处骨折。

“他们把我从楼梯上摔下去的，罗林斯先生。他们不顾我的死活。他们跟我说如果我还活着我就得告诉我的合伙人他们可不是好戏弄的。”

耗子咧嘴笑着。

“我会注意的，威廉。你好好养病吧，尽量把烟戒了。你知道香烟要起你的命来比德坎普尔更快。”

“不让吸烟简直就要了我的命。”

我将德坎普尔和他那些合伙人的名字给了耗子。然后告诉了他那些人在卡尔佛市的办公地址，还嘱咐他用最私密的方式挨个儿地去拜访他们。

“我要让他们明白，杀了莫法斯他们也别想活命，”我说，“还有，雷蒙德，”我指着他的脸说，“我不想你弄死任何人，甚至不能伤害任何人。”

我看过许多颂扬资本主义的小说，可它们中的任何一本都与真理失之千里。

黄昏时分我坐在办公桌前浏览着谋杀布尔·豪克的报道。我想找到一点能让我指向弗农的线索，但是我一无所获。

现在我已经习惯了安静。在瑞加娜，然后是埃德娜到来之前，我们就是这样生活在安静中的。杰瑟斯正在看一本红颜色的故事书。我还是活得好好的。

后来听到吱呀一声我便来到门前。来人还是昆廷·内勒。他身上穿的还是他带我去看伯妮塔·爱德华兹的尸体那天穿的那套制服。

我责怪就因为他瑞加娜才离我而去。我责怪他但我又知道这怪不得他。

还没等他敲门我就来开门了，他一点都不觉得吃惊。我朝原来摆放婴儿床处的一把椅子努了一下嘴，他便坐下了。

我点上一支香烟。他伸手捋了一下头顶上的头发。

“对你的那些指控已经撤了，”内勒说。

“哦？为啥？”

“他们已经拘捕了那个人的老婆。”

“米洛怎么样？”我第一个想到的就是那个小男孩。

“去了少年感化院。”

“这样啊。拿一个小孩子来撒气。因为他家老头子犯事了就把他关进了监狱。”

“他妈妈涉案了。她坦白了。”

“什么？不，我不相信。我亲眼看到了我给她看照片时她的反应。”

“那时候她还不知道，但后来她开始理清了来龙去脉，在他们女儿被杀之前加内特告诉过她关于那些谋杀案的一些情况。在他把他们外孙女的事情告诉她之前她什么都没想过，即使在罗宾辍学之后他还跟她保持着联系。他必须弄清楚她是否怀孕了。”

“这么说她是在他计划跟踪西尔维亚时发现的咯?”

“他被那本日记吓坏了。罗宾威胁他说，如果他不给她足够的钱养好孩子，她就要一身妓女打扮地去他办公室闹。”

“于是他杀了自己的亲骨肉。”光这样一种可能就让我觉得悲哀。

“是她逼他这么做的，”昆廷说，“她当了妓女，可她就是不愿改邪归正，后来她就威胁他。”

“她逼他那么做的，”我说，“就算是吧，那么又是什么逼她的呢?”

昆廷没有听明白这个问题。他有是非观念，可他对待道德问题的态度就像莫法斯追求金钱一样。在他们心里根本就没有长线投资这回事，赚钱只看眼前，罪孽只看当下。莫法斯看不出那些骗子用钱蒙蔽了他的眼睛，昆廷则看不到弗农·加内特播下了导致他自己毁灭的种子。

“那个父亲现在在哪儿?”我问。

“去跟西尔维亚见面后他就跑了。他杀了布尔·豪克，这一点我们非常肯定，然后他跟那个女孩跑了。昨天我们在西好莱坞找到了他的汽车，副驾驶座位上沾满了布尔·豪克的血。”

“那个女孩怎么样了?”

“目前还没什么，我们知道的我都告诉你了，他的名字和照片已经贴出去了。我们会抓到他的。”

“这点我敢肯定。”

“这么说是什么意思?”

“抓人是你们的拿手好戏，昆廷。J·T·桑德斯好好地就被抓住了。当维奥莱特觉得我有可能做出什么事来时，你连一口痰都没来得及吐，他就牢牢地把我抓住了。”

“你在说什么呢，罗林斯?当有原告指控有人诈骗他时我们就相信了。尤其是当……”

“当被告是黑人时，尤其如此，是吧。说真的，你来这里干吗，伙计?你还要把我送到监狱里去吗?”

内勒仔细看了一遍几个手指上的指甲，然后才回答，“我想说我很抱歉。”这几个字就像黏在他嘴巴上，“我原来一直以为……我不知道怎么说。我原来以为我可以在警察局里干下去并且洁身自好。我自以为胜过你一筹。别误解我的意思，我并不是说我觉得你过得有多糟，不过也许我比你也好不到哪里去。”

也许内勒并没有那么坏。不过我什么都没有跟他说。我什么都没有告诉他。

39

接下来过了几天之后，事情回到了正轨，勉勉强强吧。每当有人问起瑞加娜时我就说她去堪萨斯看望生病的叔叔去了。

杰克·德坎普尔去了莫法斯住院的病房——去道歉了。他就这次打人事件责骂了那些无声的合伙人一阵，他还说他是过了很久以后才知道这次伤人事件的。

一开始莫法斯还不依不饶，可一想到耗子给别人带来的恐惧他就作罢了。

“你知道的，罗林斯先生，”莫法斯在电话里说，“那个人脸色有多惨白，有两个白人加起来那么白。”

难得有这种莫法斯和我因为一个玩笑而同时哈哈大笑的时候。

“当我告诉他是我们的朋友雇用的，他用不着害怕时，我觉得他都快要吻我了。”

“好了，威廉，”我说，“也许你也该端正一下自己的行为了。”

“嗯呐。不过你知道，眼下还有这么件事情。”

“什么事?”

“他们还是想合作。他们说他们愿意出二万五千美元，只要百分之二十五的股份。”他还在做着买卖，而他躺着的地方可能就是他临终的卧榻了。

“哥们……”

“他们有过硬的关系，罗林斯先生。他们能够拿下一些任何银行都不会交给黑人做的生意。”

一想到德坎普尔为我打工，我心中就有一些快意。而且我也可以拿他们的现金来开发拓展。

“你告诉他，百分之十八的股份就跟他成交。”

“好吧，哥们。”我能听到他在电话那头咧着嘴笑。

昆廷·内勒来看过我之后的第四天，电话铃响了。每当我不得不接电话时，我心里仍然有些紧张。我仍然在想，我该跟她说些什么呢?

“喂?”

“您是罗林斯先生吗?”一个年轻人的声音说道。

“是的。”

“呃……我不知道该怎么开口，先生。这件事真有点奇怪。”

“什么事?”

“呃，您瞧，这两口子……在咱们鸡肉铺这里吃了快一个星期的饭了。”

这些紧张搅起了一场风暴。

“两天以前，那个女的，其实还是个女孩子，从桌边走过来问我要一杯水。可是就在她伸手来拿杯子时她抓住我的手指，把一张纸条塞给了我。我想她是在担心……”

“纸条上写了些什么？”

“是从报纸上撕下来的一个角，一张边上写着您的名字和电话号码的赛马栏目，条子上写着，‘报警，我们在西克雷斯特。’签名是‘西尔维亚’。”

“你为什么过了两天才打来啊，伙计？”

“我也不知道。只是这个事情太奇怪了。我不想惹麻烦。您瞧……我不敢跟警察说话。”

“这个西克雷斯特在什么地方？”

“是亚当斯街和拉布雷亚街交界处的一家汽车旅馆。您觉得……”

“他们后来就一直在你那个店里吗？”

“第二天我请假了。我去了圣地亚哥，真的忘了……”

“今天她在那里吗？”

“没有。只有那个男的，我是说。这就是我打电话的原因。”

我挂了电话，跑到壁橱里取了支手枪。

不论我到屋子里的什么地方杰瑟斯都跟在我后面，不停地拽着我。最后我停下脚步问他，“什么事啊？”

他只是瞪着我手里的手枪。

“不是瑞加娜，”我告诉他说，“她已经走了，不是她。”

起初杰瑟斯还不相信我的话，于是我坐下来把他说服了。我告诉他我一会就回来，然后我就开车朝西克雷斯特方向驶去。

每当开到一处红绿灯我就试图说服自己报警；开到每一段直行线时我又在想象着亲手杀了弗农·加内特。我对他的仇恨超过了一切。他杀了自己的亲生孩子，而他妻子还在他身后支持他。他就凭一句谎话把我关进了监狱。这个白人！

西克雷斯特是一家单层的汽车旅馆，前面有一个巨大的停车场，有入口通向所有窗户朝外的房间。下午三点我将车停在街对面等候。

我在那里坐了三个小时。这段时间我心里想着的全是瑞加娜。以前我也试图去想过她的好，可我想起来的却全是痛。可是不知道怎么的，在等候这个恶人的这段时间里，我却感觉不到痛苦，我能感觉到的全是冷酷和愤怒。

到加内特从尽头的最后一间房间出来的时候我还是什么都没有想出来，我还是没法确切地说清楚她离开我的原因是什么，我没法说我本来可以不那么做的。

加内特的脸上冒出了胡须，他穿着一件风雨衣，衣领朝上翻起。他低着头沿街朝鸡肉店走去。

我撬开他的房门走了进去。

西尔维亚已经死了。他将她摆在壁橱里并关上了门，但她的尸体已经开始散发出气味了。她的太阳穴朝内陷进去了。屋内一片狼藉：衣服和一袋袋的食物扔得满地都是；床上一份摊开的报纸翻到了旅行专栏；三条前往墨西哥的特价线路上被画了圈圈。

我关了灯躲在门后。我就这样一直在那里等着。床和梳妆台的轮廓变得越来越暗淡。我手里的枪也冷冰冰的。

加内特回来开了门，他先关上了门然后才开的灯。我没料到这突然亮起的灯光让我的眼睛一下子花了。

"什么，"弗农大叫一声，就好像他身边还有什么人。但他确实是只身一人。

假使他在那一刻便朝我扑过来，也许我早已跟西尔维亚做伴去了。但是他没有，而是抓着门把手拧了两三秒钟。

我拿着枪把手朝他击去。他晃了一下头，就像是突然袭来一阵不愉快的记忆。我又击了他一下，他跪倒在地，就像J·T·桑德斯遭警察谋杀时的动作一样。

"求你了，"他用微弱的声音说。

一个声音在我脑子里尖叫，"杀了他!"这声音一遍又一遍地回响。我脖子颤动了一下。我真切地感觉到如果我不扣动扳机我就会没命了。泪水从我眼睛里涌了出来，一声粗哑的叫声从我嘴里迸发了出来。我的胸口在剧烈地起伏，让我连枪都握不住了。

加内特抖瑟着靠到门上。他伸出双手捂着脸。我们俩都是到了生命尽头的疯子。我们都是疯子，但只有他是律师。

他开始了谈话。一开始听到他说话我就心烦，但过了一会他的胡说八道开始变得有道理了。他告诉我他不是有意这样做的。他并没有准备要杀害他女儿的。但是在他杀了她之后，他假冒了桑德斯的犯罪伎俩，因为他在法庭上听到过。

他也是在车上将她杀害的。

“那西尔维亚是怎么回事?”

“我只是想得到那本日记,”他恳求道，“他们没有把日记带去。”

“你为什么要杀了她?”

“太晚了,”他说，“她不肯给我。她想要……想要……”

我将加内特的手脚捆绑起来，堵住了他的嘴巴；把他拖到壁橱里跟西尔维亚·布莱德放在一起。

“喂?”昆廷·内勒说。

我把那个地址给了他，告诉他说有人打过电话来了，我不知道那个人是谁。

也许对有些人来说复仇是快乐的。但我所知道的是，我在开车走了五个街区之后才不得不停下车，呕吐了整整一分钟，然后我才开始呼吸。

布尔·豪克店里的厨师贝里非常热心地告诉了我辛迪在雷东杜海滩的住址。如果再给他五十美元他都乐意为我抛头颅洒热血了。

位于埃克塞特路上的那幢房子里住着一个叫查拉·芬恩的老太太。她正帮布尔·豪克抱着婴儿，听说布尔死了她喜不自禁。但是费瑟似乎身体健壮，显得比较快乐。我第一眼看到她时她正在吮自己的脚趾头。我低头看着她，她就朝我微笑，呢喃地说着什么，我想她的意思是说，“挠挠我的肚子，挤挤我的鼻子。”

出五百美元这婴儿就归我了。

第二天报纸上纷纷报道了犯罪的细节。死去的脱衣舞女西尔维亚·布莱德(她的真名叫菲利丝·韦恩斯坦)的照片占据了加利福尼亚所有报纸的头版。

后来的几个星期里这场审判都是报纸的头版新闻。那位检察官想要遮掩的一切都暴露在了大庭广众之下，包括他女儿狂放不羁的生活和暴死、父亲的罪行，还有母亲的掩盖。

没有什么人会去关注这个婴儿。大多数人都揣测婴儿很可能已经被她母亲杀害了。婴儿出生之后谁都没有见过，这个事实就是铁证。

不管怎么说，出生证明上注明这个婴儿是白人，费瑟跟我在一起是安全的。

判刑之后弗农·加内特在服刑的第二年死在狱中。他的妻子在被查明不是共犯之后搬回到东部的某个地方去了。

关于米洛也没有多少文字见诸报道。

40

三个月以后我们搬家了。我在西洛杉矶附近一个叫风景公园的地方买了一幢小房子。中产阶级的黑人开始在那附近集居，我想离开那些知道我和瑞加娜的人。

杰瑟斯喜欢他的新学校，搬家的劳作使我的心思从生活的烦恼中摆脱了出来。瑞加娜仍旧生活在我的梦里。有时我睡到半夜都会从绝望中醒来。

我醒来时小费瑟需要奶瓶和换尿片。她不是我的小埃德娜，但她长得漂亮，而且大多数时候都快快乐乐的。我失去了瑞加娜和盖比·李，但杰克逊·布鲁每周都会来帮我照看一天孩子，而且我也不介意照顾她。

杰瑟斯跟费瑟从来都玩不厌烦。她开始走路以后他就带她到各个地方去玩耍。

我决定任由杜普雷和瑞加娜永远地离开。耗子找到了他们的去处。他答应去那里把杜普雷和瑞加娜给杀了，把埃德娜带回来。但我要他把地址给了我，然后就束之高阁了。

死的人已经够多了，如果这个世界少一点人面临同样的命运，我会感到高兴的。

图书在版编目(CIP)数据
白蝶谜影/(美)莫斯里(Mosley,W.)著;陈庆勋译.
—上海:上海译文出版社,2013.5
(易兹·罗林斯探案系列)
书名原文:White Butterfly
ISBN 978-7-5327-6065-7

Ⅰ.①白… Ⅱ.①莫… ②陈… Ⅲ.①侦探小说—美国—现代
Ⅳ.①I712.45
中国版本图书馆CIP数据核字(2013)第012356号

图字:09-2012-363号

白蝶谜影
[美]沃尔特·莫斯里 著 陈庆勋 译
责任编辑/张 颖 装帧设计/张志全工作室

上海世纪出版股份有限公司
译文出版社出版
网址:www.yiwen.com.cn
上海世纪出版股份有限公司发行中心发行
200001 上海福建中路193号 www.ewen.cc
杭州钱江彩色印务有限公司印刷

开本890×1240 1/32 印张10.5 插页2 字数128,000
2013年5月第1版 2013年5月第1次印刷
印数:0,001-7,000册

ISBN 978-7-5327-6065-7/I·3603
定价:33.00元